【台灣文學研究系列】

# 台灣文學—異端的系譜

岡崎郁子 著
葉笛・鄭清文・涂翠花 譯

# 序

／葉石濤

從七〇年代主期台灣第三次鄉土文學論爭之後，台灣爲主體的本土思想抬頭，引起了向來只注重中國文學研究，而不知台灣文學獨自存在已有幾十年歷史的日本人專家學者的濃厚興趣和反思。年輕一代的日本人學者逐漸把研究的對象轉向於台灣文學。由於台灣曾經是日本的舊殖民地，台灣新文學的作品裏包括了龐大的日文文學遺產；日人作家，台灣作家兩者都有。不難瞭解，日本人學者透過日文文學所體會的親近感帶來的無上愉悅。五十年的日本殖民統治究竟在台、日人之間養成了深厚的人際關係。在文學上台灣新文學受到日本文學的影響也至爲明顯。實際上戰前的台灣新文學和日本文學有割也割不斷的親密關係。台灣四大族群中的福佬、客家、外省族群祖先都來自中國，因此中國新、舊文學傳統是構成台灣文學的主要骨幹，同時包括日本及歐美各國的現代文學也是台灣文學的重要血肉。

不過，戰後日本人學者研究台灣文學時卻產生了殊異的看法。有些學者雖然不否認台灣文學自主性發展的事實但仍然傾向於台灣文學是中國文學一環「在台灣的中國文學」的看法。也有些學者傾向於把台灣文學視作獨立存在的文學，但也並沒有忽略中國文學的重大影響。這些日本學者的台灣文學觀多少反映了台灣作家本身的族群和意識形態複雜的紛歧，但日本學者的台灣文學研究充滿了懷疑性和理性，紮實而脚踏實地的研究態度也有效於揭露客觀事實的眞相。

岡崎郁子教授是其中採取中庸之道，致力於把台灣文學用文學的本質和美學的結構上來予以評估的學者。由於她曾經逗留台灣五年半，且在台大修得了碩士，自然她對於台灣這塊土地和人民的坎坷歷史和台灣文學發展的過程有異乎常人的深刻瞭解；這也許是她對台灣文學構成獨異(unicus)見解的原因之一。此外，她曾經訪問過六十多位台灣作家在言談中，也尖銳地掌握到作品背後的意識形態的變遷。這也都是形成她這些評論的原動力。

她這本書取名爲《台灣文學——異端的系譜》，鮮明地表達了她獨異的觀點，愼密的反思。她所說的異端，含有兩種意義，而這兩種意義有互動、拮抗、容納的關係。如果把中國文學當做正統，那麼台灣文學是異端。由於主宰台灣文學命運的是台灣三大漢人族群，他們的文學傳統來自中國，由一六六二年來台的明太僕寺卿沈光文所播種，在這之後在台灣形成的台灣新、舊文學卻在漫長的三百年裏土著化，建構了台灣色彩強烈的自主性新、舊文學，有異乎中國文學的內涵存在，其實中國文學已變成台灣文學的一部分。不同國度裏所產生的文學，主體的選擇決定了正統與異端。岡崎教授有關於中國文學和台灣文學誰是正統與異端的爭執倒有較持平、客觀的看法。

至於台灣文學內部是否有異端作家存在，這強烈地反映了岡崎教授替人抱不平的立場及她的某種正義感。台灣不同於日本，是一個多種族的國家，代表種族文化背景來寫作的各種族作家有不同聲音的抒發理所當然。原住民作家和其作品從陳英雄開始一直被重視和受到尊重，他們的文學是未來台灣文學的期待和指望，台灣文學擁有原住民文學只會豐富台灣文學，開拓了台灣文學嶄新的領域，哪有輕視的道理？原住民文學超越了台灣作家統、獨意識形態之差異，已經構成台灣文學重要的部分。但有些原住民作家不願被視之爲台灣文學的一部分，他們的見解也應該獲得尊重。至於外省族群作家，如劉大任以六〇年代台灣社會複雜的思想動向爲背景的長篇《浮游群落》等小說，向來都獲得台灣作家的尊重和肯定，不管劉大任居住在哪兒，他以台灣經驗寫成的小說應該屬於台灣文學，絲毫不因出身族群的不同而有所不同。

說到陳映眞以「荒蕪」的白色恐怖爲時代背景所寫的〈山路〉、〈趙南棟〉等以及他所有小說，並沒有因他的社會主義和大中國思想立場而受到任何非議。他底小說是台灣小說史上的一個頂峰，正如日治時代的呂赫若，九〇年代的舞鶴，反映了他所屬的時代、社會的動向一樣，陳映眞的小說敏銳地反映了戰後台灣人歷經的苦難。所有台灣作家也尊重他不願意被界定爲台灣作家的志向。

我底先輩作家邱永漢在戰前已經是著名的日文詩人。戰後的日文小說《香港》、《濁水溪》等小說闡釋二二八時台灣人的彷徨和逃亡，的確是屬於台灣文學卓越的一部分。但是由於他長久沒有和台灣文學活動發生聯繫，又一貫用日文寫作，所以對台灣文學的影響不算大。這全要怪，台灣翻譯人才缺乏，沒有予以語譯推廣的關係。

至於鄭清文，不但是他的文學思想和作品傾向普遍獲得認同，沒有一丁點兒「異端」氣味，反倒是代表台灣第二代作家的主要旗手之一。

我很高興岡崎教授這本書的出版，擴展了台灣文學研究的領域，提供了獨樹一幟的廣闊視野。同時也向譯者鄭清文、葉笛、涂翠花致最高的敬意。

# 楔子

／葉笛譯

「台灣文學」這個名稱在日本學界獲得市民權才十年吧。當然在那以前也有以殖民地台灣的文學經營爲中心的研究，七十年代後半，也看得見有關台灣現代文學的論文。不過，台灣現代文學的定位，總是走不出中國文學中的邊境文學的領域，作爲中國文學新的可能性之一的待遇而已。想來它在這十年裡逐漸變化，作爲「台灣文學」好不容易才走起路來了。像這樣有著作爲中國文學之繼子的形象濃厚的台灣文學，只是這樣已是一種悲劇了。更何況在當地台灣，「台灣文學」在學界堂堂地被討論，在大學裡得以教授，還只經過五、六年呢。對於從十年前就主張「台灣文學不是邊疆文學」的筆者來說，這十年的變化是值得高興的。

然而，台灣文學之中也存在著繼子，正像人世上不例外的，繼子似乎是要被欺負的。由於以日語不斷地發表作品，由於其政治思想，爲了拋棄台灣，因爲追求有普遍性的純文學，而緣由非漢族之故，存在著在台灣文學範疇裡被拒絕的作家們。或者給予「山地文學」、「原住民文學」等名稱，雖非故意卻無法否認要造成台灣文學的邊疆文學之情況。上述的事情，作爲要思索台灣文學時之戒，希望台灣的人們自己重新思考。那就是筆者隱含於這本書「異端」的願望。

因爲本書從第一章到第六章大約按年代編寫，是以能夠概觀自戰前到九十年代的台灣文學之步調。邱永漢於戰前的台灣寫詩，從戰後五十年代在日本發表小說。五十年代發表的作品裡，描寫了活在戰前殖民地的台灣人之悲哀、苦惱以及戰後台灣的混亂。陳映眞其主要的創作活動集中在七十年代，但他一直執著描寫的就是二・二八事件之後，接踵而來的五十年代的白色恐怖。劉大任以把五十年代的恐怖照原樣繼承的黑暗的六十年代爲中心來描寫，而他自己是脫離了台灣的。在那樣的情況中，通過六十、七十、八十年代，一直朝著有普遍性的純文學創作的就是鄭清文。跨入八十年代戒嚴令也解除，文學也才呈現出多樣性。接著便是原住民作家拓拔斯的登場。拓拔斯的作品，在思索今後的九十年代，進而接連二十一世紀的台灣文學之未來時，我以爲其多樣性、小說的主題等幾點將會成爲重要的關鍵。

筆者開始讀台灣文學作品是在一九七五、六年左右。給我這個契機的是留學生同樣在籍於台灣大學中國文學系研究所的美國人的女生。對於一天到晚都念著《史記》、《左傳》的我來說，她借給我的陳若曦、王拓、陳映眞、黃春明的小說，給了我一些刺激。從那以後，我自己就出入台灣大學附近的書店找書買來，獨自偷偷地看了。同班的台灣學生和來自日本的留學生都對那些小說沒有興趣，台灣學生會顯出厭惡的臉孔，所以就落得要獨自偷偷地看了。

筆者自一九七三年到七八年做為留學生在台灣生活過的。雖然誰都絕口不談政治，可是台灣的日常生活卻洋溢著活力，人們的生活也顯得平穩。所以最初看王拓和陳若曦等人的小說時，說眞的，覺得是無聊的。第一就是不能認爲所寫的是事實，就像我在高中時看過的日本普羅文學一般的索然無味。「人民」、「剝削」、「獨裁」、「黨外」、「壓迫」等字眼在跳躍，卻看不到現實，就是這種印象。然而，看了他們的小說之後，環視自己的周遭，就讓人一點一滴地看得見僅只表面是不會明白台灣社會的複雜和問題了。而當我知道在台灣大學講授「日本漢學史」，平常淨說著「魏志倭人傳」、「徐福」的教授，其實卻是個和戰前的台灣文壇有深厚的關係時，我就一心一意想請這位教授當自己的指導教授來寫關於台灣文學的碩士論文了。這位教授不是別人，就是黃得時（一九〇九——，台北縣樹林人）。他在戰前曾擔過皇民文學的一端，戰後因而被批判過的。我和黃教授商量過好幾次之後，終於有一天，到中國文學系主任那裡說出：「碩士論文想要寫關於台灣文學的」。結果是主任的一句「台灣文學？台灣哪有文學？」就讓我不得不沮喪地退下了。這件苦澀的回憶過了十七個年頭的現在，仍然離不開筆者的腦海。結果是以「空海的研究——以他的文學論爲中心」這個主題，拿空海的《文鏡祕府論》這個文學批評來跟劉勰的《文心雕龍》做比較搪塞過去了。

我在一九七八年十二月，結束五年又四個月的留學生活歸國。其時，以現代台灣文學的小說爲中心，在台灣蒐集的文學書約有十大厚紙箱，歷經將近二十年一看，竟也有現在很難入手的小說哩。回到日本之後，透過東京的「台灣近現代史研究會」，知道了著手台灣文學研究的前輩們的存在，讓我忝居末座，而在台灣無法開始的研究之第一步才得以於日本跨出第一步了。以發表最初的論文起到一九九五年剛好十年爲機會，把這十年間些許的成績彙集起來的就是這本書。

筆者對台灣文學的看法，與當初比較已有很大的變化。所以本書中的論旨並非絕無矛盾，不過十年前發表的論文，這回也僅只稍加潤修而已，之所以如此，就因爲我想：我願意照原樣傳達要進行台灣文學研究還有諸多困難的十年前的氣氛，以及由於傳達那一時一地現實時間裡的作家的想法，也許可以讓大家看得出：隨著台灣社會和台灣文壇的變化，在這十年裡怎樣變化。這種想法雖非原本就企求的，但在這十年裡自己以爲從各種角度所凝視的興趣的對象卻以「異端」這形態走入共通點的。既然如此，那麼由於將眼光盯住「異端」，趁便如能概觀這半個世紀的台灣文學史的話，該多麼好，這是我自己的如意算盤。

有一點須聲明的：就是中文譯成日文，除了特別註解之外，全部都是筆者自己翻譯的。

# 《台灣文學──異端的系譜》目次

## 第四章　劉大任——求新天地於美國的知識分子作家

# 序章 台灣文學的正統和異端

序章／葉笛譯

我寫這本書的目的只有一個，就是「重新詮釋台灣文學」。

去年（一九九四）是被稱為「台灣新文學之父」賴和（一八九四—一九四三，彰化人）誕生百年，為紀念它，「賴和及其同時代的作家——日據時期台灣文學國際學術會議」以新竹市的國立清華大學為會場舉行❶。台灣政府最高行政機關的行政院文化建設委員會後援，在國立大學的中國文學系裡，有關台灣文學的國際會議這樣大規模地舉行，想來恐怕是經由戰後五十年第一次。想到說是寫批評國民政府就遭受禁止發行，作家被投獄是家常便飯化的五十年來台灣文學的脚步，大有隔世之感。這五十年不是一口氣跑過來，而是一年一年一天一天，靠著人們拚命的血淚和努力，點點滴滴變化過來的。這是不爭的事實。但像在這一次的國際會議上能明目張膽地談論台灣文學，而且一直到現在好像最沒緣分的大學有關人員（大學教員和研究生在內）裡，增加了很多研究者，令人倍覺感慨。

會議暫且不談，日據時代將開始的前一年出生的賴和發表處女作是在一九二六年，「這差不多可以認為就是台灣近代文學的出發點」❷，如同下村作次郎這樣指出的，二十年代裡，代替一直沿自清朝時代傳統的文言的漢詩文創作（所謂舊文學），用白話文的新文學作品，所謂新文學就誕生了。被目為那新文學的代表就是賴和，雖然已經是在日本統治下，一生卻不以日文創作，始終都以白話文寫作，他的反帝、反封建精神作為對日本的抵抗受到評價，而被稱為「台灣新文學之父」。

後來，用日文寫作的作家比拿白話文創作的作家多起來，但那也以一九四五年日本敗戰為界限，在語言方面經歷了中國語又被定為國語的變遷。語言問題以後還要提到的，總之在台灣自從新文學萌芽已流逝七十年歲月到達今天。

如果看一看編寫綿亙七十年之間的台灣文學之歷史，其間所發行的文學雜誌、作家的作品集、文學評論等，什麼樣的作家、作品獲得高度的評價，本來應該是一目了然的。看一下日本文學這一百年來，評價固然會有個人的差異，但夏目漱石、森鷗外、芥川龍之介等乃為衆所公認的文學者是毫無疑義的吧。然而在台灣文學上，那是要看在台灣發行的，抑或是在大陸？是受國民政府影響的人寫作的，抑或不是的？有沒有蓄意的政治意識？寫作的年代等，而作家、作品的評價本身會大大地受到左右的。當然也許那是「正統」和「異端」本來就擁有的有關本質的問題自身。而同時說不定也和「台灣文學的定義和定位」關聯著的，深刻而又複雜的問題蘊含在裡面的。

說起來「正統」和「異端」，是沒有「異端」便不會有「正統」，沒有「正統」，「異端」也就不會存在的一對概念。雖然也有先表現出來的思想為「正統」，接著表現出來的是「異端」，似乎也有這種「正統」和「異端」的看法，但就台灣文學來說，那是不太成為問題的。還有，在一定的共同之空間佔有的力量和數目上，擁有大力量（權力），擁有多數目的並不就是「正統」，不是那樣的，也並不就是「異端」。因為力量總是絕對的，而數目是不太成為問題的。是以權力一轉移，不但在「正統」和「異端」

會產生變化，有時還會逆轉的。那就是台灣文學擁有的複雜性。

當日本獲得台灣為殖民地，日本人便對台灣人徹底實施日本語教育，對於數目上占絕大多數的台灣的人們強制少數的日本人的語言。在日本統治下的台灣所造的文學之「正統」，就是日本人一手造就的日本文學，皇民化前進的台灣人產生的用日語的創作。雖然有不得已，沒有辦法，非本意卻不得不寫的側面，總之皇民文學是誕生了。「異端」也就是抵抗了它的作家。抵抗了日本的帝國主義與封建主義的賴和、陳虛谷、楊守愚、蔡秋桐、朱點人、王詩琅（以上作家不是用日語，而是以白話文創作的）、吳濁流、楊逵、張文環等即是。

然後由於日本戰敗，歷經半世紀的台灣統治打上了句號。日本人也從台灣消失了身影。不久，替代日本人，國民政府一掌握政權，又由少數的外省人，台灣的人們被壓迫，北京話作為國語被強制著，只能以日語創作的作家們紛紛封了筆。戰後台灣文壇的主流，亦即「正統」就為從大陸隨著蔣政權來台的外省人作家所佔有，日本時代培養的文學全都是反主流，亦即落得被目為「異端」。固然在水面下，出自台灣人的文學活動是一脈相承地繼續著的，但在學校裡，孩子們受教的是中國古典為中心，連台灣文學存在著的事實都被隱蔽起來，不為人所知地經過了幾十年。從一九四七年發生的二二八事件到五十年代，很多作家因彈壓被殺或被關進牢獄裡。六十年代是想把西歐文學的手法照樣搬進來的現代主義文學，由以外省人為中心的台灣大學外文系學生們所提倡，但其成員的大多數到美國留學就不再回到台灣。擁有對那現代主義文學否定的想法，以植根於台灣這塊土地的文學爲目標的，就是現實主義文學（鄉土文學），在七十年代他們的活動是驚人的。話雖如此，六十年代的現代主義文學，七十年代的現實主義文學，在台灣這塊土地上所經營的文學活動之中絕對不是主流的。就是進入八十年代，思想彈壓並不是完全沒有的，但八七年七月戒嚴令解除後，彷彿決堤似地，也隨著社會運動、民主化運動勃興，戰後一直被視爲禁忌的政治問題也積極地成爲文學題材。很多文學家也公開喊起「台灣獨立」來，由於一直被壓抑著的緣故，其吶喊聲也就更大。這麼一來，作爲台灣人的民族意識高揚起來，認爲國語（北京話）並不是台灣人自家的母語，以閩南語和客家語嘗試文學創作就興起來，進入九十年代這個傾向越來越不限於文學，就是在政治方面，在人們的意識上都愈發熾熱起來。

還有在七十年代裡，與戰爭結束同時封筆的作家之中，由於自己努力而能以中文創作的作家們接連復歸文壇，而就像跟它相呼應似的，日據時代的作家們的作品集被編輯出版，把用日語寫的作品譯成中文，重新予以評價的趨勢也出現了。這麼一來，上面作爲「異端」提到的賴和以下幾位作家，就作爲「正統」臚列其名了。重新評價不是壞事情，但筆者認爲：作品怎樣抵抗了日本的帝國主義、封建主義，或者被迫皇民化的結果，心不由己地不能不參與皇民文學的悲哀，似乎比作品的藝術性如何還受到重視的樣子。經常被外來政權壓制過來的台灣人的心情，我是充分能理解的，近年來的動向，也可以想：台灣文學經由台灣人之手正在奪回原來應有的面目。不過，作為對壓迫的反彈，只有以閩南語、客家話寫的文學，或拿日據時代的作品來說，只有根基抗日思想寫的作品才「正統」，那以外的作品都認為是「異端」的風潮，如果今後會出現的話，筆者想說：那也是危險的。去年（一九九四）十月十九日的陳映眞寫給筆者的信裡有「現在由台灣獨立派被歪曲的台灣文學史將要被編出來」的一段，讓筆者吃了一驚。因時代的權力者，「正統」和「異端」這麼目不暇接地交相嬗遞的文學，我想在世界上也不太多的，但如果像陳映眞所指出的，以台灣獨立為最終目的，僅只保證其思想，而要否定他者的台灣文學，今後將成為鵠的的話，還是有問題的。費了七十年這麼漫長的歲月，如果台灣文學好不容易才奪回本來的眞面目，那麼我想：不是現在馬上就希望迅疾激烈的改革，而應該再一次重新凝望自己所處的立場和周圍，以普遍性的文學為目標才對吧。把文學性和藝術性都納入考量的文學評論也該寫才對的。是故，在本書裡提到的作家們，我斗膽名為「異端的台灣文學」。一直被認為「異端」的，一旦轉向「正統」，就把敵對的對手叫做「異端」，這是人世之常。台灣文學也一樣。然而，這裡有著一直到現在是「異端」，可以想像也許今後也將不改其「異端」的，可謂「永遠的異端」的五位作家，就是將在本書第二章以下要提到的邱永漢、陳映眞、劉大任、鄭清文、拓拔斯五個人。五個人之所以為「台灣文學的異端」，原因雖然完全不同，不過懷著直到現在自己才眞被壓迫、未曾受到正統的評價的被害者意識的本省人作家們，但願別無視於把這五個人看做「異端」這一事實。那就是筆者所說的「台灣文學的重新解釋」之企求。以下將敍述五個人個別的「異端」之理由。

## ◉邱永漢

「脫離故國的人在外國談故國的經驗成爲最暢銷書。在這裡，我思考亞洲的政治現狀。同時，也許是苛酷的批評，但我在著者身上感到某種狡猾。這，恐怕不只我作如是之想的吧？」❸這是伊原弘對最近描寫中國的一個家族綿亙三代的命運而成爲話題的Jung Chang著作的《野性的天鵝》❹的論評，但這段話完全適用於邱永漢。

邱永漢於一九四八年十月逃離台灣，五四年四月經由香港居住於日本，他把在故國台灣的經驗接二連三地寫成作品，以〈香港〉獲得第三十四屆直木獎的是一九五五年的事情。然而，雖然在日本也好，台灣也好，他是個無人不知的名人，他的文學活動，尤其描寫初期的故國台灣戰前戰後，知道其文學性頗高的作品的人，差不多是沒有的。關於爲什麼會變得那樣，和他本身的經歷好像有關聯。

首先，於四八年逃離台灣的理由是獻身台灣獨立運動的結果，感到危險而亡命一般跑到香港，在香港擔任廖文毅的秘書長，旋即發揮商才努力賺錢。不過，五四年渡日後，便轉而埋首於文學創作，從處女作算來第三、四篇就忽然獲得直木獎。獨立運動方面呢，因為不合算，在日本也就不幹了。其後四、五年和日本文壇也大作交流，其文才也為世所知，以故國台灣為主要題材揮其椽大之筆，但商才勝過文才，作為企業家的臉，終於變成了招牌。在七二年受國民政府邀請歸台，其時已然成為優秀的大企業家。

還有他在八〇年為要當日本參議院議員全國區候選人，取得日本國籍，但選舉的結果卻落選。九三年，他移住香港，把新企業之夢寄託於中國大陸，七十歲的現在還在跑來跑去。

對於過著這種生活方式的邱永漢，如果硬問他：「您的身分是什麼？」他一定會毫不遲疑地說：「作家。」但在台灣戰後初次網羅性地編寫的《台灣文學史綱》❺裡，邱永漢的名字是看不到的，後世編寫的日本文學史上，他究竟會不會被定位也頗有疑問。日本文學史云云姑且不論，我認為在台灣文學史上是應該準確地予以定位才對的，但他自五四年到五八年所發表的三十幾篇高水準的文學作品，事實上在處於國民政府嚴厲的思想統制下的台灣是無法讀到的。同時，不管他自己怎樣執著於「作家」，上面引用的關聯到逃脫組的複雜之念頭，無疑，在台灣人的心中是會存在的。只要台灣的人們對邱永漢的這種念頭不被拂拭，即使筆者力主邱永漢的作品比現在在台灣受著高度評價的日本時代的任何一個作家都要卓越，同時讀他作品的機會來臨，想來要獲得定位和評價是困難的。只要看他的生活方式，獨立運動和文學都在半途拋棄，光為賺錢猛進，而歸化日本的理由是爲要當政治家等給予人的反撥，也會叫台灣的人們，尤其會使文學者發生反撥的。

在去年清華大學的會議上，筆者發表了題爲「孕育文學的土壤——台灣文學史上的邱永漢和西川滿的地位」❻，發表後的提問都集中在「邱永漢是台灣作家嗎？」這一點上。要把離開台灣長住外國，終於取得那國家的國籍的作家認爲台灣作家嗎？不以中文而以外文發表作品的作家是台灣作家嗎？這一連串問題出籠，讓我再次看出台灣作家和文學家本身在苦心冥想「台灣文學的定義和定位」的情況。不過，「邱永漢是台灣作家嗎？」這個質疑，其實是非常陳腐的，因爲它和質疑「吳濁流是台灣作家嗎？」有同樣的意思。

生逢日據時代，作爲「日本人」長大，以「日語」思考問題，其精神生活的依靠也是「日語」的台灣人何其多！數一下筆者認識的也爲數不少。他們並非以本身的意志選擇而成爲「日本人」，學習「日語」的。於日據時代長大的台灣作家們，雖然是台灣人，卻只能以「日語」寫小說。邱永漢也一樣。同時，他逃離台灣，也和六十年代一夥人以自我的意志追求新天地而逃到外國是不同，邱永漢的場合是從政治的意味上，除了逃離台灣，是沒有擺脫面臨自身的危險之路的。逃離台灣要去的地方也只有日本。既然自己也曾爲「日本人」學於東京帝大，台灣以外熟悉的地方只有日本。然後，把生於殖民地台灣的台灣人之命運和悲哀，很自然的用「日語」寫成小說作品來發表，它的哪一點和吳濁流不一樣呢？

只是邱永漢作爲作家揮筆的期間僅有短短五年，自一九五四年到五八年之間。如果在五八年他死去的話，事情說不定會改觀吧。我隨意如是地想。也許他會作爲「台灣的魯迅」受到崇敬，以「邱永漢」爲主要的主題，現今舉行著國際會議的吧。如果死在五八年，也不會被人質問「邱永漢是台灣作家嗎？」而加上問號，也不用筆者作爲「異端」提出來的。然而，歷史不存在「如果」。這就是現實。

## ◉陳映眞

我想也許有很多人以爲要做文學評論，讀作品就行，沒有會見那作者的必要。那是那樣也有道理的，但筆者卻無法壓抑住會見作者，直接向他問一問看了作品的疑問和作者思想的好奇心，說那就是開始採訪的動機是沒錯的。這十多年裡會見了約五十位台灣作家，而其契機便是陳映眞。

一九八四年，當時決定要把陳映眞的〈山路〉日譯便著手工作。並不是筆者自己想要翻譯〈山路〉，而是東京的「台灣近現代史研究會」成員中，對台灣文學有興趣的幾個人作爲《台灣現代小說選》，立定把現代作家的作品日譯出版，並由於研文出版接收出版，已經出版了兩本，作爲第三冊翻譯者之一，向筆者提出這件事的。雖然我接受下來，但語彙固不用說，時代背景和作者的企求等，不能理解的地方堆積如山。我判斷：如果翻閱辭典也不懂，倒不如直接與其本人見面問他，也不會譯錯，就這樣飛到台灣去了。於是會見陳映眞，聽他說話，接觸其人。這麼著，我變得會想：爲了要獲得在日本差不多沒被介紹的有關台灣文壇的幅度和深度的基本知識，訪問作家是件必要的事情。約五十位作家之中，也有只見一次便逝世的三毛和王禎和，但也有像陳映眞和鄭清文一般每到台灣便會連絡見面的作家。想要再見一次面的作家裡，在做人方面擁有吸引人的魅力者頗多。

陳映眞從一九五〇年代末的大學生時期就開始發表小說，但初期作品虛無而感傷的爲多。一九六八年，就要赴美時，以思想犯被捕，在獄中過了直到七五年的七年。被釋放後的他寫出像領導七十年代的現實主義文學的〈夜行貨車〉、〈賀大哥〉、〈上班族的一日〉等作品，同時不只文學，對政治和社會等也接二連三寫出辛辣的評論，彷佛喜歡被批評似的一頭鑽進一切論爭裡。

進入八十年後，隨著寫出自〈山路〉、〈鈴璫花〉連續到〈趙南棟〉的執著於「白色的荒廢的五十年代」的作品，他親手在四年之間編輯、發行了可以說證實他強烈的社會意識的一種「報告文學」的雜誌《人間》。

陳映眞因其政治思想，在台灣敵人很多，也常被批評，但自七十年代經由八十年代，他既是代表台灣的作家，又是個理論家是無可置疑的，二十年來，他所主張的文學論是一貫的，其信心是不動搖的。那也不能不說是一種魅力。現代是瞬息萬變的時代，連剛才自己的想法和信心能保持到什麼時候?這都保證不了的。眼前就有和陳映眞一樣對大陸懷抱著理想的劉大任,實際上去大陸,親眼一看到實況就說出或寫出了批評。可是,陳映眞卻不變。

「由於看左翼的書和馬克思、毛澤東寫的書,就被迫過了七年黑牢,也當過兩年中國統一聯盟主席,所以我容易被人認爲是政治性的人物,其實是不對的。我最大的關心是民衆,因而民衆不存在的文學是不可想像的,第三世界文學論也出自那裡的。不能把爲自己的夢想戰鬥的人都說是政治性的人物吧。」以上是去年(一九九四)十一月二十二日在台北見面時,陳映眞說的,也是針對筆者提出「中國統一聯盟主席」之事,寫了〈簡直像政治家的頭銜〉❼的反駁。

說陳映眞的關心在民衆,拿他歷經四年編輯、出版的攝影報導雜誌《人間》也會明白的。自一九八五年到八九年的四年之間,共計發行了《人間》四十七期,污染和核電等環境問題、原住民、幼兒虐待,終至於連同性戀的一切社會問題,每期都提出來,陳映眞有時也親自執筆。由照實報導社會底層人們的生活和痛楚,以及在台灣現實上發生的問題和矛盾,他想催促人們的自覺和反省。大量使用相片的可能是「報告文學」的這種雜誌,有著前此的台灣所沒有的風格,想來對於提高民衆面對這些問題的意識,台灣的反體制運動也有啓發性的影響。自然要說其影響的具體例子,就不得不等現代史家的實證,但把這高水準的雜誌維持四年的陳映眞的韌性和努力,我願給予肯定。「人間」在中文是「人世」之意,而陳映眞說:《人間》就是想要描寫普遍的民衆才這麼命名的。

這裡存在著陳映眞表示最大關懷的民衆。

那麼，把話拉回「中國統一聯盟」，陳映眞當了一九八九年四月在台灣成立的聯盟主席。當我聽到其成員也有國民黨官員，只因我一直到那時對他的理想論有一部分感到共鳴，所以出乎意外的感覺和「原來還是想當政治家？」這種失望交織在一起，而寫了〈簡直像政治家……〉。據他說，該聯盟的主要成員是因五十年代白色恐怖受到十五年到三十年以上之徒刑繫在獄中，後來被釋放活下來的六十五歲的人物，對國民政府心懷不滿的立法委員，以及低級官僚和愛國主義的外省人知識分子等。他和林書揚、陳明忠等遭受白色恐怖未死的人們是在獄中認識的，僅靠知識知道的歷史以事實擺在眼前，由於受到那衝擊產生的就是〈山路〉和〈趙南棟〉這類小說。聯盟的主旨：認爲「民族的分裂是悲劇」，而以中國和台灣的統一爲目標，但並不要急統一，而是首先由於雙方往來加深理解，其理解變爲信賴統一才會變爲可能，是遙遠的將來之事。陳映眞的統一論雖然依舊不變，但對於主張獨立的台獨文學論的人們的批評，卻會有無可忽視的問題。

第一，倡導台灣獨立的文學家和作家們是討厭中國的。他們強調：大陸的人們是中國人，但自己卻是台灣人，連民族都不同。台灣的現代文學於二〇年代在中國五四運動的影響下形成，這是一般的看法，不過獨立派連它也否定著，說是也許多少受到五四運動的影響，但當時是日據時代，只有經由日語來認識世界文學，認識五四也不過其中之一而已。陳映眞說，還有，他們認爲台灣通過日本的統治才得以脫離中國，有著連被壓迫的台灣人民之歷史都要容忍的動向。他指出，其表現就是要重新評價皇民文學的最近的文壇動態。他們認爲日本帝國主義完成把台灣從中國分拉開的任務爲善，雖然有台灣民族該獨立的企求在根底，把否定自身的認同而想巴結統治者的文學，作爲抵抗日本帝國主義的文學予以重新評價是可笑的。無疑的皇民化是悲劇，他並不想侮辱寫了皇民文學的作家們，但卻擔心：對日本殖民地時代的反省，跟韓國等比起來，台灣是太缺乏了。他說，韓國等，要把殖民地問題，科學性的而又認眞地攫住它，致力想要解決它，把傷痕怎樣活用於未來，但台灣的人們卻不是這樣。以上的事情就是他把第三世界文學論一以貫之地展開的理由。不論台灣的經濟怎樣發展，依靠世界的資本主義國家完成了發展，台灣爲邊緣國家是不爭的事實。他認爲台灣既爲邊緣國家，亦即只要是第三世界，其文學就應該把帝國主義和殖民地主義當作絕對的惡來反對才對的。

陳映眞是不變的。而其文學雖然那樣，因其政治思想，在台灣他是異端中的異端，將會成爲絕不被理解的異端吧。邱永漢和鄭清文的文學，也許有一天因其文學性被評價的日子會來臨的，而雖則爲徹底的道德的觀念問題，卻不能想像：向共產主義社會追求著理想的陳映眞的文學在台灣被評價的日子會來臨。戰後以初次的規模編輯的《台灣作家全集》裡，看不見他的名字。即使在台灣他的作品不被高度評價，看不到無可漠視的巨大存在的他的名字，就是由於他自己拒絕列名其中的緣故。

對於實施解放政策的當前中國，他的心情是複雜的。中國和台灣應該統一的想法是不變的，他提出這樣的前言，然後說：「對解放政策後中國社會的資本主義化、腐敗化，我感到反感，但這是中國人民、民族的內部矛盾，話雖如此，我是無法跟上反共、反民族、買辦、反動的台灣獨立運動。」解放政策的結果，如果人們的生活變得好一點，也許劉大任會說其政策沒有錯，不過，陳映眞說：看著腐敗和貪污只有痛苦！

這十幾年之間，會見過陳映眞好多次，聽過他說話，但筆者自己最近變得要想：他不是政治性的人，也許是個在意識型態方面不斷追求著年輕時的夢想的理想主義者。中國擁有的問題和矛盾，以及關於中國和台灣是否要統一的問題，即論一切都明白，但這二十年來一直主張的信心，事到如今是無法抛棄的吧。要是那樣，痛苦的獄中生活以及包含鬥爭到現在的長長的過去，一切都不能不否定了。因而他無法改變其一生的思想。那也就是他之所以爲陳映眞的緣故。一九八七年發表〈趙南棟〉以來，他沒寫小說。最近雖然動手寫著關於五十年代地下活動的報告[8]，以及還是五十年代成爲白色恐怖之犧牲的人們變爲幽靈出現而談著當時之事的舞台劇的劇本[9]，但他的關心永遠是五十年代，也許時間連比它更往前都沒有經過吧。

只是我認爲：他說的「現在，由台灣獨立派一夥人，被扭曲的台灣文學史將要編輯了」，把蘊藏在這句話裡的眞意，我想：關聯著台灣文學的一切人都應該眞摯地去接受，去思考它的吧。

## ◉劉大任

劉大任和邱永漢同爲拋棄台灣的人。光這一點就夠「異端」了？不，邱永漢是因爲牽連台灣獨立而危險臨頭，有著只好逃脫台灣的名正言順的理由，但劉大任與他前後，以留學形式企圖脫離台灣到美國去的作家們卻都是絕望於台灣，拋棄台灣，以自我意志將其將來寄託外國的年輕人。

六十年代正是那樣的時代。從二二八事件繼續到五十年代，在逮捕共產黨人，肅清的黑暗之後來的六十年代是個連一點光明和希望都看不到的，令人窒息的時代。活在那種時代裡的年輕人，由於學習共產主義思想而夢想台灣社會改革的夢，以身投入台灣獨立爲首的社會運動，而拚命摸索著，要從籠罩整個社會的沉悶緊張的環境裡逃脫的方法。然而當其一切都被巨大權力蹂躪時，不但對自己的將來，對台灣的未來本身都絕望，而決心拋棄台灣的吧。

劉大任自大學時代就開始創作，但到美國後，埋首於圍繞著釣魚台列島主權的政治運動，成爲領導的存在。不過，不久運動也挫折，並且接觸濶別二十六年的故國中國的現實，對故國懷抱著的希望也被打碎，終於決意要執筆寫六十年代在台灣的年輕人群像。這樣誕生的即其代表作《浮游群落》。寫這長篇小說，他最擔心的是當局進行尋找登場人物的模特兒。總之小說裡頭，受共產主義影響的男人、牽涉到獨立運動被處刑的男人、國民政府的幕後人、背叛伙伴的特務等都登場，而那些大約都以在他周圍的朋友、熟人爲模特兒，忠實地描寫著當時他所體驗的事件，所以好像擔心給那些人添麻煩。儘管如此，可以說它還是不能不寫的一篇吧。

然而，這裡劉大任就被叫做「異端」了。「逃到外國就一直不回來，而寫暴露六十年代的朋友、熟人的事。住在外國要寫是容易的，什麼都可以寫。拋棄台灣去外國，現在還裝出作家的臉，好意思寫背叛台灣的朋友的小說呢。他瞭解一直住在台灣，想寫也不能寫的作家的悲哀嗎？最瞭解台灣的事情的，只有一直住著的人而已。」當我從一個台灣作家聽到對劉大任這種批評時，老實說，我想就是因爲這樣，才不好搞哩。確實，由於脫離台灣，就會有把住在台灣的作家想寫而不能寫的，在外國寫出來發表。邱永漢就是好例子，他把二二八事件的詳情比台灣作家的任何人都要早的寫成文學作品，在日本發表。不過，筆者肯定邱永漢，不是只因爲他描寫了二二八事件，而是由於他是個說故事的高手，文學性卓越。劉大任也一樣。五十年代整肅之後來的六十年代，也是拖著五十年代之傷痕的黑暗時代，但在那六十年代裡處於正當青春的年輕人，尤其知識分子的年輕人，在黑暗時代中思考著什麼？怎麼樣行動？外省人和台灣人的年輕人怎樣互相反撥著，或者互相共鳴？並且在五十年代裡投身於台灣獨立運動的人們想在國外尋找其活路，企圖逃到日本和美國，可是，到了六十年代，爲什麼只有外省人的知識分子（陳若曦是台灣人當中唯一例外），大多數人追求新天地去美國？爲什麼就那樣不回來了呢？這一切都在《浮游群落》裡描寫著，描寫六十年代的文學作品，筆者不知道會有出其右的作品。同時，這篇作品不是只描寫政治的壓迫和事件，當時的年輕人愛好的書籍、文學、哲學、音樂和繪畫等都點綴在整篇作品裡，各各象徵著年輕人的命運，也一絲不苟地描寫著生活、風俗和戀愛。

像這樣的傑作，從發表當初到現在卻沒有要評價這篇作品的動靜。劉大任與邱永漢不同，他以中文寫作，而其作品雖然在台灣發表，歸根結底只被評價爲不出「一外省人作家的青春回顧錄」之域，這就是台灣的現狀。但願慢慢拆下外省人、本省人這種框框，從不戴有色眼鏡來看作品本身出發。

## ◉鄭清文

我不認識會有其他作家像鄭清文那樣以眞摯的態度致力於文學的。不管是否受人評價，他只是坦坦然三十幾年創作純文學。在台灣寫作純文學這件事就已經是「異端」。作爲台灣作家的宿命，除了描寫從上面沉甸甸壓下來的政治，以及被從那政治產生的社會現實所包圍而生活的狀況之外，文學沒有路，這樣想是很普通的。事實上，大部分作家都以「政治」爲重要主題寫作的。把受壓抑被蹂躪的歷史，或把在眼前今天展開著的現實，以強烈的抵抗意識和不屈不撓的精神執筆一直寫下來。那是需要忍耐的苦鬥，在社會要民主化的過程裡，也可以說是無論怎樣都不能不穿過去的宿命吧。

在那種趨勢占絕大勢力中，鄭清文貫徹著寫純文學的姿勢。想來那和他幼少時代的兩件事好像有關係。日本統治下末期，受過六年小學教育的他，把於其後接踵而來的日本敗戰，隨著由於國民政府統治強制北京話等，不能不在幼小的心靈上接納的事實，實在太苛酷了。一直到那時候培育起來，或懷抱著的價值觀，因爲從根底被推翻，大人固然不用說，對於善感的少年，無疑的，其衝擊是更大的。那和他自己的家庭環境又可作爲一個重要因素提出來。那是他才滿周歲時，就作爲養子被送去母舅的鄭家，以舅父母爲眞的雙親長大的事情。這件事並非祕密，雖然他自己說從小就知道，可是說幼小是多少歲的時候的事呢？這是叫人記掛的。人要會懂事即令有個人的差異，大概兩三歲左右吧。可以想像在感受性也強烈的這個時期，知道自己有兩個父親和兩個母親，除了衝擊以外，還有什麼呢？要叫幼小的心靈理解每天一同起居，衷心愛著自己的父母，其實並非實在的雙親，而偶爾一去就會疼愛自己的卻是親生父母，這可以說是無理的。說得誇大點，我也覺得：那對他是件被迫轉變價值觀的事，要把它按照自己的方式來消化直到自己領會，也許需要相當時間，或者成爲無法拂拭的傷痕，現在還留在心中的什麼地方，說不定那對他的創作有著什麼影響的。

由於上述兩件事，鄭清文可能親身感受著：在這個世界上，連作爲一個人最重要的價值觀都會輕易地崩潰，要像個人活下去的尊嚴都會受到威脅。因而他自從有志於文學，不管發生戰爭，不管政權嬗變，不管天翻地覆，他都決意通過文學把作爲人重要的、普遍的事物作爲目標。這兩件事給予他的衝擊是那樣地強烈的吧。我以爲處在寫作政治意識濃厚的文學之作家衆多裡頭，獨自一人要繼續寫純文學是反而需要勇氣的，總之他不斷地默默的面對稿紙。

那純文學作家的鄭清文創作童話，希望給包括自己在內的生長於要培養感受性的幼少年期該讀的童話和兒童文學書匱乏的台灣的人們和孩子們來讀，在寫小說之餘，不斷地寫作童話已經過了二十年。他的童話在台灣文學中和在兒童文學中也是「異端」，像他那樣的童話是沒人寫的，他童話的主題既不像直到現在不斷地寫下來的儒教的「孝」和「忠」，也不是外國童話的翻譯，而是把人作爲人要活下去，不能不珍惜的事情，愛、關懷和宿命等諸如此類的東西，既不諂媚讀者，也不擺大架子，淡淡地描寫著。而看完後，蘊藏著一縷縷溫暖，深深而又切切的餘韻的作品爲數頗多。

還有作者讓人感覺到：他凝視著養育自己的「台灣」這塊土地的目光格外溫柔。〈燕心果〉、〈紅龜粿〉、〈鹿角神木〉、〈白沙灘上的琴聲〉、〈鬼〉、〈鬼姑娘〉等所描寫的是：也許綿亙幾千年在台灣反復過來的自然的生生不息，和生息於斯的人們的日常生活。

譬如〈白沙灘上的琴聲〉是鄭清文的創作，鳴砂在台灣的海岸是否被確認過，不得而知，但作爲鳴砂的研究者著名的同志社大學的三輪茂雄教授曾給作者寄去：「想要回復鳴砂的鯨魚的故事太卓越了。世界性的鳴砂因爲海洋污染正在消失，從日本列島在水中的鳴砂也完全消滅了。爲了控訴這件事，我想您的〈白沙灘上的琴聲〉是優異的」這樣的讀後感⑩。台灣中部到南部的東海岸沙灘非常之美，鳴砂在往昔一定也有過的。然而現在污染激化，這裡環境破壞也變成了問題。對於引起污染的人們，鄭清文發著警告。

還有，關於出現在〈鬼姑娘〉裡的茄冬，有人告訴我它和台灣人們的樹神信仰有關。據說台灣有著叫茄冬公的神，也有其廟。說是出現於〈鬼姑娘〉裡的茄冬樹暗示著神話的背景⑪。那麼想著去讀〈鬼姑娘〉，茄冬樹種在村郊，鬼姑娘會走到茄冬樹的地方，卻不會再往村裡進去，也就是說，可以明白作爲把人間和鬼世界隔開著，茄冬被象徵性地描寫著的。出自一個作家之手的作品，不論小說和童話，讓我再一次感到是土地所孕育的。

## ◉拓拔斯

住在台灣的漢民族──包含到清朝時代自大陸遷來的所謂本省人和戰後搬來的外省人雙方對原住民都負有內疚。本省人裏面也有一部分人認爲，「台灣人」是包括原住民與本省人在內，不過，本省人擁有這一意識還不過是八十年代以降的事。那也是從原住民本身之中出現受過高等教育的知識分子，通過社會運動等，變得要主張原住民的權利，而台灣人被原住民說：「本省人也是侵略者！原住民才是在眞正意義上的台灣人！」這才開始領悟的。在此以前，開口說「台灣人」這句話時，在意識上僅只指著本省人（由閩南系和客家系構成），蘊含著在台灣的歷史裡，自己才是被外來政權迫害壓制的被害者之意。

在這種情況下，由於被原住民指責：「你們也是侵略者！」這才猛然醒悟而慌忙地爲自己的方便，在「台灣人」中加上了原住民，這才是眞相吧。那是以台灣文學爲例也可以明白的。

觀看台灣近代文學七十年的歷史，即使作爲作品題材的對象曾經有過原住民登場，可是原住民親自創作或要談文學這回事，漢民族的末裔們是從未想像過的。原住民在戰前被日本人，戰後被包括本省人在內的漢民族不斷地壓迫的結果，無法滿足地受教育，大多數人都幹著社會底層的工作。不錯，實際上壓抑他們的是當時的政府，可是我覺得不把原住民問題當作自己本身之問題來攫住的本省人亦爲同罪。在那樣嚴酷的社會狀況中，排灣族的陳英雄於六十年代初發表小說，孤軍奮鬥，作爲原住民作家雖是第一人，但他現在卻不寫了。接著於台灣文壇燦爛地初次登台的是排灣族的莫那能和布農族的拓拔斯，但兩人登場的是進入八十年代以後的事，離陳英雄經過一長段時間。那姑且不論，一般都認爲這兩人登場絕不是偶然的，可以和一進入八十年代後，從原住民自己裡面發生的一連串社會運動的關聯來把握住它。

無可置疑的，隨著從七十年代後半黨外民主運動成長，被它所刺激似的，原住民族運動也展開起來。當外省人和本省人聽到原住民本身所主張的「自治」、「回復本姓」、「歸還土地」等要求時，都大吃一驚，同時這才認識了在這個台灣有原住民，想來這才是眞情實況。就在這種情況下，莫那能和拓拔斯登台了。如果不注意他們兩個人，就會成爲趕不上時代，就會暴露出「台灣人」中不包括原住民的事情。於是乎，台灣作家們全都起而抬擧兩個人，大加讚美說：「這才算眞的台灣文學。」「拓拔斯以布農語思考，在腦子裡將它譯成中文才把它文學化。」「中文裡沒有的表現很新鮮。」當兩個人要發表作品，出版作品集，雖然有著如果沒有漢民族推薦和幫助就會發生困難的情況，但在其作品集裡，連從來一點也不關心原住民的作家都競相寫序文，看來還是滑稽的。看那些對兩個人的評價，叫人覺得始終走不出因爲「原住民」寫的這種興趣本位。筆者以爲他們兩人倒是反被台灣文壇所利用的。

據說美國自從進入九十年代，接二連三製作以西部開拓史爲背景的電影而大爲成功。《與狼共舞 Dance with wolves》（九〇年）、《不被寬容的人》（九二年）、《吉羅尼摩》（九四年）、《墓碑 Tombstone》（九四年）等接踵著，但卻和以前的西部片不同，是根據史實尊重著native American（先住民）來製作爲其特徵。在那《吉羅尼摩》片中，扮演Apache（阿帕切人）族勇士吉羅尼摩（原名為Geronimo

1829～1909。印第安最後的英雄阿帕切族酋長，反抗美國政府的對印第安人的政策起義，善戰，終於不敵、被捕而死於獄中）的是先住民的Cherkee族（北美印第安，柴拉基族人）明星維斯・斯帝由第，去年（九四年）來日本回答記者採訪時，如下的回答予人以深刻印象：「好萊塢似乎誤以爲演員只能演和祖先的人種相同的。沒特書native American的角色而讓我來扮演時就是巨大改革，那時，『native American』這一形容詞被拿掉而會成爲『演員』，我以爲就在不遠的將來……。」[12]

筆者本身聽說台灣文壇上出現原住民作家時，首先確實是爲「原住民」所吸引的。然後會見他們兩人，也直接聽到「參加了原住民族運動，也受到影響」這些話。不過讀莫那能的詩，把拓拔斯的小說看下去，在他們兩人的作品裡，發見了不僅止於那種共同點。那是人類靈魂的叫喊，是具備藝術性的高度普遍性的文學作品。莫那能在那以後也積極參加著原住民族運動，但拓拔斯卻遠離了它。拓拔斯讓人覺著他有一種自己寫的東西跟那種運動是存在於別的地方之意識，事實上他的作品就是洋溢著從內面噴湧的靈魂之表現以外，無他。這麼說，那麼拓拔斯對原住民運動是無關心嗎？絕對不是那樣，在醫療現場上，他表示著還是以自己的生活方法致力於原住民問題的姿勢。在第六章筆者使用了「非漢族」、「布農族作家」等名稱，但那是只把它當作「台灣文學的異端」把握的現實，筆者想藉由自己又一次重新凝視，希望它成爲朝向未來探索「台灣文學」所在的契機，這種願望之故。但願能夠早一天從他們兩人身上「原住民」這個詞語消失，而被稱爲「作家」的日子來臨。

## 【註】

❶ 一九九四年十一月二十五日至二十七日三天。發表的論文共三十九篇。參加者如包括參加討論的學者、研究者等，從美國、德國、日本及台灣來的共有二百位的空前大規模。最後的二十七日準備了「日據時期台灣作家座談會」，巫永福、王昶雄、陳榮、吳漫沙、周金波、楊千鶴、陳千武、林亨泰、葉石濤，以上九位老作家同聚一堂。

❷ 下村作次郎著《以文學看台灣——統治者、語言、作家們》，田畑書店，一九九四年一月，六一頁。

❸ 《中國圖書》，一九九五年一月號，六頁。

❹ Jung Chang, *Wild Swans*, Harper Collims Publisher，London, 1991。日譯是《ワイルド・スワン》上下，土屋京子譯，講談社，一九九三年一月二十五日。

❺ 葉石濤著《台灣文學史綱》，文學界雜誌社，一九八七年二月。

❻ 將收入《賴和及其同時代的作家——日據時期台灣文學國際學術論文集》，國立清華大學中文研究所，一九九五年。日譯論文已收入《近代台灣社會．文化的變化》(一九九三年度山陽放送學術文化財團補助金研究成果報告書，獲得第二十四屆谷口紀念獎)，日本岡山亞洲研究會，一九九五年三月。

❼ 請參照本書第四章〈劉大任〉。

❽ 作爲報告文學〈當紅星在七古林山區沉落〉發表於《聯合文學》，一九九四年一月號。

❾ 即歷史報告劇「春祭」(《聯合報》一九九四年三月十四、十五日)，九四年三月於國立藝術館上演。

❿ 見於三輪茂雄氏給鄭清文的一九九四年三月四日的信。三輪氏的著作有《在消失的白砂之歌——鳴砂幻想》，近代文藝社，一九九四年九月。

⓫ 鈴木滿男〈台灣的樹神信仰〉《しにか》，一九九三年九月號，請參照九七～一〇五頁。

⓬ 一九九四年五月二十三日《朝日新聞晚報》。

# 第一章　／涂翠花譯

# 文學中的二・二八事件

## 向禁忌挑戰的作家們

戰爭和事變，革命與暴動，每逢歷史變動之際，生存在其間的人們如何思考？如何行動？又如何記錄下來？侯孝賢導演的《悲情城市》，劇中探討「二二八事件」而成爲一時的話題。電影中有一幕家人遇難不久之後的用餐場面，日本批評家說，不會受到思想、如夢般的觀念世界、時代動態等影響的平淡生活，才是生命的實質內容。對於這番評論，山口守批評道：「這樣的見解未免太膚淺了！夢和理想也和三餐一樣，都是生存的實質內容。……人們日常生活的細節、夢和理想，一樣都是生存的實質內容，都可以是寫作的題材，這正是台灣文學迷人之處。」❶讀了這段文章，想起吳濁流《無花果》之中的情節。二二八事件發生後十餘天，男主角處在終日槍聲四起，形同戰場的台北，「買不到菜，幸好還有米。可是這種日子要過多久呢？眞令人擔心。」❷「食物都吃光了，只有從鄉下拿來的米還夠吃。沒有菜，只好勉強拌著鹽巴吃。」❸第一次讀這篇小說時，特別記得這一幕。小時候，父母常告訴我戰時的事情。空襲和防空洞的事，我還記得很清楚：戰後糧食不足之事，也聽他們說過。年幼無知的我茫然地想像著，戰時局勢混亂，人們只顧逃命，大概沒空想吃飯的事吧！不，大概連飯都沒得吃吧！所以看到《無花果》中的男主角爲三餐發愁的場面時，才會覺得很疑惑。拜讀山口先生的大作之後，看清了自己的疑惑，同時也感覺到吳濁流是一位有眞才實學的作家──他一邊描寫二二八，一邊又把「人們日常生活的細節」呈現在讀者眼前。

二二八事件是震撼戰後台灣各界的大事，到今年已經四十五年了。在這個期間，一直都是政治上的禁忌，在文學上也是個相當沈痛的主題。但是，大膽的作家們以「生存的實質」形態，不斷地寫出來。在本文中，將要依時間先後探討文學作品中的二二八。同時也要把焦點放在——從來不曾被列入台灣文學史中的二二八作家邱永漢身上。

## 1 二・二八事件前後的台灣文學

### (1)從台灣新文學誕生到終戰

要了解二二八前後的台灣文學，必須先對日據時代的文學活動以及台灣作家的處境，有概略的認識。首先透過一九九一年台北前衛出版社發行的《台灣作家全集》，來研討這一方面的問題。

本全集共五十卷，網羅了五十七位作家的作品：包括「日據時代」十卷（十七位），「戰後第一代」十二卷（十一位），「戰後第二代」十五卷（十五位），「戰後第三代」十四卷（十四位）。「日據時代」於一九九二年二月出版，「戰後第一代」於一九九二年七月出版，「戰後第三代」於一九九二年四月出版，而「戰後第二代」也已於一九九三年十二月出版。

過去也有這方面的作品系列，例如：收錄了戰前作家作品的《日據下台灣新文學》五卷（明潭出版社，一九七九年三月）、《光復前台灣文學全集》十一卷（遠景出版社，一九七九年七月）、收錄戰後作家作品的《本省籍作家作品選集》十卷(文壇社,一九六五年十月)、《台灣省青年文學叢書》十卷(幼獅書店,一九六五年十月)。此外還有幾種個人全集❹,但是編輯都偏重於時代和作家作品。這次的《台灣作家全集》,除了「日據時代」之外,全部採用一卷一作家的編輯方針,這是過去的全集、選集不曾採用的方式;而且網羅了被視爲台灣新文學之出發點的二〇年代作家,以至於被視爲現代台灣之代表的作家,時間前後多達七十年。因此,《台灣作家全集》可以說是台灣文學誕生以來,第一套名副其實的「全集」。此外,過去連作家生涯(包括生歿年代及出生地)和著作年表,都只能找到片片斷斷的資料,而且還錯誤連篇。但是,這套《全集》對這些資料蒐羅得相當完整與正確,可以窺見想要傳承自己的珍貴文化遺產的姿態。和十七年前筆者開始研究台灣文學之時的狀況,簡直有天壤之別。當然,那時也有作家和評論家努力延續台灣文學的香火;可惜在台灣各大學中並沒有任何學者研究台灣文學,在小學、中學、高中的國語教科書中,也找不到一篇台灣作家的作品。在當時的台灣,盡是中國四千年歷史培育出來的訓詁學、文字學、音韻學和古典文學。古典文學之外就是少得可憐的大陸新文學,例如:朱自清、徐志摩、許地山的詩與散文,或幾篇小說。不僅台灣人,連我們這些留學生也只能念這類文學,而不能自由選擇自己想念、想研究的東西。

一如鍾肇政在本全集〈總序〉中所說的,台灣文學走過的歷史足跡是「血淚的文學,掙扎的文學」。從這一個層面來看,在黎明終於來臨的今天,出版這套全集,回顧過去的七〇年代,同時也踏出九〇年代的新的一步，其意義之重大不言而喻。

第一卷是賴和，生於一八九四年，歿於一九四三年。甲午戰爭之後簽訂馬關條約，結果把台灣割讓給日本，當時是一八九五年；第二次世界大戰結束，波茨坦宣言宣告台灣復歸中國，時爲一九四五年。所以賴和的生涯大致和日據時代重疊。他的第一篇白話文小說〈鬥鬧熱〉發表於一九二六年。收於本全集之「日據時代」中的十七位[5]作家之中，包括賴和在內，有五位作家在二〇年代發表處女作。雖然最年輕的王昶雄和最年長的賴和相差二十二歲，但是王昶雄也是五位作家之一，其餘十二位作家都是三〇年代以後才發表處女作。日本之統治台灣始於一八九五年，起初還用清朝流傳下來的文言文創作文學作品；在二〇年代以後，受到大陸五四運動的影響，產生了白話文的新文學作品，代表人物是賴和、楊雲萍、張我軍等。其中，張我軍在留學北京時參加了白話文運動，是他把大陸革新風氣直接引進台灣的。魯迅、冰心、郭沫若等人的作品，也從一九二五年開始轉載於《台灣民報》上。他們否定了傳統文學，否定了舊文壇，想要在台灣發展用大陸的白話文創作的新文學。這類新文學表達了在台灣統治下，受到壓迫的台灣人的痛苦和對帝國主義的抵抗（例如：賴和的〈鬥鬧熱〉、〈一桿稱仔〉等作品），成爲台灣文壇的主流。因此之故，這個二〇年代被稱爲「台灣新文學的黎明」，而賴和則有「台灣文學之父」（或「台灣現代文學之父」[6]）的稱譽。

三〇年代之後，日本的「皇民化運動」越來越激昂，《台灣作家全集》之「日據時代」系列的作家之中，翁鬧、巫永福、王昶雄、楊逵、呂赫若、龍瑛宗、張文環等七人都接受了日本教育（除了龍瑛宗之外，都曾留學日本），結果就只能用日語創作了。用日語寫出來的作品中，〈送報伕〉、〈牛車〉、〈有木瓜樹的小鎮〉等，曾經在日本文壇發表。〈送報伕〉是楊逵的作品，入選《文學評論》（一九三四年十月號）小說徵文獎第二名（第一名從缺）。男主角「我」是一位少年，他在台灣生活困難，三餐不濟，便前往東京，找到一份報僮工作。可是後來又失去這份工作，落魄地回到台灣來。作品青澀，缺乏藝術性，但是日本文壇給予這篇作品「真情感人」的評價。〈牛車〉是呂赫若受到〈送報伕〉的刺激而寫的作品，刊登在《文學評論》（一九三五年一月號）上。即使台灣成為日本的殖民地，人們還是得過日子，但是收入好的工作都被日本人搶走了。在這麼困苦的日子裡，楊添丁仍然拚命拉牛車工作。然而再怎麼努力工作，和家人之間卻老是起爭執，生活也越來越貧窮，越來越悲慘。第三篇〈有木瓜樹的小鎮〉是龍瑛宗的作品，入選《改造》（一九三七年四月）的小說徵文獎佳作。內容如下：陳有三對未來懷著希望，而進入鎮公所工作。但是當他看到那裡的腐敗現實，又見到女朋友如同婚姻買賣似地嫁給他人，便逐漸自暴自棄，終日借酒澆愁。

其他如張文環、翁鬧的作品也被介紹到日本去；不過上述三篇短篇小說的作者，都是生活在殖民地，受過「皇民化運動」的壓迫，而且是在日本教育下成長的台灣作家。他們只能用日語表現，所以用日語訴說自己的處境。其中，〈有木瓜樹的小鎮〉發表在一九三七年，正是八年抗戰爆發那一年。當年日本政府全面禁止中文的文學創作，如果想發表作品，就必須把日語學得像日本人一樣好。但是，這也是中日全面戰爭的開始，因此文學運動被迫停擺。一九四一年五月，張文環、呂赫若、楊逵等人創辦了季刊《台灣文學》(一九四四年五月，和其他雜誌一起被台灣文學奉公會的機關雜誌《台灣文藝》合併)，費盡心思想撐到戰爭結束，可是最後還是被迫停刊了。戰況越來越激烈，作家也被分發到農村、工廠、礦坑等地，結果被迫寫出所謂的「皇民文學」——例如「報導文學」之類。言不由衷、身不由己的他們，心中作何感想呢？

其中只有吳濁流(作品收錄在《台灣作家全集》的「戰後第一代」之中)埋頭創作，用日語寫成《胡志明》一書，到戰後才有機會出版。

### (2)充滿期待的兩年

一九四五年八月十五日，日本終於戰敗，台灣從五十年殖民統治下獲得解放。台灣的人們都很高興終於可以重回祖國的懷抱，建立自己的新家園。在文學方面，再也不必寫言不由衷的「皇民文學」，從今以後可以創造新的台灣文學，眞叫人振奮！到二二八事件發生爲止的兩年中，台灣作家陸陸續續發行報紙和雜誌。楊逵創辦了《一陽周報》，龍瑛宗擔任《中華日報》日語文藝欄主編。其他還有《政經報》、《新新月刊》等多種報刊雜誌。

雜誌之中值得注意的是《台灣文化》，這是設立於一九四五年十一月的「台灣文化協進會」從一九四六年十一月開始發行的月刊。執筆者除了日據時代以來的作家、知識人之外，還有來自大陸的作家。前者包括了吳新榮、楊守愚、呂訴上、洪炎秋、劉捷、呂赫若、廖漢臣、劉慶瑞、戴炎輝、黃得時等人，後者例如：許壽裳、臺靜農、袁珂、李何林、李霽野、黃榮燦、黎烈文、雷石榆等人。台灣文化人認為台灣既然重歸中國，他們也就是中國的一分子，因此有心和大陸作家攜手共創新文化。當時他們一定作夢也想不到，後來外省人和本省人之間會引發爭端吧！二二八事件後發佈了戒嚴令，接下來又有國民黨政府的彈壓；如果沒有這些事故，台灣和大陸的知識分子、文化同仁，就能相互交流、攜手合作，也許會影響台灣文學的發展方向。可惜《台灣文化》在一九五〇年十二月停刊，為時不久。

此外，單行本方面有鍾理和的《夾竹桃》(北京馬德增書店，一九四五年四月)，楊逵的《鵝媽媽出嫁》(三省堂，一九四六年三月)，吳濁流《胡志明》第一至三篇(國華書局，一九四六年九月至十一月)和第四篇(民報，同年十二月)等。鍾理和的《夾竹桃》是中文，出版於他滯留北京之時。《鵝媽媽出嫁》和《胡志明》都以日文形式出版。但是《胡志明》第五篇(最後一章)被二二八事件波及，直到一九五六年在日本出版❼之前都不曾曝光。

在這段時期，魯迅、郁達夫、茅盾、沈從文等大陸作家的作品也傳到台灣來，台灣人因而對他們的作品有短暫的接觸。魯迅《阿Q正傳》（一九四七年一月）、郁達夫《微雪的早晨》（同年八月）、茅盾《大鼻子的故事》（十一月）等，都由楊逵譯成日文，與中文對照，由東華書局出版。其他還有：魯迅著，藍谷明譯註的《拼音註解中日對譯・故鄉》（現代文學研究會，一九四七年八月），魯迅著，王禹農譯註的《原文拼音日文譯註・狂人日記》現代國語文學叢書第一輯（標準國語通信學會，一九四七年一月），和《原文拼音日文譯註・孔乙己頭髮的故事》（同一叢書第二輯，一九四八年一月）。整體來看，魯迅的作品佔大多數。這些例子在在說明了，台灣民衆熟習日語而不懂中文的事實。也可以了解楊逵在這段時期，努力引介大陸文學的積極作法。然而，不久之後，一九四六年十月，台灣省行政

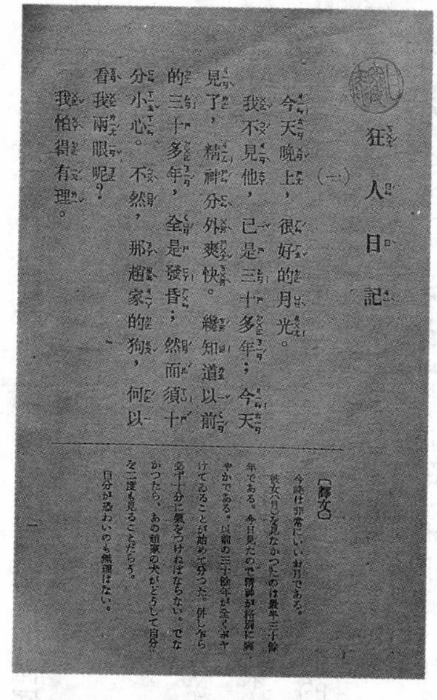
狂人日記

（一）

今天晚上，很好的月光。

我不見他，已是三十多年；今天見了，精神分外爽快。纔知道以前的三十多年，全是發昏；然而須十分小心。不然，那趙家的狗，何以看我兩眼呢？

我怕得有理。

【譯文】

今晩は非常にいい月夜である。

彼女（月）を見なかったのは最早三十餘年である。今日見たので精神が格別に爽やかである。以前の三十餘年が全くボケていることが始めて分った。併し乍ら必ず十分に氣をつけねばならない。でなかったら、あの趙家の犬がどうして自分を二度も見ることだろう。

自分が恐わいのも無理はない。

魯迅著・王禹農譯註《原文加注音符號及日文譯註・狂人日記》初版本，標準國語通信學會。1947年1月發行（筆者藏書）。

公署下令禁止報章雜誌使用日語；同時在政府高唱「反共」、「光復大陸」的口號下，大陸文學作品也悉數成爲禁書。一九三七年，台灣作家在日本帝國主義下被禁止使用中文創作，如今再度被剝奪了創作語言，陷入日暮途窮之境，重回祖國的歡欣刹時化爲絕望。《台灣作家全集》的「日據時代」作

家們，歷經二二八事件和五十年代白色恐怖的徹底鎭壓，終於先後封筆。

### ⑶殘殺知識分子

爲什麼會發生二二八事件呢？台灣被日本統治了五十年，終於光復，重歸「祖國」，人們都興高采烈。但是國民黨的腐敗官僚辜負了台灣民衆的期待，台灣人仍然處在被統治的地位，和日據時代完全相同。鍾肇政說：「豈止是相同，他們的作法比日據時代更糟！」並且舉楊逵爲例：楊逵是發起「農民組合運動」等抗日運動的鬥士，一九二七年首次被逮捕，時年二十二歲；後來又先後入獄十次之多，但是全部刑期加起來也不滿一年。台灣光復後，首先在二二八事件不久後的四月，和妻子葉陶一起被捕入獄，四個月後出獄。可是一九四九年又因起草「和平宣言」，提倡自由民主而被捕；一九五〇年被判刑十二年，在綠島（日據時代的「火燒島」）服刑，到一九六一年才出獄。鍾肇政說：「不是在殖民地統治下，而是在祖國懷抱裏寫了一篇短文，卻因此被判刑十二年，我覺得很驚訝。」❽

「爲實施清鄉告民衆書」，是一九四七年三月廿日以陳儀的名義散發的傳單（正反面各是日文和中文）。傳單中說：「政府爲了保護善良民衆，維持全省治安，徹底肅清惡人，而實施清鄉……」由這段文字中，可以窺見陳儀對二二八全島反政府暴動，採取全面壓制的措施。死於國民黨軍隊手中

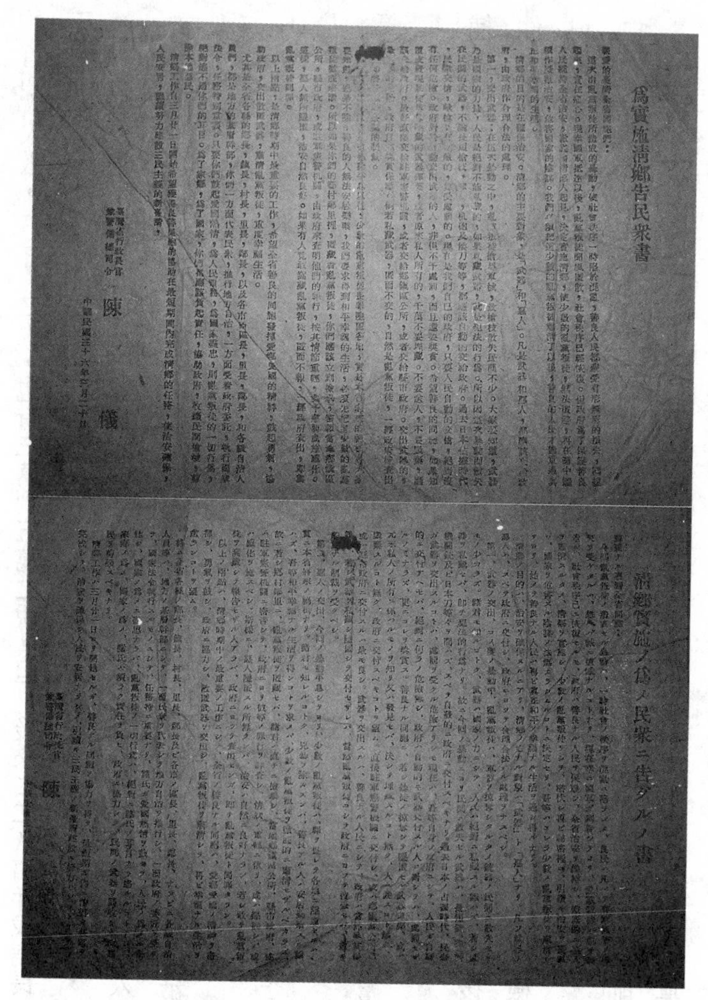

為實施清鄉告民眾書

臺灣省行政長官
兼警備總司令　陳儀

中華民國三十六年三月二十日

清鄉實施ノ爲メ民眾ニ告グルノ書

1947年3月20日，以陳儀之名散布的傳單《爲實施清鄉告民衆書》，一張傳單的兩面以中文和日文印刷(三田裕次先生所藏)。

的台灣人人數，有一萬之說，也有三萬到五萬之說。但是後來二二八事件成爲長久的政治禁忌，正確的人數始終不詳；直到今年二月，台灣有關當局首次在調查報告的附錄中，推定死亡人數從一萬八千人到兩萬八千人。一九四九年五月公布戒嚴令，同年十二月蔣介石進入台灣，開始一黨獨裁政治；包括延續到一九五〇年代的「獵紅」*行動在內，又有幾萬人因抵抗而被捕或被殺死。其中有許多人是受過日本教育的知識分子。

終生從事台灣獨立運動，在台灣文學、語言的研究上也很著名的王育德（一九二四至八五年），一九四九年八月逃到日本，但是他的兄長王育霖則說死於二二八事件之中。王育霖（一九一九至四七年）畢業於東京帝國大學法律系，日據時代在京都做過實習推事，光復後回到台灣擔任新竹地檢處檢察官。他查出新竹市長瀆職，但是大陸出身的市長勾結同是外省人的警察局長，阻撓王檢察官逮捕市長的行動。於是王育霖便辭去法院的工作，到台北擔任建國中學的教師。後來發生二二八事件，全島陷入混亂狀態，新竹市長命令警方逮捕王育霖，從此一去不回。曾任檢察官的他，如今只是一名教員，卻也逃不過被殘殺的命運。兄長慘死，使王育德受到很大的打擊，於是經由香港亡命日本。此外，同樣在日據時代受過日本教育的柯旗化（一九二九—　）畢業於師範學院（今師範大學），目前在高雄經營第一出版社，同時也用筆名「明哲」發表詩集❾；他也曾因莫須有的叛亂罪，二度下獄，刑期共計十七年之久。將自己半生的經歷寫成《台灣監獄島》（イースト・プレス，一九九二年七月）一書，在日本出版。

這類慘事實在多不勝數。二二八事件距今已有四十五年，在這段期間，二二八事件一直是人人聞之色變的禁忌，所以必定還有其他人死於非命，卻眞相不明，唯有留待他日詳細查證了。

## (4)「譯腦」與空白的五〇年代

那麼，這段時期的文學是什麼樣子呢？前面提到的《台灣作家全集》「日據時代」作家們，除了戰前去世的作家之外，都在二二八事件之後封筆了。其次的「戰後第一代」十一位作家，都是生於日據時代，甚至大多數都有在戰爭末期以「日本人」之身從軍的經驗。這正意味著他們的生涯從日據時代延伸到終戰之後。其中只有鍾理和從處女作開始，一直堅持以白話文創作。其餘十位作家則和其他台灣人一樣，終戰後才接觸到中文。吳濁流在終戰後除了以漢詩寄託心中的鬱憤⓾之外，仍然繼續用日語創作。但是一九四六年十月廿五日的「光復一週年」紀念日，政府下令禁止使用日語，因此想要繼續發表作品的其他作家，無論如何都必須學習中文。一九四五年戰爭結束之時，吳濁流已經四十五歲，除了鍾理和（三十一歲）之外，其他九位「戰後第一代作家」的年齡如下：陳千武二十三歲，葉石濤、鍾肇政、鄭煥、張彥勳二十歲，廖清秀十八歲，李篤恭十六歲，文心、林鍾隆十五歲；他們從開始上學之後，就接受日本教育，用日語閱讀、書寫、交談、思考。對他們來說，重新學習一種陌生的語言，是很困難的事。更何況語言是作家的生命，他們的痛苦實在令人難以想像。爲了文學而必須學習使他們苦惱的語言，最後終於有志者事竟成的少數作家之中，鍾肇政也是其中之一。

他的父親是客家人，母親是閩南人，所以他的母語是客家語和閩南語。但是開始上學之後，受到徹底的日本教育，不僅用日語交談，甚至還習慣了用日語思考。終戰之時，鍾肇政二十歲，長久以來他一直都很自然地用日語表達自己的心情，如今卻必須放棄日語——不但要放棄日語，而且還要學習新的語言，他可能因此吃了很大的苦頭。六年之後，他終於千辛萬苦地學會說北京話，更進步到發表作品的程度。不過，他本人說那只是習作，不能稱之爲「小說」。他說他創作的順序是，先用日語寫完全文，然後把日語譯成北京語，在翻譯過程中逐漸學會北京語。當這一個過程熟練之後，接下來是用日語思考，同時立即在腦中把日語譯成北京語，寫在紙上已經是北京語了。這就是第二階段「譯腦」。到最後，終於可以不用日語，而純粹用北京語思考、閱讀、寫文章。到這個階段，總算有精通北京語的自信了。「最近有年輕人告訴我：『你們這一代既懂日語又懂中文，眞令人羨慕。』我花了十五年的時間才完全擺脫日語。二十歲到三十歲之間，本來是建構思想體系的最重要的時期，可是我把這段時期用來學習ㄅㄆㄇㄈ，所以落得思想貧乏也無可奈何。日語也好，中文也罷，都是半調子，命中註定成不了大作家⑪。」聽了鍾肇政這番話，使我百感交集。其他的「戰後第一代」作家們，也懷著和鍾肇政一樣的心情學習中文，開始用中文創作。

五〇年代以後，魯迅等大陸作家的作品都成爲禁書。受到二二八事件的影響，也和國民黨政府的「反共」政策有關，以至於外省作家的反共文學流行一時。反共文學是一種御用文學，從頭到尾都是批判大陸的共產主義，並且爲蔣政權辯護，嚴重脫離現實。其他還有戰後和蔣政權一起從大陸渡海來台的外省作家，所寫的一連串「鄉愁文學」以及低俗的大衆小說，佔據了台灣文壇。「中國文藝協會」、「中國青年寫作協會」、「中國婦女寫作協會」等，紛紛在五〇年代的台北成立，這些協會都是外省作家組成的國家性組織。活躍在這段時期的作家有：謝冰瑩、蘇雪林、陳紀瀅、王藍、彭歌、姜貴等。

反觀台灣作家們，經歷二二八的創傷與鎭壓之後，很難再振作起來。而在語言方面，即使學了點中文開始創作，也還沒有到寫得出文學作品的地步；就算寫得出來，也會遭到文壇封殺，連發表作品的機會都沒有。

終戰，重回祖國，國民黨腐敗政權入台，失望，二二八事件，政府的鎭壓。歷經一九四五年到一九六〇年的種種變動的台灣作家和知識分子，有的像「日據時代」作家一般停止創作，有的逃亡海外獻身於台灣獨立運動；他們被迫成爲沈默的一群。然而，在這個黑暗時代裏，「戰後第一代」作家依然活躍著，爲六〇年代打下了源源不絕的創作基礎。而「日據時代」作家之中，王詩琅、巫永福、王昶雄、楊逵、龍瑛宗、張文環等人，也在七〇年代之後回到文壇。

## 2 劫後作家筆下的二・二八

### (1)《波茨坦科長》與〈三月的媽祖〉

雖然二二八事件被視為禁忌，但是四十五年後的今天，並沒有成為被遺忘的過去。在文學中，如何處理這個題材呢？作品發表時間距二二八事件越近，其中所包含的意義就越耐人尋味，所以本章將依年代先後討論各篇作品。不過，戰後——尤其是二二八以後——的文學，存在若干禁忌；其中最大的禁忌則是觸及二二八事件，和批判政府的國策。因此，即使二二八事件是造成外省人和本省人對立的根本原因，也不能作為文學的題材。

可是在這樣的局勢下，還是有作家在二二八事件發生不久之後，就在散文和小說中描寫二二八事件。他就是吳濁流。散文題目是《黎明前的台灣》，一九四七年五月十三日完稿，同年六月由台北的學友書局以原來的日語形式出版。其中有許多文章把國民黨政權下的台灣，和日據時代的台灣作了一番比較，而後感嘆不已。他還在文章中說：「祖國的報紙正在呼籲言論自由，而台灣的報紙卻說，是因為言論太自由了，才會引起二二八事件。」日據時代，在殖民地台灣，他不斷地寫出以自己的境遇為題材的作品，也難怪會對光復後政府的作為，感到義憤填膺。現在要討論的小說《波茨坦科長》，寫於一九四七年十月，翌年五月也是由台北的學友書局以日語出版。《黎明前的台灣》中有一段文章說：「光復後，沒有嫁給日本人的女孩子，多半和來自祖國的人結婚了……（中略）……而二二八事件發生之時，專賣分局內的所有物品都付之一炬，但是國父孫文先生的肖像和國旗卻獲得妥善的保存。在極端混亂之中也不會忘記國家。」這都是因為對祖國還懷有憧憬。從這一番話中，可以明白吳濁流具有強烈的中國人意識。他自己也在大陸住過一陣子，沒有多久就失望地回到台灣。《波茨坦科長》就是以戰後的台灣為舞台，描寫上述對祖國的憧憬與失望。曾在大陸作日本軍人爪牙的男主角范漢智來到台灣，遇到台灣女孩玉蘭。她對祖國的憧憬化成對范的戀情，不久就成為他的妻子。但是，生長的環境和思想都相去太遠，他們的婚姻終於走上幻滅之途。後來，范漢智在大陸的惡行曝光，最後終於被逮捕；當時他的自言自語，就是暗中指涉二二八事件。他被捕時，賣糖果的、賣麵的、賣肉粽的、賣香煙的都圍著他看。這時公賣局的卡車來了，一隊穿著制服的人員從車上跳下來，賣香煙的馬上作鳥獸散，逃之夭夭。來不及跑的（香煙小販），眼睜睜看著香煙和錢都被沒收了。描寫這幕和二二八事件近似的場面之後，接著是范漢智的自言自語：「賣國求榮的人是漢奸，借國家之名壓榨人民的人又是什麼？」短短的一句話巧妙地表達出，台灣剛光復不久之時，台灣民衆的心情與不滿（即使范是外省人，也不例外）。不過，吳濁流在小說中明明白白地寫出二二八事件，是在一九六八年之時。五〇年代，外省人執文壇之牛耳，反共文學、鄉愁文學、通俗小說獨領風騷，完全看不到以二二八事件爲題材的作品。

在這種情勢中，一九四九年二月十二日，葉石濤發表了〈三月的媽祖〉，比吳濁流的《波茨坦科長》晚九個月左右。林梵（林瑞明的筆名）在〈讓他們出土——台灣新生報「橋」副刊小說選介⑫〉一文中談到〈三月的媽祖〉文章之後還刊登了這篇作品。「橋」是《新生報》副刊，從一九四七年八月一日維持到一九四九年三月廿九日爲止。主編歌雷（本名史習枚）雖然是外省人，卻很積極地刊登台灣作家的作品。由於這些作品的語言幾乎都是日語，因此要先譯成中文才能刊出。葉石濤的〈三月的媽祖〉，譯者是陳顯庭。故事從一位叫律夫的年輕人的逃亡開始。這個年輕人在「對受盡壓迫之苦的人而言，確實充滿了狂喜與英雄主義」的N市待過三天之後，爲了逃避鎮壓又來到E鄉。村人對陌生人懷有戒心，他向他們說：「我沒有殺人。不過，爲了讓大家都能生存下去，如果有必要，我會殺人的！」村人們於是決定藏匿已經精疲力盡的年輕人。小說中並沒有說明地點，只以「N市」、「E鄉」代表，但可確定小說是以間接手法描寫二二八事件。寫出二二八事件剛發生之後的混亂，以及事件尚未波及全島之前的鄉間的寧靜狀態，稱得上是一篇傑作。作品隔二、三天登出一回，共刊登了二十三回。而後「橋」突然在一九四九年三月廿九日停刊了，原因不明，當時最令人驚訝的，據說是〈三月的媽祖〉居然是在外省人主編下發表出來的事實。一九五一年，葉石濤在二二八事件的肅清行動中被捕入獄，在獄中過了三年，一九五四年出獄。從此以後封筆達十四年之久，直到一九六五年才又開始作家生涯。但願今後會有年輕一代的研究者，致力於發掘這些被埋沒的作品。

### (2)在日本發表的二二八事件小說

以上兩篇都是短篇小說，而且只是間接寫到二二八事件而已。文學作品中，直接描寫二二八事件的小說，事實上都在日本發表。例如和現代的文學內容略有不同的，邱永漢的處女作〈偷渡者手記〉⓭及〈濁水溪〉、〈檢察官〉、〈香港〉等。〈偷渡者手記〉發表在一九五四年《大衆文藝》一月號上。前面提到在二二八事件中慘死的王育霖，其弟王育德和邱永漢一樣生於台南，高中同班，在東京帝大則是不同科系的同期同學。王育德在一九四四年疏散時回到台灣，兄長被殺之後，便經由香港逃到日本(一九四九年)，卻在偷渡入境時面臨強制遣返的命運。邱永漢聽說了這件事，就用寫給法官的陳情書的形式，寫成了處女作〈偷渡者手記〉，發表在雜誌上。審判時，被呈給法官看；也許是這篇作品奏功，最終審判判決准許王育德居留日本⓮。〈檢察官〉的男主角王雨新(可能就是王育霖的化身)，從日據時代東京帝大畢業之後，成爲第一位台籍檢察官，稱得上是菁英分子。最後，卻在二二八事件慘遭殺害(屍體則不知去向)。王雨新並不是直接參與二二八事件，而是在混亂的局勢中被國民黨警察殺死的。不過從這個故事中也可以了解，當時全台灣的局勢非常混亂。完稿的順序是在〈濁水溪〉之後。

〈濁水溪〉和〈香港〉是姐妹作，前者於一九五四年在《大衆文藝》上分三次刊載。後來刪去後半部的三分之一，由「現代社」發行單行本（一九五四年十二月）。這篇作品入圍「直木賞」，可是落選了。〈香港〉則在《大衆文藝》一九五五年八月號至十一月號上，分四次連載，翌年六月由「近代生活社」出版。這篇作品也入圍「直木賞」，而且得到第三十四屆「直木賞」。

〈濁水溪〉和〈香港〉都是邱永漢的自傳式小說。〈濁水溪〉的男主角林，在日據時代的台灣唸到高等學校*，然後考進東京帝大。一九四五年終戰時畢業於東京帝大，翌年回台。他心中燃著建設新台灣的希望回到台灣來，但是等待他的日子卻和殖民地時代完全一樣，台灣民衆在國民黨政權下仍然是被統治者。不久之後終於發生了二二八事件。失望的林打算離開台灣，前往香港開創新天地，故事到此結束。而其中林的經歷和邱永漢大致相符。當林即將離去之前，他回到故鄉去看望不知情的父母，想默默地向二老道別。最後一景是他和流貫中部的台灣第一大河濁水溪相對無言的場面，這一幕描寫他也許會和台灣永別了之時的心境，令人印象深刻。他知道此去將永別雙親，永別出生的家鄉，這種覺悟是何等悲愴！二二八事件的創痕竟然如此深刻。〈香港〉並沒有直接談到二二八事件，男主角賴春木生於殖民地，他覺得日子過得很苦悶，而在台灣組織了祕密結社。同伴先後被捕，送往火燒島，賴春木九死一生逃到香港，時間是一九四九年。爲了生活，就顧不得禮義廉恥了。起初是做違法生意，被關了三夜，到最後甚至詐騙非洲商人，賺得百萬美金，與同夥瓜分。小說內容就是描寫二二八事件發生的第二年（一九四八年）十月逃到香港。逃亡的理由，他本人說，是因為向聯合國提出了「台灣實施國民投票請願書」一事行將敗露，覺得危機四伏，所以逃到香港去⑮。這份請願書其實和台灣獨立運動有關。台灣獨立運動有各種派系，出身西螺的廖文毅也是其中一派。二二八事件時，他在上海，後來遷到香港。一九四八年八月組織「台灣再解放聯盟」，向聯合國和美國提出請願書，訴請聯合國促成台灣的信託統治*及居民投票，以求確立台灣地位。而邱永漢正是推動請願活動的核心人物。「台灣再解放聯盟」自然解散之後，廖文毅前往日本，並且先後成立「台灣民主獨立黨」、「台灣臨時國民會議」、「台灣共和國臨時政府」；後來終於在一九六五年歸順國民黨。邱永漢一直都擔任廖文毅的祕書⑯。

離台赴港的邱永漢，在香港住不到六年，又跑到日本去了（一九五四年四月）。看起來，他並沒有像〈香港〉中的男主角那樣為非作歹；不過，他似乎是在香港才發現自己具有現在被稱為「財神爺」的資質，於是開始經商而「成為小富翁」⑰的。小說中沒有出現二二八事件，但是描寫了當時離鄉背井的知識分子的心情和後來的墮落。這些知識分子遭遇二二八事件之後的「獵紅」鎮壓行動，「失去國家，被民族離棄」，因而逃出台灣。和〈濁水溪〉相較之下，故事的趣味性濃厚多了。

邱永漢的作品，由於發表地點是日本，又是用日語寫的，因此除了擔心到發表之時還欲罷不能之外，完全不必憂慮會有性命危險，這一點算是很幸運了。他發表處女作的一九五四年，在台灣，不僅言論受到嚴格限制，而且人人自危。因爲有這些理由，所以上面四篇作品成爲一九五〇年代以降，首次對二二八事件有生動描述的小說，確實值得在此作一番評價。

### (3)吳濁流的《無花果》

台灣當地的情況如何呢？一直到一九六八年，二二八事件才開始以主題形態出現在小說中。這篇小說就是吳濁流的《無花果》。最初是用中文*發表在吳濁流自己創刊的《台灣文藝》第十九號(一九六八年四月)、第廿號(同年七月)、第廿一號(十月)上；一九七〇年十月由台北林白出版社發行單行本。一九七一年成爲禁書。日語版本收集在《黎明前的台灣——來自殖民地的控訴》(東京，社會思想社，一九七二年六月十五日)之中。發表時距二二八事件已廿一年，三年後(第廿四年)成爲禁書。在那個時刻，二二八事件仍然是個「禁忌主題」。下面是小說大綱和描寫二二八事件的部分。

男主角古志宏出生在新竹的小村裏，從小就常聽祖父和父親談起日據時代初期的故事。雖然是平凡的人生，但是古志宏覺得他們走過了「第一次世界大戰、台灣中部大震災、第二次世界大戰、台灣光復、二二八事件等」歷史上的大事件。祖父的父親是廣東省鎮平縣出身的客家人，在九歲時移居台灣，從此以後流血流汗辛勤工作而致富。古志宏的父親廿八歲時，日軍接收台灣。對台灣人而言，這是自己的祖先開拓的土地，所以覺得有義務保護自己的村莊，自然而然就會產生抗日情緒和抗日思想，自動自發地加入抗日戰線。

古志宏很膽小，身體也不好，但是學校成績很好。公學校畢業後，以優秀成績考入「國語學校師範部」（後來改稱「台北師範學校」），負笈台北。在台北接受「早日成爲日本人」的教育，日本教師之中有思想開通的人，也有「戴有色眼鏡看人」的人。四年級時，「參加畢業旅行，去日本內地玩十八天」，在那兒體會了「沒有一點優越感，沒有種族歧視的日本女性的優雅和溫柔」，對古志宏而言是一件大事。同時，古志宏在日本也接觸「大正民主主義」思潮；回到台灣之後，便針對師範學校畢業後的日本人和台灣人的差別待遇問題，在台灣人之間提出異議。「幼稚的」古志宏終於開始關心政治和社會。

一九二〇年三月，古志宏廿歲時畢業於台北師範學校，回到故鄉的分校執教。期間一度因爲結核病而休息一年，然後又被調到更偏遠的地方去。總之，到四十一歲那年去大陸爲止，他度過了二十一年的教書生涯。在這段歲月裏，曾經和日本教師發生過許多不愉快，也曾有過結婚、長子誕生等生命中的歡愉時刻。此外，復職之後，在公學校遇見了「初出校門的典型的日本女性」教員，她「愛好文學，是個小說狂」，他就是受到她的激勵而開始寫小說的。

古志宏最後任教於馬武督分校，在學校的運動會上，他當場對郡督學開了個小玩笑，惹火了郡督學，結果在座的台灣教員頭上都挨了一記，他很不甘心當衆受辱，因此提出了辭呈。校本部校長或郡守等人居中協調，勸他打消辭職的念頭，可是由於事關日本人和台灣人之間的面子問題，因此最後還是辭職了。

當時，台北師範時代的同期同學在南京的國民政府（汪精衛政權）擔任高級官吏。古志宏得到消息，便把妻子和三個子女留在台灣，前往南京投靠那位同學。在他的想像中，大陸是個天堂，和台灣完全不同。然而「百聞不如一見」，抵達上海之後「才待了三、四天，所見所聞都令人深深感受到中國人的悲慘」，卻也「只能忍下來」，最後在《大陸新報》謀得記者之職。這一年太平洋戰爭爆發，他一方面認爲「日本人不信賴台灣人，只是加以利用而已」。另一方面又發現《大陸新報》的日本人，從社長開始都是「很有修養的知識分子」，日本人之中也有形形色色的人。後來把家人接到南京來住了一陣子，但是這樣子留在大陸，萬一日本戰敗了，台灣人可能會被當成日本人而遭到報復，基於這番考量，昭和十七年（一九四二年）三月，古志宏又舉家遷回台灣。

回台後做別的工作，一年多以後才進入《台灣日日新報》（後來被合併成《台灣新報》），再度成爲報社記者。這時開始執筆寫《亞細亞的孤兒》，但是「明哲保身至上」，所以決定「先寫好放著，等待發表的時機」。終於等到一九四五年戰爭結束，島民從歷經五十年的殖民地的恥辱中獲得解放，「迫切地等待祖國軍隊的來臨，彷彿度日如年」。可是等了很久都沒人來接收，於是「島民自動自發地自行著手管理各地的治安」，在接收人員來台前的二個月之中，靠自己的力量保家衛土。「十月十七日，期待多時的國軍終於大駕光臨」，但是「台灣民衆看慣了裝備優良、有朝氣的日本兵」，因此「覺得國軍的樣子不一樣，令人洩氣」。

後來，外省人「發國難財」之事觸目皆是，輿論譁然。《台灣新報》被接收之後成爲《台灣新生報》（男主角「我」留任，現在是把中文譯成日語了。不久，日語版停刊，便轉到《民報》），此時也和其他報章雜誌同聲譴責，卻好像「一點效果也沒有」。古志宏站在記者的立場，報導政府強制徵收食米而造成台灣人民的「糧食荒」，並且引用葉榮鐘的《小屋大車集》（一九六七年），舉出數據，敍述陳儀以下的政府官員貪贓枉法的行徑。同時他也以歷史見證人之身，描述他自己的經驗。日復一日，台灣人對外省人的憎恨越來越強烈，終於一觸即發，引爆了二二八事件。古志宏分析事件的起因，是由於大多數的民衆都認爲外省人警察藉口取締私煙，實則中飽私囊，因此在殺人事件發生之後，「再也無法安心，本能地想要自衛」，終於演變成民衆暴動。他以新聞記者的眼光，從容地描述事實經過。三月一日，台灣的有識之士組成調查委員會，向陳儀陳情。三、四、五日三天召開官民共同處理委員會，台北市大致已穩定下來了。但是，三月八日中央派遣的閩台監察使從基隆登陸台灣之後，當天晚上台北市內就槍聲大作，一直到九日傍晚仍然不絕於耳，如同置身戰場。七日，到街上去查看外面的狀況，「發現附近的水溝內倒著一個被槍殺的人」。「據說松山、圓山一帶死者最多，橫屍遍野」。

三月十七日「白崇禧將軍透過廣播網發表處理方針」，「秩序立即恢復正常」——古志宏如此敘述著。他認爲「不必爲歷史感到悲觀。自古至今，人類社會有多少人成爲苛政的犧牲者，歷史正是踩著他們的殘骸走過來的」。在這篇作品中，吳濁流分析這個事件是民衆意圖自衛而自然發生的。

## ⑷現代派與鄉土派

五〇年代是台灣文學的「空白時代」，接下來的六〇年代又是怎樣的時代呢？進入六〇年代之後，台灣經濟穩定成長，社會也在某種制約下呈現安定的景象。在文學方面，「反共御用文學」逐漸銷聲匿跡，開始探索兩大禁忌——即談論二二八事件與批判政府國策——之外的其他主題。戰後在台灣成長的一代，也在六〇年代紛紛踏上文學殿堂。終戰之時，他們大約六至八歲，或者更小，父母親曾經歷過的日據時代和大陸經驗，並沒有在他們的生命中留痕。跟隨父母渡海來台的外省人，以及最初就接受國語教育（無論家庭中的共通語言是閩南語或客家語），成長在能夠用國語自由表達自己思想的環境之中的台灣人，雙方都在尋求與過去不同的新文學，而寫出自己的作品。但是，可不能忘記這個新文學的基礎是外省人在五〇年代打下來的。這位外省人就是戰後（一九五〇年）來台，出任台灣大學外文系教授的夏濟安。他精通中國文學、西歐文學，也寫小說和評論。他認爲文學不是宣傳道具，因而批判反共文學，並且在一九五六年創辦《文學雜誌》，擔任主編。直到一九五九年他離開台灣，前往美國華盛頓大學執教爲止，共發行了四十八期。雖然執筆者多半是大學的相關人物，但是這份雜誌已經盡力提供一個追求純文學的場地。

《文學雜誌》停刊之後，一九六〇年三月，台大外文系學生白先勇、王文興、歐陽子等人，又接著創辦了《現代文學》。他們在創刊號推出卡夫卡專集，後來也一方面刊登他們自己的作品，一方面努力介紹西歐的作家和思想家。這些後來被稱爲「現代派」的人物之中，白先勇和王文興是外省人，陳若曦和歐陽子是台灣人。不過，他們這一代的成長不同於「日據時代」作家和「戰後第一代」作家。他們不再拘泥於過去的恩怨，以追求新文學爲目標，爲共同目的而結合在一起。他們積極引進西歐文學，意圖將西歐文學的方法和理念照單全收，結果連文學也被捲入當時「橫的移植」或「縱的繼承」的論爭之中。「縱的繼承」是指：一再強調自己是代表中國之唯一正統政府的國民黨政府，所主張的「我們才是中華傳統文化的繼承者」之說。政府和部分外省文化人都認爲文學也不例外，但是《現代文學》不接受這種主張，一心想要和二十世紀的西歐新文學搭上線。劉大任的小說《浮游群落》，把以白先勇爲中心的同仁雜誌作爲描寫對象，詳細勾勒出當時台灣的年輕知識分子，如何爲文學、爲自己的生存方式，以及爲台灣的將來而苦惱的情形[18]。六〇年代，《現代文學》

的同仁們爲文壇帶來一股新氣象，令人讚賞；但是，和台灣的現實環境脫節得太嚴重，如同沒有國籍的無根文學一般，引起一面倒向西歐文學的弊端。《現代文學》雜誌發行到一九七三年十二月爲止，培育出黃春明、七等生、施叔青、李昂、李永平、林懷民、陳映眞等年輕作家，功勞相當大。不過，白先勇、陳若曦、王文興、歐陽子等創刊元老，後來都到美國去了。而且只有王文興一個人又回來台灣，其他人都落脚在美國，和後來赴美的劉大任、張系國、聶華苓等，一起居留在美國，現在也還繼續寫著中國人和台灣人的故事。

相對於上述的「現代派」，一九六六年，尉天驄、陳映眞、黃春明、王禎和、施叔青、七等生，共同創辦了《文學季刊》；七〇年代之後，這些人被稱爲「鄉土文學作家」。他們的文學作品除了批評「現代派」之外，也充滿了看淸自己的立足點，反映台灣現實的本土意識。

然後，吳濁流上場了。一九六四年，他創辦了至今依然發行不輟的《台灣文藝》，並擔任主編。一九六六年創設台灣第一項民間文學獎「台灣文學獎」[19]，不但爲台灣文學提供發表園地，而且也不斷地透過文學獎激勵年輕作家。同時，他自己以被視爲禁忌的二二八事件主題，寫出自傳小說《無花果》。故事從生於日據時代的男主角古志宏（可能是吳濁流自己的化身）的少年時代寫起，經歷過終戰，體驗過二二八事件。全書共十三章，最後的第十三章是「二二八事件及其前後」。以平實的筆觸，輕描淡寫自己親眼看到的一事一物。如果不是親身經歷，恐怕無法寫得如此傳神吧！正因爲內容眞切，使人不由得產生身歷其境的錯覺，可是小說進行到三月十七日白崇禧透過收音機發表處理方針之時，描述當時的「秩序立即恢復正常」，難免令人覺得洩氣。大概是因爲那時還不能暢所欲言吧！《無花果》描寫二二八事件，因此成爲禁書。但是吳濁流毫不退縮，一九七三年又以二二八事件爲主題，用日語寫出另一篇自傳小說《台灣連翹》，可以說是《無花果》的姐妹作。從〈後記〉中得知，這篇小說費時三年三個月（一九七一年九月至一九七四年十二月）才完成。全書共十四章，前面八章已譯成中文，連載於一九七三年的《台灣文藝》第三十九號到四十五號。至於後半部，他本人在一九七五年一月廿九日的〈後記〉中說，等十年或廿年之後再發表。一九七六年十月，他以七十六歲之年病逝，這篇〈後記〉於是成爲他的「遺言」。吳濁流把後半部原稿交給鍾肇政，鍾肇政遵守這篇「遺言」，在吳濁流死後第十年，自行譯成中文出版[20]。十四章之中，到第十章爲止是描寫日據時代、終戰，以至於二二八事件的前夕；從第十一章到第十四章，則詳細描寫了二二八事件之後的狀況——這是吳濁流不敢在《無花果》中寫出來的內容，其中有許多內情都是事過境遷之後才能寫出來的。對二二八事件沒有切膚之痛的作家們，最快也是在七〇年代後半期到八〇年代前後才開始寫二二八事件；而和吳濁流同一代的作家，沒有任何人寫出以二二八事件爲主題的作品。從前面兩點來看，可以理解這位目睹地獄光景的作家，在一九七五年之時寫下「等十年或廿年之後再發表」這段話的心情。

此外，一九七二年，日本出版了林文堂的《台灣哀史》（山崎書房，一九七二年二月廿五日）一書。作者林文堂（本名林一忠）一九二八年生於台南，也是直接體驗過二二八事件的一代，二二八事件也是這篇小說的主題。作者簡介之內容：一九四六年入學台灣師範大學，一九四九年參加獨立運動，一九五四年亡命日本，一九七二年現在（指作品出版時刻）爲台灣獨立總同盟盟員。小說內容和作者經歷大致重疊，可以說是自傳小說。「台灣獨立總同盟」在六〇年代解體，和前述廖文毅等人的獨立運動是不同的組織，也不同於一九六〇年創立「台灣青年社」，發行社誌《台灣青年》，獨自推展活動的王育德等人的留學生結社（現在的「台灣獨立建國聯盟」）。小說內容從戰後寫起，經歷二二八事件，然後參加獨立運動，最後爲了逃避追捕而逃出台灣。其中，有一段描寫二二八事件之後，民衆一看到長得像外省人的，就理所當然地「一個接著一個毆打下去。……我打得欲罷不能，淒慘的反而是我自己。……居然沒有發現，我身上已經染滿了對方濺過來的鮮紅色的血跡」，如此一來就和暴徒沒有兩樣了。還有一幕是台灣民衆還在慶祝重回祖國之時，一位生長在廈門的女孩子說了一些話：「國軍是……全世界最差勁的軍隊」、「不僅中國兵如此，大部分中國人都是這種水準哪！自私自利、狡猾、守財奴、不懂禮貌……」、「（大陸上的）貧富差距實在大得不得了。好像每天都有人餓死在街頭哦！貧困、混亂、不衛生本來就是中國的三大名產嘛！戰後，大概也好不到哪裏去吧！」追求台灣獨立之政治啓蒙目標的運動家，在他們筆下理所當然會說對方一無是處，而已方則代表正義，可惜這麼一來就和反共文學沒有兩樣了。有朝一日若成立了「台灣獨立文學」類，《台灣哀史》可能有機會得到新的評價。雖然他對二二八事件的描寫手法流於偏激，令人惋惜，但是書中描述了當時台灣獨立地下工作委員會的詳情，及一九四九年五月實際發生的師範大學事件之類，他親身參與所見所聞的事情，所以可以說是珍貴的史料[21]。

不過，邱永漢、吳濁流、林文堂三人有共通之處。例如，都是日據時代接受日本教育，日語水準形同日本人，親身體驗過二二八事件，根據自己的體驗寫成自傳小說等。即使生存方式、思想和立場各不相同，卻同樣具有台灣人意識和對台灣的關懷，這是毋庸置疑的一點。

## 3 未曾經歷二·二八事件的作家筆下的二·二八

### (1)陳若曦

七〇年代以後，在新生代作家的作品中也可以讀到二二八事件。他們和前面三位作家不同，並沒有經歷過二二八事件。

先看看陳若曦的例子。她在一九三八年生於台北，考進台灣大學外文系之後，立即開始創作。後來獲得夏濟安的賞識，在他主辦的《文學雜誌》上發表作品。《文學雜誌》停刊後，一九六〇年，又和白先勇、王文興等人一起創辦《現代文學》，然後也像其他友人一般赴美留學。一九六六年，文化大革命前夕偕同夫婿前往中國大陸，在大陸住了七年。一九七三年從香港移民加拿大。從此以後便陸續發表了許多作品。始終懷抱著中國人意識的陳若曦，滿懷希望回到祖國中國，在那兒住了七年，看到在共產黨統治下的人們，沒有人權，沒有言論自由，生活得很悲慘，因而對祖國感到失望，開始透過小說批評中國（大陸）。在此要討論其中的《老人》[22]和《歸》[23]兩篇作品。《老人》的男主角留學日本期間，加入台灣共產黨。回到台灣時，參與了二二八事件，失敗後前往大陸。然而，在大陸，不僅是「光復台灣，解救中國」的希望完全破滅而已；即使男主角已經衰老，仍然動不動就成為批判的對象——例如：他來自台灣、曾經留學日本及參加過二二八事件等等。這個老人的原型就是在日本統治下參加創建台灣共產黨而被投獄的蘇新（一九〇七至八一，台南人）。蘇新因為參加二二八起義，在大陸渡過終生。

《歸》則是陳若曦的自傳式小說。南投縣出身的辛梅（可能是陳若曦的化身）、魏明、楊義勇三人，是初中、高中到大學的同班同學。大學畢業後，三人都赴美留學。魏明的父親在日據時代是地主，但是國民黨來了之後，徵收了他們的土地，家道因此中落，魏明也因而怨恨國民黨。楊義勇的父親是小學校長，在二二八事件中被槍殺，因此他也憎恨殺了父親的國民黨。當他們到達美國之後，魏與楊二人立即加入台獨組織；辛梅則和四川籍外省人結婚後前往大陸，音訊全無。楊義勇後來還是繼續參與獨立運動，而魏明則在中國進入聯合國以及尼克森訪問中國大陸之後，很快地倒向左派，並且來到中國。在那兒，他遇見了闊別四、五年的辛梅。她已受不了大陸上的生活，暗中計劃逃出國外。面對完全不了解中國實情的魏明，她氣憤得說不出話來。其中描寫二二八事件和台灣獨立的筆法，最令人激賞。後來發表的〈路口〉[24]之中也有相同的場面。女主角余文秀生於台灣南部的東港，他父親在二二八事件中行蹤不明，因此她極端恐懼政治。但是，她的丈夫是獨立運動分子，他去美國之後，她也跟到美國去。可是在美國的丈夫已經放棄運動，改行從商了；這樣的丈夫使她大失所望，因而與他離婚。這三篇小說中對二二八事件的描寫方式，和親身經歷二二八事件的作家的描寫方式不同，都是敍述在很久以前，在父母親那一代曾經有過這樣的事件，而父母親的經歷影響了自己（的思想）。另一個共通點是小說構圖：從二二八事件和國民黨政府的惡政寫起，然後一頭栽入台灣獨立運動之中。爲了取回被徵收的土地，或者想要報父仇而寄望丈夫能爲在二二八事件中失蹤的父親報仇，卻因丈夫放棄獨立運動而大失所望。在這兒可以看到，個人的仇恨和台灣獨立運動結合在一起。同時也可以從這些作品中讀出，陳若曦本身並不體諒獨立運動。她住在大陸時，只要說她是台灣出身，就會遭到人們輕視。後來每當人們問起她的出身，她都說是「福建」。「我沒有說謊。……我的祖先眞的來自福建。」她在心底嘀咕著，覺得面紅耳赤。如今她心目中的「祖國」，究竟是大陸還是台灣呢？

## ⑵鄉土文學論爭與美麗島事件

七〇年代的台灣文學就是在陳若曦所代表的「中國意識」和「台灣意識」之間游移不定。另一個新興的文學派系批評傾心於西歐文學的「現代派」作家的作品和台灣的現實脫節，決心掌握現實重新審視自己的立足點。這就是後來被稱為「鄉土派」的「鄉土文學」之誕生。王拓、楊青矗、黃春明、陳映真、宋澤萊、洪醒夫、曾心儀等，把現實中的台灣人的日常生活寫入作品中（例如：漁村、工廠、都市、農村、店員等），想要開拓新的文學領域。這些作家提倡「寫實主義」，主張文學必須反映現實。結果六〇年代後半期的「鄉土文學論戰」的余光中、王文興、彭歌等人，馬上起來展開反擊，最後發展成七〇年代主導「現代主義文學」。攻擊的論點，是指控鄉土文學是偏狹的地域主義，只強調現實社會的黑暗面，簡直和大陸的「工農兵文學」（即「共產主義文學」）同出一轍。這場文學論戰終於脫離了主題，形成政治上的意識型態對立場面。雖然台灣文學的發展向來少不了政治要素，但是在這場鄉土文學論戰中，已經接近政治禁忌的極限邊緣了。就這一點而言，也可以說又向前邁進了一步吧!?

然而不久之後，一九七九年十二月發生了「美麗島事件」。不再安於搖筆桿的王拓和楊青矗被逮捕，分別過了四年與五年的牢獄生活。在事件中，包括十四位黨外人士在內，共有二百人被逮捕。台灣的民衆十分震驚，惟恐二二八事件將會重演。爲了追求民主與自由，戰後卅年來不斷寫作的作家，如今更不會因爲受到鎭壓而退縮。另一方面，「日據時代」作家的作品可以說是早期的鄉土文學；當人們越來越關心台灣過去的歷史之時，也認爲必須重新評價「日據時代」的作家，這也是七〇年代的成果之一。

進入八〇年代之後，二二八事件和文學的關係出現了一些變化。六〇年代的作家寫二二八事件，是基於歷史見證人的使命感，他們覺得自己有義務記錄親眼所見的悲劇，讓後人知道確實發生過二二八事件，至於文學上的價值則在其次，如吳濁流便是；七〇年代，二二八事件在作家筆下是一種小道具，目的是利用二二八事件凸顯自己的小說主題中的人物性格，如陳若曦便是。而在八〇年代，作家們開始尋根，追求自我認同(identity)的依據——何謂「台灣人」？何謂「台灣文學」？二二八事件已不再是小說的小道具，而成爲認識自我的原點。

### ⑶李喬與陳映眞

在此透過李喬與陳映眞的例子，印證上述說法。七〇年代鄉土文學興起，當時李喬和陳映眞都被稱爲「鄉土派」，但是他們的目標根本不相同，在八〇年代的文學論戰之中表露無遺。亦即「台灣文學本土化論」和「第三世界文學論」的對立立場。李喬說，他是在「台灣」土生土長的作家，作品必然屬於「台灣」，必然具有「台灣意識」。彭瑞金在《文學界》第二集（一九八四年四月，創刊於一九八二年）中說，我們所立足的土地是幾百年來脫離了大陸的台灣，我們的文學是爲這個「本土」而寫的文學㉕。這段話和李喬相呼應，也是「台灣文學本土化論」的展開。陳映眞和李喬一樣是生長在台灣的本省人（李喬是客家人），他不斷地向中國尋求台灣社會的自我認同，而且把處在跨國企業之經濟統治下的台灣，定位在包括中國在內的第三世界中，強調台灣文學也是第三世界的一環。不過，在此只針對與二二八事件相關的文學進行討論。首先從李喬的代表作《寒夜三部曲》㉖、〈小說〉㉗和《告密者》㉘開始討論。《寒夜三部曲》描寫十九世紀末，客家農民一族三代的奮鬥史。故事從他們移民開墾李喬的家鄉苗栗縣大湖鄉之後寫起，到日據時代結束爲止，因此這篇小說中並沒有出現二二八事件。不過，三部曲包括第一部《寒夜》、第二部《荒村》、第三部《孤燈》；其中的第二部《荒村》，和後來發表的二二八事件作品〈小說〉有密切關係。《荒村》描寫日據時代一九二〇年代後期，農民反對台灣總督府徵收新竹州土地而引起的抗爭行動。主角之一劉阿漢被捕，嚴刑拷打之後被殺。執行拷問的人也是台灣人，即所謂的「三脚仔」。當時，人們暗地裏叫日本人「四脚仔」（四隻脚＝狗）；他把依附日本統治者，甘心做爪牙的台灣人蔑稱爲「三脚仔」。在〈小說〉之中，作者使「那一年」和「這一年」遙相呼應；前者指日據時代的「二一二事件」（一九二九年，台灣總督府鎮壓台灣農民組合、文化協會等和台灣共產黨地下組織有關聯的左翼組織而引起的事件），後者則是戰後中華民國統治下發生的二二八事件(一九四七年)及其鎮壓行動。設定同樣的政治狀況和出場人物,藉此描述即使改朝換代重回祖國,依然受到同樣壓迫的台灣人的悲劇。〈小說〉中的「三脚仔」台灣人,這下子變成國民黨這個新統治者的鷹犬,這個「三脚仔」拷問男主角曾淵源,將無辜的他處以極刑。若林正丈的一段文章,充分表現了台灣社會中統治與被統治的構圖:「〈小說〉這個題目,使沈痛的隱喩成為整篇作品的骨架。這篇小說的情節中具有高度象徵性,壓迫的構造潛藏而不露,反而巧妙地凸顯了權勢在台灣的壓倒性姿態,和處於權勢之下的民衆的生存之間,存在著一貫的不相容的矛盾現象。」[29]在《荒村》和〈小說〉之中,李喬以十分尖銳的筆觸指出台灣人所擁有的「三脚仔」性格。一九八八年,李喬又寫了一本評論《台灣人的醜陋面》[30]。他在書中說,台灣人不斷地受到壓迫,可是這個惡魔不僅存在外來政權之中,也存在台灣人自己心中;卑怯、妥協、虛榮、好利等弱點,使台灣人容易被外來政權利用,所以如果台灣人想要自立,首先必須和自己打一戰。李喬在書中斷定中華民國政府也是外來政權,強烈地顯示出他的政治意識。台灣人的弱點也出現在《告密者》之中。男主角湯汝組從中學時代起,就常常向級任導師打同學的小報告,例如:芝痲小錯、作弊、坐車逃票等等。卅歲時,他正式成為「三脚仔」,編號三八七四號。後來,基於他自身的正義感,而檢舉了未婚妻蘇小梅。從此以後,他開始感覺到湯汝組和三八七四號之間出現了矛盾與決裂,因此借酒澆愁。有關單位認為酗酒使他精神異常,便解除了他的任務。最後,三八七四號,即他自己向有關單位告密，說湯汝組鼓吹台獨，參與黨外活動，是一名危險分子。時代背景可能是二二八事件以後到五〇年代之間。男主角的日本話和北平話都很流暢，由此可見他也是光復之後努力學習國語以討好統治者的許多台灣人之一。台灣人天生具有被統治者的諂媚根性，這種悲哀在李喬筆下化成充滿反省意味的深刻問題。這篇小說的恐怖之處，就是故事結束之時的湯汝組的命運，以及台灣的現實面——他根本和台獨、黨外活動沒有任何關聯，卻因為某人（雖然故事中是他自己）告密，而面臨被捕或被判刑的命運。李喬透過作品告訴讀者，真正的台灣文學必須看清從日本時代起，經過戰後二二八事件以至於現在的歷史，描寫真實的台灣人命運。

陳映眞在一九六八年到一九七五年之間，因思想犯之名身繫囹圄。他是由於參加毛澤東思想和共產主義的讀書會，而以叛亂之嫌被問罪。在獄中和五〇年代被逮捕的思想犯一起生活，曾經有人對他說：「如果有一天你離開了這座島（指有思想犯監獄的綠島——筆者按），在我們這些人的家鄉台灣的土地上，看到紅旗昇起，希望你來這座島上，到我們墳上告訴我們。」㉛這些五〇年代被捕的思想犯，在一九八三年前後陸續獲赦出獄。陳映眞以五〇年代的白色恐怖和大肅清政策為題材，寫了〈鈴璫花〉㉜和〈山路〉㉝，分別在一九八三年四月及八月發表。〈鈴璫花〉的舞台是一九五〇年的鶯鎭*——可能是作者的故鄉。高東茂是一位思想開明的小學教師，很受孩子們喜愛，後來突然行蹤不明。「少年」和朋友去爬山，在山上遇見了完全變了樣子的高老師。翌晨，他為了帶食物給高老師，再度上山，卻找不到半個人影。幾年後，傳說高先生已被判處死刑。「少年」的親戚也在二二八事件中遇害，「少年」的父親說：「做學問可以出人頭地，也可能惹來殺身之禍。」這句話象徵著高老師和當時知識分子的命運，令人難忘。〈山路〉的女主角蔡千惠在報上看到以前的未婚夫出獄的消息，覺得十分意外，他已經被關了卅年。卅年前，參加地下活動的許多年輕人被判刑入獄。如今，再看看眼前中國的變化，那曾經如暴風雨般席捲大地的革命，是否已經沈淪了？「如果已經沈淪了……」想到這裏，千惠猛然發現自己的墮落——沈緬在資本主義的奢靡生活之中。除了否定現在的生活之外，再也沒有其他方式可以殉身於卅年前的信念了。於是留下遺書給昔日的未婚夫，逐漸衰竭而死，連醫學也無法解釋她的死因。如果說李喬是一位以自省的態度凝視過去的台灣歷史的作家；陳映眞就是把理想寄託在中國革命上的人物之一，這種中國革命思想萌芽於五〇年代的台灣年輕人心中。置身於二二八事件後的大肅清行動之中，有許多人企圖逃亡海外，也有人參加了獨立運動，或者加入地下組織，在當時最輝煌的中國革命之中追尋理想。而這一些人物多半是知識分子，也是必然的結果。八〇年代，陳映眞目睹中國文化大革命的理想毀滅，他回顧五〇年代，反省自己所遭遇到的挫折，這個過程一定使他痛苦萬分。可是在表面上看起來富庶而安定的現在，他們前仆後繼想要達成的目標是什麼？這個問題似乎也伴著他自己的苦惱，再一次詰問他。如上所述，八〇年代之後，二二八事件在台灣文學中，已成爲認識自己的原點。即使李喬和陳映眞各有其手法與目的，卻也有共通之處——思考「我是什麼人」和「何謂台灣文學」等問題的省思態度。

陳映眞還在他自己編輯、發行的月刊報導雜誌《人間》（一九八五年十一月至一九八九年九月，共發行四十七期）上，製作「二二八的民衆史」特集，這是他以學者身分做的第一個特集。特集刊登於一九八七年四月發行的第十八期之中，這一年正好是二二八事件四十週年。台灣光復後，「是一份終於回到祖國的心情。這份心情在『二二八事件』受到傷害。眞正的祖國是這樣子的嗎？人們陷入了這樣的迷惘中，接觸到了當時的地下黨，遭遇另一個中國，於是再度燃起民族情感，然後被殺。*」[34]陳映眞說明他在製作二二八特集的過程中，認識了這種歷史的複雜性。不過，這也是日後他自身的寫照。當時，有些人對中國共產黨之解放台灣存著夢想；他想要從二二八事件的關聯性上，重新詮釋這些人的生存方式。〈鈴璫花〉、〈山路〉所探討的正是那個時代的意義。

〈鄉村的教師〉是他的早期（一九六〇年）作品之一：以日本兵身分出征婆羅洲的吳錦翔，光復後將近一年才退伍回來。後來在村裏的小學教書，但是他一直忘不了在戰場上吃人肉的一幕，最後終於自殺了。作品中提到第二年初春的島內騷動，這段文字當然是間接地指涉二二八事件[35]。

### ⑷二二八事件在八〇年代

此外，劉大任在《浮游群落》中描寫六〇年代前半，台灣知識分子無奈地承續二二八事件之後的五〇年代，依然以逃亡海外、獨立運動、地下組織的型態，過著充滿苦惱的日子。他的作品中的人物，在他的生活中俯拾皆是。一九八三年，台灣文藝雜誌社出版了李喬、高天生編《台灣政治小說選㈠》，收集了以存在於台灣的政治禁忌為題材的九位作家的十一篇作品。包括：吳濁流〈銅臭〉、葉石濤〈獄中記〉、李喬〈告密者〉和〈某種花卉〉、施明正〈渴死者〉和〈喝尿者〉、楊青矗〈選舉名冊〉、林雙不〈黃素小編年〉、宋澤萊〈娘子，回去未曾開墾的那片田〉、李昂〈最後的一場婚禮〉、陳艷秋〈陌生人〉等。從一九五八年的吳濁流的作品開始，到一九八二年為止的各家作品，內容都是描寫從日據時代到一九八二年當時，政治與生存在台灣的人們之間的關係。其中涉及二二八事件的是林雙不的〈黃素小編年〉㊱。前面提過一篇林梵評論葉石濤〈三月的媽祖〉的文章，文中說：「〈三月的媽祖〉……以藝術性的表現，第一次在文學上橫切了二二八。」而《台灣政治小說選㈠》之中則說，〈黃素小編年〉是「國內第一次取材於一九四七年的不幸事件的小說」。就筆者所知，上述二篇都不是「第一次」；不過，〈黃素小編年〉可以說是值得一讀的好作品。故事敍述一九四七年春天的某一天，住在離台北很遠的村子裏的十九歲的黃素，和母親出門去買結婚用品。買了布料和菜刀後，走出店門時，遇到一群人又喊又叫地蜂擁而至。當黃素從混亂中回過神來，才知道手上的菜刀使她獲罪被捕。雖然被關了幾個月後就出獄了，但是婚事吹了，父親過世，母親也追隨父親而去。黃素終於精神失常，這樣過了漫長的歲月，兄弟姐妹對她已不聞不問。有一天，她迷迷糊糊地搭上火車，然後在某個月台上過了一夜。第二天，她沿著鐵軌走上鐵橋上，火車離她不遠了，可是她已經嚇得動彈不得。作者以實在的筆觸描寫婚期已近，滿心歡喜的黃素，突然遭到無理的政治迫害的悲劇。

還有一九八九年二月，自立晚報刊出了林雙不編選的《二二八台灣小說選》，其中收錄了呂赫若的〈冬夜〉，很引人注意。因爲〈冬夜〉中的部分描寫，簡直像是二二八事件的預告。〈冬夜〉發表在一九四七年二月五日發行的《台灣文化》二卷二期。內容描寫一個爲了維持一家生計而賣身的貧苦女人的故事。到最後，她家門外突然起了一陣騷動：武裝警察和持槍抵抗的「盜賊」(可能是共產主義的地下組織分子。據說呂赫若本身在戰後思想左傾，一九五一年被謀殺)展開了一場激戰。

收錄在《二二八台灣小說選》之中的其他作品，還有丘平田〈農村自衛隊〉、伯子〈台灣島上血和恨〉、林雙不〈黃素小編年〉、李喬〈泰姆山記〉、宋澤萊〈抗暴的打貓市〉、林深靖〈西庄三結義〉、楊照〈煙花〉、林文義〈風雪的底層〉和葉石濤〈紅鞋子〉，共有十位作家的十篇作品。〈冬夜〉、〈農村自衛隊〉、〈台灣島上血和恨〉等三篇，都發表於一九四七年，其餘七篇則發表於八〇年代。丘平田和伯子的生平不詳。丘平田的〈農村自衛隊〉和呂赫若的〈冬夜〉一樣，也是發表在同一期的《台灣文化》上。內容描寫二二八事件爆發之前，台灣人對外省人的無法無天忍無可忍的情形。伯子的〈台灣島上血和恨〉發表在一九四七年五月的《文藝生活》上，很接近事件發生時間。男主角陳福生二十四歲，剛進入公賣局工作。家中還有母親和妻子，母親在台北車站附近擺攤子賣香煙。二月只剩幾天了，某一天，他聽說車站附近有個老婦人被公賣局的人殺死了，吃驚地趕到現場去。那裏是有一具屍體，不過不是他母親。然後，「六百萬台灣人起來吧」的呼聲四起，騷動越鬧越大，陳福生也參加了。可是沒有多久，軍隊出動反擊，大開殺戒。大街小巷處處響起恐怖的槍聲，最後陳福生也死於槍下。故事中充滿了視死如歸的生動魄力，令人難以相信這是在事件發生後沒有多久就發表的作品。林雙不的〈黃素小編年〉也被收入《台灣政治小說選㈠》之中。〈泰姆山記〉（《台灣文藝》八十六期，一九八四年一月）是一個男人的故事，他在二二八事件之後下落不明，有人說他在山裏被槍殺了，也有人說他被毒蛇咬死了；令人聯想到呂赫若*。《二二八台灣小說選》也能在台灣發行，足見解嚴後台灣的變化令人刮目相看。

提到二二八事件的最新小說，是東方白的《浪淘沙》。這部長篇小說共十一章，分成上中下三冊。一九九〇年二月，由前衛出版社和美國的台灣出版社聯合出版。不過，起初是發表在《台灣文藝》上，從一九八一年的復刊號第十八期開始連載了六期，後來又在《文學界》上連載了六年廿期，前後費時十年才完成，確實是一部大河小說。《浪淘沙》是三個台灣家族歷經三個世代的故事，時代背景從一八九五年日本佔據台灣開始，到現代爲止，大約一百年。目的並不在於描寫二二八事件，可是要描寫一百年來發生在台灣這個舞台上的故事，就無法避開這段史實。在這樣的認識下，《浪淘沙》以光復後的「香煙事件」描述了二二八事件。東方白生於一九三八年，和白先勇、陳若曦、陳映眞等人同一代，也是留美派，目前住在加拿大。序文〈命定——《浪淘沙》誕生的掌故〉中有一段文章，在敍述作家之迷惘的同時，也讚賞林雙不的勇氣。內容如下：

台灣人的大河小說——如鍾肇政的《台灣人三部曲》與李喬的《寒夜三部曲》——竟然不提「二二八」這個對台灣人影響深遠的大事件……（中略）……寫到光復初期的時候，我也像鍾肇政與李喬二位前輩一樣走到文學與政治的十字路口——到底要冒著小說被禁的危險悍然寫下「二二八」呢？還是爲了保存台灣文學命脈忍痛將「二二八」割愛？正在左思右想躊躇不決的當兒，有人寄了林雙不編選剛出版的《二二八台灣小說選》來給我，原來在故鄉的親友都勇敢地將這筆「亂倫血債」揭露了，那麼在異鄉的我還何懼之有？

此外，在一九七九年的「美麗島事件」中被捕的律師姚嘉文，被判刑十五年，結果從一九八〇年到一九八七年在獄中渡過七年歲月。他在獄中著手寫歷史小說，完成了描寫四世紀到廿世紀末爲止的《台灣七色記》[37]，共十五卷。內容以歷史性的大事件爲中心，當然也寫了二二八事件（由目次得知），但是筆者沒讀過，所以在此不作討論。

由此看來，直接描述二二八事件的文學作品非常少。不是提到一部分，就是間接描述，在各自的狀況中扮演著一定的角色。即使在事件過了四十五年之後——雖然吳濁流和葉石濤在事件後曾經很大膽地寫成作品發表出來，令人難以置信；但是從此以後的三十年之間，直接以二二八事件作爲文學題材，卻反而成爲作家的桎梏。時代劇變，可是在文學上自由描寫二二八事件和五〇年代白色恐怖的時代尚未來臨。

最後，筆者調查了日本人的文學作品之中，是否有取材於二二八事件的作品？就筆者管見，只有西川滿一人[38]而已。相較之下，探討一九三〇年發生在台灣的「霧社事件」的研究書籍和文學作品，多如汗牛充棟，實有天壤之別。原住民無法忍受日本殖民政策的壓制，一九三〇年十月廿七日襲擊霧社公學校的運動會，殺死一百三十四名日本人。這起「霧社事件」不但震驚了住在台灣的日本人，也帶給日本本土的日本人很大的刺激。總督府對這場動亂的處置一如所有的統治者，動員了全部軍警鎮壓原住民。可能是因爲當時台灣是日本的殖民地，有很多日本人住在台灣；也可能是因爲日本人被殺，而擔心起自身的安危。更何況對那些親身體驗殖民地生活的作家而言，這起事件當然是文學的絕佳素材。但是，日本戰敗後，台灣已不是日本的土地；而後來發生的事件，看在日本人眼中是兄弟鬩牆，不關己事（二二八事件之後，全島發佈戒嚴令，留用的日本人都收到離台的命令）。於是，戰後四十七年來，除了「男性天國」的異稱之外，沒有興趣深入了解台灣，這就是日本、日本人的實態。

## 4 被遺忘的二·二八事件作家——邱永漢

### (1)台灣人的心之故鄉《濁水溪》

二二八時逃出的邱永漢也是用日語寫作的作家，他在日本寫作，在日本發表。不僅如此，他甚至獲得日本著名的文學獎「直木賞」，躋身該國作家之列。但是，在台灣文學中邱氏其人及其作品，尚未得到確認。

《濁水溪》初版本，現代社，1954年12月發行。佐藤春夫題字（筆者藏書）。

去年發行的《台灣作家全集》〈總序〉中，鍾肇政提到邱永漢的地方，只有短短二行。而葉石濤在一九八七年編輯的戰後第一部《台灣文學史綱》，完全沒有提到邱永漢。唯有附錄部分，林瑞明編的「台灣文學年表」中記載了寥寥數語：「一九五四年邱永漢在日本發表《濁水溪》，成爲直木賞入圍作品」、「一九五五年邱永漢的《香港》入選第三十四回直木賞，是第一位得此獎的外國人。」

除了上述二篇以外，他也在一九五四、一九五五年接二連三發表了〈偷渡者手記〉、〈檢察官〉、〈敗戰妻〉、〈客死〉、〈故園〉等作品。每一篇都是生於殖民地台灣的作者的自傳式小說。內容描述歷經終戰前後之混亂、二二八事件，而後又在國民黨政權下受苦的台灣人；以及亡命日本等海外地區，卻依然生活在殖民地、戰爭、終戰後的鎮壓等陰影下的台灣人。從作品中可以讀出，對作者而言，那是一段非常沈痛的過去。如果說作品是在日本以日語發表，所以不算台灣文學，而不予置評，未免貽笑大方。骨子裏有台灣人意識的作者，在作品中描寫台灣、台灣人，那麼他的作品也應該和居住美國的白先勇、陳若曦和劉大任等人一樣，在台灣文學中佔有一席之地。更何況他是一位站在台灣人立場上，描寫日據時代和戰後的二二八事件之類沈痛主題的作家。在此先討論有濃厚的自傳色彩的《濁水溪》。

在日據時代昭和*初期的台中，男主角林(台灣人)奉父親——他後來當上台中州會議員——之命，進入日本人就讀的小學。中學、高等學校也就讀於日本人佔絕大多數的台北一中、台北高等學校。在校內，台灣人人數少，百般受辱，常成爲團體施暴的對象，處處遭到歧視。林「從小便認定這個世界本來就是不公平的」，這種想法使他憤世嫉俗，也或許是由於他生長在鄉間，個性內向，因此成爲「一開始就非常認命」的孩子。不久之後，「大東亞戰爭宣戰」那一年，他渡海到日本，入學東京帝大經濟系。在日本結識了比他高二級的同系學長劉德明、東京帝大教授德村、來自廈門的留學生周萬祥、組成共產主義思想讀書會的陳超平（取得日本籍，自稱沼田超平），與他們有深交。

他和這些人物交往，也從書籍中認識了魯迅的生存方式，於是他開始苦惱：「相同祖先的大陸同胞可以投筆從戎，爲了保衛祖國而與日本帝國主義奮戰不懈」，可是他自己究竟在做什麼？最後，他決心前往大陸，卻被人告密，說他是「重慶派來的間諜」。結果被憲兵逮捕，關進拘留所，遭到嚴厲的訊問。一星期之後，他被迫具結今後要與軍方合作，才被釋放。那時，他得知密告的內容是「宣揚抗日思想」，而且他所信託的廈門同學周萬祥是「憲兵的狗腿子」，著實吃了一驚。劉德明的意識型態和他不同，卻一直維繫著不變的友誼。劉德明的母親雖爲日本人，但德明本身卻是深愛台灣的民族主義者，與林正是所謂「一個人顯現了兩個身影」，亦即是像分身的存在。德村教授一直想把林「培養成一個卓越的日本人，以償宿願」；但是當林拒絕台灣和韓國學生志願兵制度，而四處逃亡時，他眼看著理想即將破滅，仍然向林伸出援手。後來戰爭結束，已經是日本人養子的沼田超平，立即恢復本姓陳，彷彿忘了曾經在戰爭中發起祕密集會那一回事，又組織了各界人士參加的「新台灣建設會」。不過這並不是以前那種思想團體，處處俱見他爲今後事業開拓人脈的意圖。日本戰敗使德村教授受到很大的打擊，他想爲日本人發起的戰爭尋找正當理由：「重新體認民族問題的時代還會再來臨。即便是以一種錯誤的形式開始，『東洋人的東洋』這份理想也會永遠流傳下去。」

一九四六（民國卅五）年三月，林和劉德明一前一後踏上台灣的土地。一抵達基隆港，就看到「以三民主義建設新台灣」的標語。台灣民衆熱切期待國民黨官員和軍隊，但是他們的期待很快就落空了。「軍隊十分渙散」，而行政長官陳儀和他的官員「才上任就馬上犯了貪污舞弊的老毛病」。本來想去台灣大學教書的劉德明，知道外省人完全排斥日本大學出身的人，因此改變主意進入台灣銀行工作。但是有權有利的位置都被外省人佔住了，絲毫沒有任用台灣人的意思。這種情況越來越明顯，劉德明和陳超平等人興起了只能靠自己的力量建設台灣的意念。他們四處奔走，想要創辦大學，「讓因爲戰爭而失學的青年們有學校可唸書」。不過，林認爲「中國社會向來以血緣和長幼關係爲經，而以金錢爲緯」，「如今更不是作學問的時候」。於是，林和劉德明「見面的機會越來越少」；曾幾何時，林開始往來於台灣和琉球之間買賣水貨，十足像個商人。

然後發生了二二八事件。台灣人對外省人的憤怒失去了理性，「外省人不管好人壞人都挨一頓打」。「台灣民報社長、台灣大學文學院長、科學振興會會長、省參議員等，全島有權勢的人都被殘殺」，「可是這些人幾乎都和事件沒有直接關係」。與事件有直接關係的行政長官陳儀，暗中向蔣介石求援，「據說以武力抵抗陳儀軍隊，而死於槍下的青年多達五千人以上」。

想要創辦新大學的陳超平這一派人，平安逃走了。命名為「新台學院」的學校被查封。對台灣絕望的林，決定逃到香港尋找新天地。後來聽說一度生死不明的劉德明回到台南的消息，便去拜訪他，勸他一起逃出去，但他已經打算與台灣共存亡了。於是，林覺悟到「我已經沒有國家，也沒有民族了。我將成為永遠浪跡天涯的猶太人」。他決心單獨離開台灣，行前先回台中二林去探視雙親。在那兒有台灣第一大河濁水溪，「汚黑渾濁的水流如萬馬奔騰，千秋萬世不改其色」，「今後也會永遠奔流不息吧」，林如此想著。「如果有朝一日會出現不可置信的奇蹟，這條溪變得清可見底，那時在這片土地上必然已血染山河」，這段話語暗示著台灣的慘澹前景。

### (2)〈檢察官〉與〈偷渡者手記〉的關聯

「檢察官」王雨新生於台南，東京帝大法律系畢業之後，一九四三年前往京都地方法院就任。在殖民地台灣，檢察官不但是「法律魔鬼」，而且他「擁有的職權，足以使像王侯那般傲慢的殖民地巡查打哆嗦」。踏出了檢察官的第一步，王雨新心中很是得意。派到台灣來的日本內地巡查，專橫得令人看不過去，而為他們工作的台灣人巡查(即「三脚仔」)狐假虎威，對台灣同胞的態度「傲慢無禮」。

在他赴任的京都，因為他是台灣人而無法得到滿意的工作。終戰之後，知道終於可以堂堂正正地回去台灣時，他淚流滿面：「再也不必被稱為『清國奴』了。」終戰翌年，已婚的他帶著妻子（台灣人）和二個孩子一起回到台灣。然而，取代日本人接管台灣的國民黨政權腐敗，使台灣再度陷入萬劫不復的黑暗之中。連「路邊都有攤販販賣走私進來的上海煙」。就職很順利，他成為新竹地方法院檢察官。不久，新竹市長本身牽涉到配給物資（戰後設於台灣各縣市的救總分部分配給貧民和戰災戶的物資）盜賣事件，王檢察官去逮捕市長時，拘捕證被市長沒收，抓不到人只好空手回到法院向院長報告。不料，院長居然說：「現在馬上去把拘捕證收回來，一切等你回來再說！」院長這番話使他憤憤不平，丟下辭呈辭職了。二個月後，學長幫他在台北的初中找到英文教師的工作。正慶幸著至少有機會做一個好的教育者時，發生了一九四七年二月廿八日的事件。台灣人當了三天皇帝之後，蔣介石的援軍「登陸基隆，開始以機關槍掃射台灣人」。王雨新重感冒倒在床上，聽到收音機的報導，再也按捺不住，便起身外出。沒想到新竹市長的同黨──警察局長的座車當街攔阻，他就被抓走了。王雨新之妻碧珍擔心丈夫出事，跑到台北找他，看到「被殺死的台灣人的屍體滾滿街頭」，或「飄浮淡水河上」，但一直都沒找到王雨新。邱永漢在卷尾說：「趁著動亂除去眼中釘，在中國是司空見慣的。不懂這個道理的台灣人，要為他們的無知付出死亡代價。」他描寫出台灣人在二二八事件發生前，對國民黨官僚的腐敗敢怒不敢言的情形，及二二八事件發生後的混亂狀態；同時也向讀者控訴一名台灣人的人生與命運。作家的實力是肯定的。

「親愛的推事先生，我叫游天德，今年二十九歲，生於台灣」——這樣子開始的《偷渡者手記》，是以陳情書的形式寫成的作品。如果在戰前，這名台灣人的身分應該是日本人，但是戰後進入日本就變成「非法入境」，而必須受審。一審、二審的判決都是「強制遣返」，因此在最後的審判之前寫陳情書給推事。生於台南的「我」，「只因為出生在殖民地台灣，所以命運老是掌握在他人手中」。老哥和「我」都唸了中學、高等學校，然後老哥進入東京帝大法律系。「我」重考一年之後，才進入東京帝大文學系，但是戰況漸漸吃緊，於是決定暫時回到台灣。那時，老哥已經畢業，在京都做實習推事。當時的台灣是日本的軍事基地，同時「為了彌補(日本)糧食不足，而使得生產者——台灣農民付出了極大的犧牲」，糧食需求迫切萬分。不久戰爭結束，接管台灣的國民黨軍人和官僚的行徑，使人們的心情由喜悅轉為失望、憤怒。「我」一頭栽入戲劇的嗜好之中，後來在台南一所初中找到歷史教師的工作。過了一陣子，老哥也帶著妻、子回國，出任新竹市的檢察官。但是赴任之後，發生了「市長盜賣善後救濟總部發放給人民的救濟物資」事件。老哥掌握了確實的證據，前去逮捕市長。可是市長命令警察局長阻撓拘捕行動，拘捕證反而被搶走了。老哥退回法院，向上司報告，結果挨了一頓罵，叫他「把拘捕證拿回來！否則就捲舖蓋走路！」老哥一氣之下便辭職了，到台北做個和「我」一樣的初中教師。漸漸地，「台灣成爲國民政府的口中肉」，民衆的憤怒之聲與日俱增，最後終於爆發釀成二二八事件。陳儀的態度一度軟化，但是蔣介石的軍隊一登陸基隆，「反抗者有的當場射殺」，有的處以極刑，因此「被殺死的台灣人多達五千人以上」。「我」所在的台南，二二八事件發生的第二天得到消息，組織學生維持治安的同時，也拿出警察的刺刀和手榴彈，襲擊逃入機場的飛行人員和警察局長，以及其他的「阿山」(外省人)，俘虜了數百人。但是，國民黨軍隊一進城，兩三下就被攻破了，有許多人陸續被逮捕。「我」只是集合學生維持治安而已，可是一聽說學校同事被抓，便急忙躲起來了。

「這個事件奪走了我老哥的性命」，他被拿著機關槍的警方人員帶走，一去不回。「他想逮捕新竹市長而與人結怨，一定是在混亂中遭人暗算了」。後來貼出來的佈告上說，涉及事件者自首減輕刑責。「我」不想承受莫須有的罪名，而且也認爲只要蔣介石的軍隊還在這兒，台灣人就沒有前途，因此決定出國。戰戰兢兢地從台南搭飛機飛往香港，然後到日本重新入學還保留學籍的東大。「我」已經在台灣結婚，有一個女兒。當「我」在日本安定下來之後，她們也來日本找「我」。但是因爲是觀光的名義，所以停留期限很快就過了。「我」考慮之後，決定出來自首，只要能取得居留權，就可以和妻女一起生活。一審、二審都遭到否決，今天是第三審，最後審判的判決日。萬一這一次又被否決，既不能回到覺得有危險之虞而逃出來的台灣，就只有去中國大陸一途了。可是從來不認爲中共是祖國，希望能留在日本好好唸書。以上就是陳情書的內容。其中，有個段落描述官僚宣稱：反對國民黨政策的台灣青年「中了日本奴式教育之毒」。「我」反駁道：「如果說我們這兒受過日本教育的人堅決要求社會正義，就說是日本教育的錯，合理嗎？如果說我們像以前的總督府評議員那樣，只是默默地爲政府打前鋒，那麼日本的有識之士，難道不會認爲過去的日本殖民政策成功了，而過去的日本教育完全失敗了嗎？」在這番話之中，對日本的諷刺，和對國民黨的憎恨、憤怒、批判，是多麼激烈與沈痛！爲什麼會產生像游天德這樣的難民呢？追根究底，日本實在不能裝作毫不知情。游天德說：「我對過去的『日本帝國主義』依然懷著憎惡之情。」可是除了日本之外，他已無處可去。這道盡了無根的台灣青年的無奈，也正是邱永漢自身和這篇作品的模特兒王育德的眞實寫照。

(3)邱永漢爲什麼被台灣文壇遺忘了？

邱永漢本名邱炳南，一九二四年三月生於台灣台南市。根據《濁水溪》(可能是自傳小說)的記載，曾祖父從漳州渡海來台，到祖父這一代成爲殷實之家。他唸過台北高等學校，然後考進東京帝大經濟系。終戰那年(一九四五)九月畢業於東京帝大，翌年回台。在台灣時，有朋友要走私砂糖去日本，邀他入夥，他也加入了，但是沒有成功，爲了生計而到銀行工作。後來發生了二二八事件時，因爲向聯合國提出了「台灣實施國民投票請願書」，所以覺得危機四伏，一九四八年十月逃往香港。他在香港住了六年，以經商維生。小說《香港》就是當時的經歷。一九五四年四月，和在香港結婚的妻子一起帶著女兒到日本。他想當作家，在日本寫了幾篇小說，其中，《香港》在一九五五年獲得「直木賞」。然而，後來他的小說出書了，卻賣不出去，於是開始寫一些和錢有關的書。曾幾何時，「財神爺」之名不脛而走，超越了他的「作家」之名。一九七二年四月，應國民黨政府之邀，他回到闊別二十四年的台灣，以大企業家之身受到熱烈歡迎。他在日本住了三十八年，已取得日本籍，但是在一九九二年一月移居香港。

即使他沒有放棄作家之筆[39]，卻已經是著名的致富家和美食家。關於這一點，邱永漢本人說：「小說當然要有娛樂性，但是小說的重要軸心是反常識、反體制、反社會的性格」[40]；「然而……戰後的日本，在戀愛方面、在體制方面都完全自由了」[41]，「小說失去了戀愛和體制批判這類最大主題」[42]。於是，「讀者只對與人的欲望相關的事情有興趣。人的欲望大致分成食欲、性欲、佔有欲三種。可是日本的小說家偏愛三種之中的性欲」[43]。他自己「也有了一些收入，可以不必再依賴稿費生活」[44]，所以就改變方向大談金錢經了。「在那些認爲只有小說才是文學的人眼中，可能會覺得這是嚴重的墮落。但是我一點也不在意」[45]，因爲「金錢經並不是〝How to〞（如何賺錢）而已，說它是左右人的生存方式的哲學也不爲過」[46]。讀了這幾段文章，要批判邱永漢是很容易；可是筆者覺得心情十分沉重。

他是台灣人，爲什麼要用日語寫文學作品呢？爲什麼要在日本發表？又爲什麼轉變寫金錢經？想到這些問題，就會想起過去日本對台灣的種種（惡行），而感到心痛。瀧川勉曾在吳濁流《生於泥濘》的解說中談到二二八事件：「發生了這種事件，日本也擺脫不了關係。造成同一個中華民族情感不合睦的另一個因素，來自日本的殖民統治。」㊼王育德在著作《台灣海峽》中，針對瀧川勉的這番話提出反駁：「二二八事件和日本的殖民統治有什麼關係？如果有的話，就是陳儀長官以下的中國人，以台灣受過日本的殖民統治爲由，歧視與迫害台灣人。台灣人一再壓抑自己的情感，最後實在忍無可忍，才會爆發出來。」㊽王育德言下之意，可能是說日本人當然有身爲日本人該反省之處，從台籍日本兵的賠償金開始，有堆積如山的問題，等待日本政府儘快解決。不過，台灣人和外省人的衝突其來有自，與日本殖民統治並沒有直接關係。但是把台灣文學放在歷史之中來看，讀了尾崎秀樹下面這段文章，日本及日本人都應該自我反省一番。

台灣割讓五十年來，台灣民衆在政治、社會、經濟的剝奪下苟延殘喘。……殖民地第二代的我，很自然地，沒有任何疑問地看待那樣的關係，渡過了那段歲月。眼看著以常用國語（日語）之名剝奪其母語，以及在皇民化的美名之下強制推行殖民地統治政策的實況，卻渾然無所覺。犯了這樣的雙重錯誤，實在有重新反省的必要㊾。日本殖民統治的內容如何？對台灣的知識分子，以至於台灣民衆而言，介入日常生活之中的日本統治又是什麼？我想要清清楚楚地看看這些問題。如果不好好反省這些問題，日本就無法和亞洲各民族建立真正的友好關係㊿。

再回頭談邱永漢。以六〇年代赴美的白先勇爲首的「現代派」作家們，有外省人，有本省人，他們都是戰後接受中文教育的一代。赴美之後，也都不用英語而用中文母語表現，主題都是中國(人)、台灣(人)，作品則在台灣或香港發表。因此，儘管他們是脫離台灣的一群，仍然在台灣文學中享有一貫的評價。李喬爲台灣文學定位如下：「從歷史來考察，『台灣文學』的性格是反封建、反帝、反迫害的文學，更是特別關心大衆疾苦的文學，即最富人道精神的文學。從現實角度看，『台灣文學』的性格是生活在台灣的人們苦樂悲歡的發言人，理想與期待的發言書(或者還是全體中國人的發言人——這要由文學史來決定，不是我們可以信口開河的)[51]。」

邱永漢的小說完全合乎這個台灣文學的定義。然而他卻被台灣文學所遺忘，只因爲他的作品用日語寫，在日本發表。他之所以用日語寫作，是因爲在日據時代的台灣接受了日本教育；而作品之所以在日本發表，是因爲不能在台灣、香港、中國發表，是因爲他對戰後的台灣感到失望，意圖離開台灣，卻除了熟悉的日本之外已無處可去。也或許是因爲他的母親是日本人，所以他的日語當然比其他台灣人靈光。這位母親是女中丈夫，當王育德要去香港投靠比他早一步抵達香港的邱永漢之前，曾去拜訪她，問她有什麼話要告訴邱永漢？據說她答道：「你告訴他，國民黨這群豬還在這兒的期間，不要回台灣來！」[52]他之所以轉寫金錢經，或許是基於前述他所說的理由；也或許是因爲他的小說老是寫日本殖民地、二二八事件、國民黨的鎮壓、台灣獨立之類題材，日本讀者根本就沒興趣。現在也有這種傾向，尤其是在昭和三十、四十年代（一九五五至一九七四年）對戰敗國的讀者而言，他們的目標是建設新日本，他們眼裏只有歐美，舊殖民地的話題已經很難激起他們的興趣了。讀者如此，日本的文學界、出版界的體質結構也是如此。一窩蜂擁向新鮮的事物，巴結得獎的作家。接著在讀者尚未厭倦之前叫作家寫一堆書，捧出流行作家。作家不能自己選擇工作，不能定下心來寫想寫的東西。總之，書要暢銷才行。而且很快地加以歸類：戀愛小說、歷史小說、ＳＦ、推理小說、校園小說，甚至於獄中小說。賣不出去的話就一脚踢出去。在這種體質之下，即使只有一分才氣，也能被媒體哄抬成流行作家。檀一雄讚賞邱永漢：「他的題材，他的筆力……似乎能挽救陷於迷宮之中的日本小說，令人覺得可以信服。」[53]「在教養的各方面，都受到日本很深的影響，而在本質上卻能像邱君這樣不忘自己有中國血統的人，恐怕難得一見吧！……順便提一下，他的愛妻是他在香港找到的廣東美女，對日語一竅不通。但是她的烹飪手藝，任何時刻都非常美味可口。」這段話正說明了日後他在日本文壇上的極限。「他的題材」在當時很新鮮，是日本人的小說中所沒有的，而令人期待。但是，日本人對中國作家所抱持的印象與期待，本質上是絲路，是敦煌，或是有世界第一之稱的中華料理，以及華僑的象徵——賺錢樂。如此一來，過去他所寫的作品，「是戰後在台灣住二年，在香港住六年，而累積出一般日本人難以想像的奇異經驗。假如經驗是一種儲蓄，他就有相當多的文學積蓄。」[54]當他寫作時，就好像一點一滴花掉存款；一旦積蓄歸零，就寫不出東西了。而且他把青梅竹馬的友人和友人之兄所遭遇到的悲劇寫成小說，對友人和友人的家族而言，等於是家醜外揚，所以這一系列作品發表之初，他們可能十分憤慨。把朋友當成踏脚石，走上耀眼的直木賞作家之途，而一直受到友人和友人之兄的家人埋怨，對他的寫作極限還是有所影響[55]。檀一雄說，像邱永漢這樣不忘記自己有中國血統的人難得一見，所以評論他不會像日本的文學青年那樣，一頭栽入「私小說」的死胡同。不過，文學積蓄告罄的他，沒困在「私小說」的迷宮之中，也很難找到其他題材繼續寫下去了。轉寫金錢經，或許是必然的結果吧！儘管如此，還是令人覺得惋惜。眞希望他做個與衆不同的台灣作家，從日本看台灣，繼續寫下去。因爲在台灣不能寫的東西，在日本可以寫。這和他是直木賞作家無關，而是筆力有勁、能捕捉歷史的台灣作家——還要會用日語寫作——非他莫屬。小說這種東西本來就沒什麼好挑剔的，既有趣，又容易被社會各階層接受。由於日本向來對隔岸觀火沒有興趣，因此他的作品可能難以躋身文學之林，但是筆者還是希望他從「私小說」中脫穎而出，繼續寫台灣情事。再這樣下去，台灣文學和日本文學都會放棄他，他的作品也就成爲找不到母親的「文學孤兒」。現在的邱永漢當然可以視爲成功者，但是在筆者眼中，他才是眞正的「亞細亞的孤兒」。《濁水溪》中描述的戰後的台灣，已不再是令人懷念的故鄉了。他拋棄台灣也拋棄兄弟姐妹，逃到香港去。雖然也想過「相同祖先的大陸同胞」云云，卻「在這個人口二百五十萬的香港，被警察逮到，不是被判刑，就是繳罰款，成了家常便飯」[56]。這段文字並不是指涉邱永漢本身，而是說香港就是這樣的地方。不久之後，香港也不能安身了，於是去日本。如果他是去美國，則另當別論，但是他選擇了日本──自幼生長在殖民地，對日本應該充滿了憎惡之情，爲什麼會選擇日本？可以想像得到，是由於他的日語流利，又熟悉日本的緣故，想起來令人覺得可悲。如今，他已經是日本家喻戶曉的名人，可是和文學似乎有一段距離。筆者認爲應該要在台灣文學史之中，重新評價他和他的作品，使他也佔有一席之地。一九九二年一月，邱永漢從日本移居香港。身爲企業家，他有他自己的理由。但是，他已經成爲永遠浪跡天涯的「孤兒」了，一如《濁水溪》的男主角的感嘆：「我已經沒有國家，也沒有民族了。我將成爲永遠浪跡天涯的猶太人。」他本來就有「一九九七年香港不會被大陸併吞，而是大陸會香港化」[57]的想法。萬一香港眞的告急，他有日本籍，還可以回日本；連台灣也會熱烈歡迎他回去的。

他說他之所以遠離文學，是「因爲對小說形式的文學抱著疑問」[58]，那麼他下面這番話是出自何種心情呢？「我用青春作賭注，可是輸了。我是個失敗者。『財神爺』就是窮極思變之後的結果。所以，我一點也不認爲自己是成功者。但是對不能實現自己的理想的人而言，或許是一種鼓勵。從前的世界大富豪Paul Getty*（一八九二至一九七六年），在他的著作《生存的價値》中說了一段話，大意如下：『人不一定能做他最想做的事，卻可以選擇足以取代的適當之事，並且接受它』。」[59]其中談到「用青春作賭注」、「自己的理想」、「最想做的事」，對邱永漢而言，不就是指做個作家繼續寫作嗎？

吳濁流在台灣文壇得到很高的評價，而邱永漢卻被遺忘，沒有得到任何評價的另一個理由，就是吳濁流的作品有中文版，台灣的新生代看得懂；但是邱永漢的作品沒有被翻譯、介紹給年輕一代。讀二人的日語作品，文體的格調、小說的結構，很明顯都是邱永漢佔上風。再看看內容，邱永漢初期以台灣爲題材的一系列作品，描寫台灣和台灣人，觀點十分中肯，與吳濁流不分上下。因此，必須審愼地翻譯成中文，才可能在台灣得到好評。

## 5 原住民與二・二八事件

### 從「生番」到「山地同胞」

我們的姓名
漸漸地被遺忘在台灣史的角落
從山地到平地
我們的命運，唉，我們的命運
只有在人類學的調查報告裡
受到鄭重的對待與關懷

這是排灣族詩人莫那能的詩〈恢復我們的姓名〉[60]中的一節。日據時代被稱爲「生番」（滿清時代依原住民的漢化程度，蔑稱為「生番」、「熟番」。日據時代初期也因襲這種稱呼），後來在中華民國政府統治下，稱呼變得比較好聽，可是原住民的生活並沒有任何改善。

執筆寫有關二二八事件與台灣文學的文章時，老是會想起原住民。在這篇文章提到的每一位作家，都強調戰後從大陸遷來的國民政府和外省人是如何腐敗，如何爭權奪利，又如何欺壓台灣人。然而，吳濁流也好，邱永漢也罷，都對中國存有憧憬，具有強烈的中國意識，認爲自己也是擁有四千年光輝歷史的漢族後裔。因此當他們看到戰後渡海來台的大陸人百態之時，心情會從失望轉爲憎惡，正是期待越大憎惡越深的表現。他們失去了自我認同的依歸，飽受孤兒意識的煎熬。

（雖然近年來漸漸有人對原住民的問題表示關心，但是）在他們的文學中，尤其是戰後第一代作家的作品中，都沒有提到原住民。

不僅如此，在吳濁流的《無花果》中，有若干地方談到台灣人，祖先當然是漢人。他說，清朝對台灣的統治感到棘手；日本也遭到全民抵抗，常有惡戰苦鬥。「台灣不但人爲環境具有如此的戰鬥性，自然環境也是一樣。經常要和颱風、水災、地震等天災搏鬥，甚至還有山地人之害。」他把「山地人之害」和颱風、地震並列，接著說，所以台灣人的戰鬥心和競爭心都很強，霸氣十足，意志堅定，有進取心，熱情而容易激動。「台灣人」並不包括原住民。而霧社事件也只有吳濁流在《無花果》中，稍微提到而已，其他漢族系作家根本連提都沒提。由此可見，在他們的意識中，原住民的傷痛不關己事。不要光責備吳濁流一人。從清朝、日據時代到中華民國，原住民始終處在受欺凌的立場，閩南系台灣人、客家系台灣人，不僅不關心原住民的處境，而且也沒有「他們也是台灣人」的意識。這就是漢族系台灣人的極限了。一九八〇年之後，原住民作家和知識分子輩出，透過文學作品和各種運動，好不容易才獲得漢族系台灣知識分子的青睞。

原住民發行的報紙《原報》第九期（一九九二年一月卅日），刊登了一份報告：台灣中央研究院研究員林明德，發現了二二八事件與原住民的關係之珍貴資料。林明德在「桃園縣泰雅族原住民處」，找到原住民的判決書。根據判決書，這位原住民有兩項罪名：貪污及與在二二八事件中被殺害的邵族頭目共謀。這證明了二二八事件之時，原住民也被捲入事件中，受到株連。林明德呼籲有家人受牽連遇害者，應該鼓起勇氣公開說明，以求解開二二八事件的眞相。如上所述，原住民和二二八事件的關聯，好不容易才達到這個階段；至於出現在文學之中，可能還需要一段時間。

【註】

❶ 山口守〈香蕉船的船票──代序〉，山口守監修《發現與冒險之中國文學⑥香蕉船台灣文學介紹》，一九九一年九月十日，JICC出版社，第六頁。

❷ 後面將討論到的《無花果》日語版，二一五頁。

❸ 同❷，二一六頁。

❹ 《鍾理和全集》全八卷，一九七六年十一月，遠行出版社。
《吳濁流作品集》全六卷，一九七七年九月，遠行出版社。
《王詩琅全集》全十一卷，一九七九年六月，德馨室出版社。
《吳新榮全集》全八卷，一九八一年十月，遠景出版社。
以上皆爲張良澤所編。其他還有《陳映眞作品集》全十五卷(一九八八年四月，人間出版社)等。

❺ 賴和、楊雲萍、張我軍、蔡秋桐、楊守愚、陳虛谷、張慶堂、林越峰、王詩琅、朱點人、翁鬧、巫永福、王昶雄、楊逵、呂赫若、龍瑛宗、張文環等十七位。

❻ 葉石濤〈爲什麼賴和是台灣新文學之父?〉及林衡哲〈台灣現代文學之父——賴和〉。二文皆收於《台灣作家全集・日據時代(1)賴和集》(一九九二年二月，前衛出版社)之中。

❼ 改名《亞細亞的孤兒》，一九五六年四月十五日，一二三書房。

❽ 一九八四年九月十五日，赴日訪問中的鍾肇政、楊青矗二氏，在代代木全理連大廈發表演講。鍾氏以日語演講，題目是〈談台灣文學〉，這段引文摘自這篇講稿。

❾ 《鄉土的呼喚》(一九八六年二月，笠詩刊社)，《母親的悲劇》(一九九〇年三月，笠詩刊社)等等。

❿ 吳濁流的第一本漢詩集，可能是民國三十八年八月二十日由英才印書局出版的《藍園集》。在三田裕次氏收藏的初版本中，可以看到出自吳濁流之手的推敲痕跡。

⓫ 一九八四年九月十八日，在澁谷車站前的餐廳中，爲旅日的鍾肇政開設座談會，席間他發表的一段話。

⓬ 《文學界》第十集，民國七十三年(一九八四)五月，文學界雜誌社，二一五～二二三頁。

⓭ 後來和〈檢察官〉、〈敗戰妻〉、〈故園〉、〈客死〉等一起收錄在小說集《偷渡者手記》之中，一九五六年二月二十九日由現代社發行。

⓮ 〈我的致富自傳〉從一九七二年起開始在《週刊現代》連載，並收錄在同年開始出版的《邱永漢自選集》全十卷中的第八卷內(德間書店)。後來又補上〈返台記〉一文，一九七七年四月三十日由德間書店發行單行本。拙本則根據一九八六年六月十六日PHP研究所(PHP文庫)的版本，以下一律簡稱「邱永漢A」。書中四四頁上提到，在這次審判中，王育德提出了邱永漢的〈偷渡者手記〉云云。據王育德未亡人雪梅女士之說(一九九二年三月三日筆者的訪談)，好像有這麼一回事(不很確定)，今後仍然有再查證的必要。

⓯ 邱永漢A，十六頁。

⓰ 關於廖文毅與台灣獨立運動，參照戴國煇《台灣》(一九八八年，十月二十日，岩波新書)，一七二～一七六頁。

⑰ 邱永漢A，二八頁。

⑱ 最初在香港《七〇年代》連載，一九八一年十月（第一四一期）到一九八二年九月（第一五二期）。台灣方面則在一九八五年六月，由遠景出版社發行單行本。日語版拙譯、解説《ディゴ燃ゆ——台灣現代小説選別卷》（一九九一年六月二十八日，研文出版社發行）。

⑲ 一九六六至六九年稱爲「台灣文學獎」，一九七〇年之後改稱「吳濁流文學獎」。

⑳ 一九八七年六月二十五日，南方叢書出版社發行。三田裕次氏珍藏日語原稿影本後半部（第九章～終章），在這份日語原稿後面寫有中文的〈後記〉，內容大致是説希望等十年或二十年後再發表。

㉑ 參照黃有仁〈師範大學事件〉，《台灣》三卷九號（一九六九年九月）。

㉒ 最初發表在一九七六年十二月二十六日《聯合報》上，後來收在聯經出版公司出版的小説集《老人》之中。

㉓ 最初在香港《明報月刊》上連載，從一九七七年一月（一三三號）到一九七八年五月（一四九號），而後一九七八年八月，由聯合報發行單行本。

㉔ 連載於《中文月報》一九八〇年二、三月號。後來又經過修改，轉載於《台灣文藝》，一九八〇年六月號。

㉕ 引用自〈台灣文學應以本土化爲首要課題〉的論文。

㉖ 第一部「寒夜」從一九七八年一月起連載於《台灣文藝》，第三部「孤燈」從一九七八年夏天開始在《民衆日報》連載，第二部「荒村」則從一九八〇年十月起在《自立晚報》連載。而後依「孤燈」（一九七九年十月）、「寒夜」（一九八〇年十月）、「荒村」（一九八一年十二月）的順序，由遠景出版社發行，《寒夜三部曲》於焉完成。

㉗ 刊登於《文學界》第一集，一九八二年一月。

㉘ 最初發表在《文學界》第四集，一九八二年十月。一九八五年七月，收入台灣文藝雜誌社發行的《李喬短篇自選集》。

㉙ 若林正丈〈開始被談論的現代史沃野〉，《三脚馬——台灣現代小說選Ⅲ》，一九八五年四月十日，研文出版，一八八頁。

㉚ 一九八八年六月，前衛出版社。

㉛ 一九八四年九月，筆者在台北訪問陳映眞時，從他口中聽到這段話。

㉜ 最初發表在《台灣文藝》第六十五期，一九七九年十二月。後來收入遠景出版社發行的《山路》(一九八四年九月)中。

㉝ 最初發表在《文季》第三期，一九八三年八月。日語版拙譯收於研文出版社發行的《三脚馬——台灣現代小說選Ⅲ》(一九八五年四月十日)。

㉞ 〈台灣變革的底流〉——陳映眞、戴國煇、松永正義對談。刊登在日本《世界》月刊五〇六號，一九八七年十月。其中一五一頁上有陳的這番話。

㉟ 最初發表在《筆匯》二卷一期，一九六〇年八月。日文版〈村の教師〉，田中宏譯，收於《彩鳳の夢——台灣現代小說選Ⅰ》，一九八四年二月一日，研文出版。

㊱ 最初發表在《自立晚報》，一九八三年七月十六日。

㊲ 一九八七年七月，自立晚報社。張良澤〈台灣本土文學的發展〉(《言語文化論集》第二十九號，一九八九年八月三十一日)中有詳細介紹。

㊳ 西川滿(一九〇八— )三歲來台，在台灣從事藝文活動。講談社發行的〝King〞(一九五五年二月號)刊登了他的短篇小說〈惠蓮的扇子〉。故事內容描述台灣女性惠蓮，爲了替在二二八事件中被殺害的丈夫報仇，暗殺警備司令未遂，後來在獄中仰藥自殺。西川滿在他主編的〝Andromeda〞第二五〇號(一九九〇年六月三十日，人間の星社)上，轉載了〈惠蓮的扇子〉，並註明是「二二八事件之輓歌」。另外，也以劉小青筆名發表了

下列一詩。這首詩的存在是岐阜教育大學的中島利郎先生所指教。〈天地的憤怒〉「要把這震撼著地軸 迸湧上來的 這憤怒 摔向哪裡!? 將祖國台灣的 山河和民族的心靈 蹂躪 搞得滿是污濘 而恬然不知恥的 惡鬼羅刹之群喲 滾! 滾到黝闇和污辱的世界去! 我們璀燦的蒼天 永遠決不許你們的存在。」(《台灣民聲》創刊號、台灣民聲社、昭和二十九年二月二十八日)其他還有丸谷才一的〈高聲唱國歌!〉(暫譯),一九八一年二月,新潮社。內容描寫二二八事件後逃到日本,成立台灣共和國臨時政府的廖文毅等人,在日本推展台灣獨立運動的情形,沒有直接以二二八事件爲題材。

㊴《台灣物語》(一九八一年七月十日,中央公論社)收集了從一九八〇年十一月到一九八一年六月爲止,在《週刊Post》上連載的短篇小說,所以不能說他已經停筆;不過,和上次發表的小說相距了二十年之久。一九七二年應國民黨之邀,回到闊別二十四年的台灣,從此以後便來往於日本與台灣之間。他在台灣也接觸到人生百態,於是又有了「文學積蓄」,立即一鼓作氣寫出十篇小說。其中的用語,例如:「日本統治台灣五十年之間……」(《台灣慕情》一三一頁)、「父親志願當警察……在蠻荒之地服勤」(《鴛鴦太平記》二一三頁)、「要有被撕成碎片丟到淡水河裡去的覺悟」(《鴛鴦太平記》二二〇頁)等,都有台灣歷史的影子,但是和小說的主題並不相干。內容多半是描寫一位被稱爲「經濟動物」的日本人,來到台灣之後發生的生意糾紛,以及和台灣女性相戀的人生機遇。這種題材不新鮮了,在黃春明的《莎喲娜拉.再見》,和陳映眞描寫台灣跨國企業中的人物百相的《華盛頓大樓——雲》之中,都可以看得到。邱永漢的作家功力,在於處理如《濁水溪》、《香港》之類動盪時代的題材。所以小說中少了這類題材,就難以呈現他的眞正價值。但是讀了這本小說集之後,筆者覺得不管是取得日本籍或移居香港,他的台灣人意識永遠也不會改變的。

㊵邱永漢A,一一八頁。

㊶邱永漢A,一一九頁。

42 邱永漢A，一一九頁。

43 邱永漢A，七六頁。

44 邱永漢A，一二〇頁。

45 邱永漢〈所以我移居香港〉，《文藝春秋》（一九九二年三月號），三一九～三二〇頁。以下簡稱「邱永漢B」。

46 邱永漢B，三二〇頁。

47 滝川勉〈殖民統治下的台灣民衆諸相〉，吳濁流《生於泥濘——苦惱的台灣民衆》（一九七二年十一月三十日，社會思想社），二七二～二七三頁。

48 一九八三年一月十五日，日中出版，二〇六頁。

49 尾崎秀樹〈吳濁流的文學〉，吳濁流《黎明前的台灣——來自殖民地的控訴》（一九七二年六月十五日，社會思想社，三〇七～三〇八頁）。

50 同上，三一八頁。

51 壹闡提（李喬的筆名）〈我看「台灣文學」〉。最初發表在《台灣文藝》革新版第二十期（一九八一年七月）。日語借用陳正醍的譯文〈「台灣文學」正考之子〉，刊登在《終戰の賠償——台灣現代小說選II》（一九八四年七月一日，研文出版）之中。

52 邱永漢之母的有關言談，出自前述王雪梅訪談記錄。

53 檀一雄〈直木賞，邱永漢其人及其作品〉《偷渡者手記》（一九五六年二月二十九日，現代社）的書帶上的言詞。以下檀一雄之言談皆出自此處。

54 邱永漢A，四九頁。

55 「把朋友當成踏脚石……」、「一直受到友人和友人之兄的家人埋怨……」，出自前述王雪梅訪談記錄。

56 邱永漢《香港》、《濁水溪》，一九八〇年五月十日，中央公論社的《香港》，四四頁。
57 邱永漢B，三二四頁。
58 邱永漢A，二一八頁。
59 邱永漢A，一九八頁。
60 《美麗的稻穗》，民國七十八年（一九八九）八月十日，晨星出版社。

【譯註】

*獵紅：指追捕思想犯。
*高等學校：在當時的學制中，是實施高程度高等普通教育的男子學校。修業年限三年。實質上是日本帝國大學的預備教育階段。
高等學校前一階級叫「中學校」，是實施高等普通教育的男子中等學校。修業年限五年。（譯文中之「中學」即「中學校」）
*信託統治：受聯合國信託（委託）之國家，得統治某特定之信託領土。
*作者（岡崎）推測可能有人把日語翻譯成中文。後來，一九九二年三月二十七日，作者在台北會晤鍾肇政，詢問之後，確定當時以日語寫成的《無花果》是經由鍾先生譯成中文。
*即鶯歌。
*這段文章借用鄭莊的譯文（此譯文業經陳映眞修正），該文收在《陳映眞作品集6》（一九八八年四月，人間出版社）之中。
*據說從民國三十六年（一九四七）左右起，呂赫若的行蹤成謎。後來傳聞一九五一年前後他在台北文山附近被毒

蛇咬死了。

*昭和元年是一九二六年。

*Paul Getty是美國石油界億萬富翁，去世時被喻爲世界上最富有的人。

*原題名是《裏聲で歌へ君が代》。「君が代」是日本國歌前三個字。

第二章／葉笛譯

# 邱永漢

## 戰後台灣文學的原點

「在世俗的意思上所謂飛黃騰達，就是富貴、名譽和社會地位高。所謂幸福就是爲那些東西所支撐的『心靈的滿足』，這樣解釋沒問題吧。」(邱永漢《太太喜歡烹調》，中公文庫，昭和五十六年七月，一〇一頁)

## 1 首度公開的出生祕密

戰後，在台灣於戰前、戰中活躍的作家，吳濁流和張文環以日文寫作❶，兩人都是戰後不能由日文轉爲中文的作家，但自從其作品在日本出版，由於譯成中文，台灣的讀者也有了讀其作品的機會。他們二位的小說都描寫戰前、戰中在曾爲殖民地之台灣的台灣人所處的境遇，現在在台灣受著高度的評價。然而關於跟他們二位同爲戰前、戰中的世代，而以同樣的時期爲題材，精力充沛地創作了小說的邱永漢，卻沒人談論他。

知道邱永漢於昭和三十年代，把生活在日本殖民地的台灣人們的生活和苦惱，戰後日本人離去後，苦於國民黨一黨獨裁的台灣人的苦鬥和犧牲，寫成一系統小說的事情的，絕無僅有。

把這三位的作品一比較時，我們不能不承認邱永漢的小說，其表現力，特別作爲短篇小說家的力量是出類拔萃的，最爲優秀的作家。

寫這篇論文的目的有三：即(1)把邱永漢的文學定位於戰後的台灣文學之中，予以評價。(2)邱永漢的文學何以在戰後台灣被漢視？(3)逼視邱永漢作爲作家的眞面貌。就是想把這三點浮顯出來。

想要把第三項的事情弄清楚的時候，會纏繞著各種困難。如在開頭引用的邱永漢的話似的，一想談邱永漢，地位、名譽、金錢便常顯現於表面上，因而他作爲知識分子的側面便要隱藏起來之故。他在光榮和挫折、獲得輝煌的地位、名譽和富貴的背後，體驗著作爲小說家、作爲台灣獨立運動家的挫折，那些使他選擇「對於我已經沒有國家，也沒有民族，我將成爲永遠在地球上徘徊的猶太人」❷的生活方式。代表戰前台灣知識分子的一個典型的邱永漢，並不例外，複雜而背負著光和影，在深處的眞實姿勢銷匿在闇黑裡難以窺見，但我想從那裡面抽出邱永漢作爲作家的一面，逼視其眞面貌。

要爲邱永漢做文學評價，首先不得不從成爲其文學素質的他的雙親談起。

在一九九三年三月出版的《中國人和日本人》❸之中，邱永漢第一次公開了自己的母親之事。其後，好像橫了心似地把題爲〈我青春的台灣〉❹的自我歷史連載於《中央公論》上，詳細地開講了母親之事。在戰後的日本，爲要做小說家成名，把三個字的名字，亦即以中國人作爲一種武器的話，我推測：母親的事情，如其可能還是願意祕而不宣的吧。如果母親是日本人，不但三個字的姓名之神祕性會暗淡下去，日文優異也會被認爲是理所當然的，這樣能突出他的東西將會化爲一無所有。要說稍具文才的年輕人，過往和現在都多的是。他獲得直木獎，而在文壇上樹立某種程度的地位後，沒有積極地談過母親。那樣的他到現在才開始要講清楚，爲的是把資本投入大陸，想構築連結中國、香港和台灣的「大中華經濟圈」的現在，想把賭注於它的沖天幹勁拿《中國人和日本人》來表示的吧。爲此便產生要展開中國人論和日本人論的必要，不論要稱讚也好，貶低也好，如果混合著雙方之血的話，他判斷了都不用擔心會受到來自中國人和日本人吹毛求疵。既爲中國人，又是日本人這件事，確實看來是公平的，不管是好，是壞，能夠自由地說話，還可避免不公平之譏。

這樣的看法，也許過於穿鑿，但邱永漢這位作家看來是會做這種計算的。看他初期作品，差不多是自傳式或以在他周圍就近的人物爲模特兒來描寫的。《濁水溪》和《香港》❺是半自傳式小說，〈偷渡者手記〉是描寫在戰後的日本，台灣獨立運動的指導者，也是邱永漢的朋友王育德亡命到日本的事，〈檢察官〉是以王育德的哥哥，出任新竹地方法院檢察官而在二二八事件時被殺的王育霖爲模特兒的，〈客死〉❻裡出現的是林獻堂（是殖民地時代抗日的領導人物，戰後雖為台灣人的代言人，但亡命到日本後，於一九五六年客死）、廖文毅（亡命到日本發動台灣獨立運動，和王育德不同派系）等，用不著舉出眞名，馬上就會明白的。既然那樣，令人覺得不可思議的就是爲什麼不以近在身邊，並且最能成爲小說題材的母親爲模特兒來寫呢？以母親爲模特兒似乎可以寫出一兩篇小說的，因爲他母親經歷過以當時來說是罕見的婚姻。

邱永漢的父親邱清海是幼小時從福建省遷移到台灣來的中國人，在台南西門市場做生意。台灣已成爲日本殖民地，他父親向步兵團交納蔬菜，過著富裕的生活。他母親堤八重是九州久留米市出身的日本人，同爲台南西門市場的牛肉舖之女。他父親和母親互相認識時，由於他父親已經有妻子以及沒有結合日本戶籍法和台灣戶籍法的法律，他母親便以姨太太的形式跟他父親同居在一起了。兩人之間生了十一個孩子（一個夭折），長女和長男（炳南＝永漢的本名）入父親的戶籍成爲台灣人，其他八個人作爲母親的私生子提出登記成爲日本人。同爲兄弟姐妹，長男長女兩人命名爲中國名。其餘八個人卻以日本名命名。據說，後來連結戶籍法和戶口法的新法律成立，他父親移入他母親之籍變成日本人，長女由於和日本人結婚入日本籍之緣故，只有邱永漢和他父親的正妻變成留在台灣的邱家戶籍的形式。也許因爲出生在殖民地台灣才發生這樣複雜的事情，如果光說戶籍問題，邱永漢的父母和十個孩子全部都變成日本人（邱永漢也於一九八〇年取得日本籍）。

不過，只有關於這位母親的國籍部分是在昭和五十四年發表的〈女人的國籍〉（上、下）❼裡面詳細地敍述著。它是從大正、昭和到終戰爲背景，作爲殖民地政策之一環的，把嫁給富豪子弟的貧窮華族的日本女性稀奇的命運，以日本、台灣、滿洲、北京、上海爲舞台展開的一大畫卷的故事。在這裡頭，描寫著主角北大路華子和台灣人李明仁的結婚，而詳細敍述著雖然舉行結婚典禮，在法律上內地人(日本人)和殖民地的人卻不能成爲夫婦的經緯。

如果順便一提，這篇〈女人的國籍〉是在昭和三十年代寫了一連串正經的小說之後，轉向賺錢的他，在久違二十年才又執筆的小說之一❽，而在其中也是最大巨作的長篇。

貧窮的子爵北大路康隆和其姨太太之間所生的華子，作爲當時的台灣總督田健次郎要使本島人(台灣人)同化於日本人的，可謂殖民地政策之一環，爲要嫁給土著的富豪，也是總督府評議員李天來的兒子明仁，到台灣去了。那是大正九年(一九二〇)華子十七歲時的事。兩人之間，雖然生了一男孩，生活不圓滿如意而結果分手了。華子後來也硬被拉開獨生子回到東京。不知是天生的美貌帶來福或禍，和菊池寬成爲深情的關係爲出發點，開始華麗的與男性之交遊，而那些男人個個都差不多能左右當時日中關係之政局的日本軍人和特務，或滿洲馬賊的首領，或上海的教父。以眞名實姓談論著自戰前、戰中到終戰的日中關係史，興趣盎然。利用那戰爭和男人們(也許她是純粹地只愛了男人們的)，華子雖然掙得一大財富，但那也隨著終戰落得不名一文。

> 本來對女人來說，國籍這東西是不必要的，作為丈夫選擇的男人的國籍變成她的國籍，就是這麼一回事。這一點，男人一生下來便有國籍，被偶然生下的國家之國籍綁著，擁有敵人，流血，而後要死去的(三二九頁)。

邱永漢這麼談著，描繪出看似推開其命運，其實卻自動挺身甘願接受一個女人波瀾萬丈的人生。想來，同時也把偶然生在殖民地台灣的邱永漢自己的命運也重疊在一起似的。如果說，即使接受它，或拒絕它，所謂命運就是會降臨在身上的，倒不如積極去接受它才是明智的生活方式，要是這是出生於殖民地的人們作爲要活下去的智慧學到的，眞有說不出的可憐而又悲哀。邱永漢之所以不願積極談論母親問題，也許是自然學會的處世術吧。

## 2 拒絕了小說家邱永漢的日本

拿實際上自己體驗的和在身邊的朋友、熟人爲模特兒寫小說的邱永漢，說不定早已在那時地，就可以看得出作爲小說家的極限，但後來他折筆不寫，也不只是他的責任。

以叫〈香港〉的作品，雖然獲得昭和三十年下半期的直木獎，但卻不像最近一般，大衆傳播會爲其騷動，也沒有從各地的出版社和雜誌社飄進邀請寫原稿的信函來，也沒有辦法只寫自己願意寫的。實情是把請求執筆的，只能按照出版社和雜誌社的編輯方針來寫的吧。

即使那樣，從昭和二十九年到三十三年之間，自處女作〈偷渡者手記〉開始，〈濁水溪〉、〈香港〉、〈敗戰妻〉、〈客死〉、〈檢察官〉、〈故園〉、〈毛澤西〉、〈脖子〉、〈太長的戰爭〉、〈有風的日子〉、〈看不見的國界線〉、〈韓非子學校〉、〈刺竹〉、〈東洋航路〉、〈惜別亭〉、〈南京街背胡同〉、〈海的口紅〉、〈傘中女郎〉、〈服裝模特兒少女〉、〈死在香港〉、〈華僑〉等，以短篇爲中心，發表了近三十篇作品，每篇都是精心的作品[9]。

〈濁水溪〉是描寫生於殖民地台灣，曾爲文學青年的主角林進入東大經濟學部後，對政治變得擁有關心的過程，日本戰敗後，雖然歸台，但不久勃發二二八事件，目睹很多台灣人爲國民黨軍隊所虐殺，決心要拋棄台灣到出走台灣的邱永漢的自傳性小說。是通過一個青年的體驗，描寫出戰前、戰中、戰後的台灣和日本的人們和社會的優秀作品，作爲正式把二二八事件寫成文學作品的最初之小說，也是值得注目的。

〈香港〉是會令人想起對台灣政府絕望，亡命到香港的〈濁水溪〉中的林姓青年，離開政治，以老奸巨滑的香港人爲對手，進入生意的世界，創辦事業的故事，這篇作品的主角也重疊著邱永漢。〈偷渡者手記〉和〈檢察官〉，在別稿已詳細談過[10]，所以這裡從略，但兩篇都是把生長於殖民地台灣的知識分子，戰後經歷的反政府運動和悲劇，以實在的人物爲模特兒來描寫的，耐人一讀的作品。

其他，還有以戰後的台灣爲舞台的作品中，描寫因日本敗戰而淪爲賣春之境遇的日本女性的〈敗戰妻〉，描寫由於戰爭連三個兒子和命運都失去，獨自一人寂寞地活著的台灣老人的〈故園〉；

當國民黨軍的班長來台的男人，反而落得被進入軍隊的台灣人部下奴役的，蘊藏嘲諷的作品〈太長的戰爭〉；愛上因戰爭進駐紅頭嶼（現在的蘭嶼）的日本兵之雅美族女郎，不知終戰，而為要尋找日本兵到新港，為台灣的男人所騙而被賣去妓女戶的〈海的口紅〉等。但作為和邱永漢的思想及行動似有關係的，可以舉出〈刺竹〉和〈客死〉。〈刺竹〉這篇小說的時間在一九五〇年，共產黨組織的檢舉，所謂清共在台灣開始。銀行員鄭垂青只是跟朋友批評著國民黨，談著「將來如果成為我們的天下……」這種不平分子而已，但對於朋友接二連三被逮捕的事態，感受自己的危險而企圖逃亡，不過因為妻子說服，雖然不情願卻歸順了政府，就是這種內容。〈客死〉是一九五三年的東京，對自三年前就亡命於日本的七十二歲的謝老人（林獻堂），傳來如果歸順國民黨，就要保證給他省主席地位的話。他的麾下有著雖然存有異議的衝突卻都是台灣獨立運動家的劉文成（廖文毅）和蔡志民（莊要傳）。蔡強烈反對，謝老人要歸台，無非就是獨立黨的敗北，但老人的心卻傾向歸國。就在那樣的日子裡，蔡因心臟痲痺猝死的噩耗傳到老人那裡。林獻堂於一九五六年客死東京，從題目想像大人物的客死讀下去，其實，我們就會明白是為哀悼著以前的同志，曾經和邱永漢同一天，搭不同飛機，從台灣亡命到香港，後來到日本組織「台灣獨立聯盟」，但短促地一病便死的無名的台灣獨立運動家莊要傳之客死（因為莊要傳的死因未明，有部分傳言是出於謀殺）而寫的小說。

關於邱永漢的政治運動，將在後面敘述，但從以上作品可知邱永漢雖然逃離台灣，在戰後的日本，執著於台灣，用日語不斷地寫了台灣、台灣人。

在戰後的台灣，於殖民地時代長大的作家們，一下子要從日語轉換爲中文是不可能的，大多數人都不能不折筆了。只有一個人，只有邱永漢不受國民黨政府的壓力，自由地用日語在日本能夠發表台灣意識強烈的作品。然而，在臨近高度成長期的日本，讀者的意識已經變化。曾爲殖民地的台灣的政治變得怎樣，台灣的人們成爲其政治的犧牲也好，早已全然漠不關心，一點興趣都沒有了。在那樣的三十年代之日本，可以說是沒有接受邱永漢正經而令人肩膀發酸的小說之基盤。雖然逃自國民黨政府的壓迫，獲得自由的邱永漢，但在和台灣作家不同的意義上，是不得不封筆的。於是，他一轉而走向賺錢。

然而，台灣作家邱永漢在戰後的台灣文學中所完成的角色，不可無視也是事實，他的作品也可以說是戰後台灣文學的一個原點。

在戰後的台灣，批評國民黨政權的國策和觸及二二八事件是禁忌，那在文學也是一樣的，批評國策、提倡共產主義思想、提到二二八事件，在文學世界也是不被允許的。稍微一寫，就會繫獄幾十年，或以叛亂罪處刑。從台灣經由香港到日本的邱永漢，把隨著日本戰敗來到台灣的國民政府的腐敗和恐怖，以及二二八事件，在昭和三十年代已經寫了出來。想到在台灣一九八七年戒嚴令解除後，好不容易一點一滴地消失著禁忌，即令是在日本發表的，想來是該予以評價的。

不過，邱永漢的作品，由於在日本用日語發表，在台灣卻被忘記了。在台灣文學、台灣作家之中，看不到邱永漢之名。如若像生於日本的台灣作家陳舜臣，將其認同求之於祖國中國的話，說不定邱永漢的文學也會轉變到不同的方向，實際上〈脖子〉、〈傘中的女人〉等作品是有著中國唐宋傳奇的味道的。其他還有從昭和三十三年連綿五年四個月連載於《中央公論》的〈西遊記〉，也有討論孔子、莊子、韓非子等的評論集〈東洋的思想家們〉[11]，也描寫把道德教育無用論躬身爲之的德島縣高中校長的〈韓非子學校〉（這一篇並非特別和韓非子有關）。但要摸索其方向，可以說邱永漢是太過於台灣人了。

## 3 邱永漢的政治運動

邱永漢只要一談到自己和政治運動的關聯，就和母親之事同樣不能侃侃而談。

首先，從他的小說和所寫的摸索其周遭看看，台北高等學校（連普通科高等科一共七年）的時候是個文學青年，出入於當時活躍於台灣的日本人作家西川滿的地方。戰爭中的昭和十七年十月，十九歲的邱永漢到了日本，進入東大經濟學部。〈濁水溪〉裡描寫著東大在學中煞像邱永漢的主角有關政治的思想和行動，參加台灣人學生舉辦的讀書會、讀著毛澤東和魯迅的著作，便苦惱著同祖國的中國同胞要從日本軍捍衛祖國在戰鬥，而自己卻在日本幹著什麼？於是乎決心自己也要到大陸，就在那時，因告密被憲兵逮捕，受到一星期執拗的調查，嫌疑是意想之外的「重慶方面的間諜」。當然嫌疑消失而被釋放，但雖是模糊的，邱自己是否對共產主義看出希望？這是大有興趣的。還有，日本人學生由於徵召學生而去當兵後，對台灣人和朝鮮人學生，也頒佈了特別志願兵條令，行將被召集了。小說裡是拒絕它而逃竄各地，可是邱因未滿二十歲，得以免去志願。而離終戰不到一個月的昭和二十年九月，邱永漢畢業東大，就那樣進入了研究所，但得知能回台灣的船要開就搭船，踴躍再踏上台灣之地的是昭和二十一年（一九四六）二月的事情。

好不容易才能復歸祖國懷抱，從殖民地被解放，靠自己能夠建設新台灣，邱永漢和他的朋友們都幹勁十足，但那期待立刻背叛了他們，來自中國的國民黨政權蹂躪了台灣人民的良心和利益。不久發生二二八事件，很多台灣人爲國民黨所殺。工作於銀行的邱永漢由於向聯合國郵寄「爲台灣實施公民投票之請願書」，亦即由公民投票來決定台灣是否該歸屬中華民國的信，感到自己的危險而亡命到香港。這件請願書和二二八事件時在上海，後來轉到香港的廖文毅的台灣獨立運動有關係。廖文毅是一九五〇年到日本，五六年樹立台灣共和國臨時政府，就任總統，但一九六五年歸順國民黨的人物，邱永漢被目爲到日本以後，也和廖文毅的獨立運動有深厚的關係。雖則邱永漢自己說：「我曾賭注生命挺身於台灣的獨立運動。」⑫但當一問及：那麼具體地展開了什麼運動？跟廖文毅是什麼關係？到日本之後幹了什麼？他就立刻變得寡言不得要領了。

話雖如此，和邱永漢同為台南出身，自從台北高等學校即為同班生，在東大也在一起的（學部不同）王育德，於一九六〇年出版機關雜誌《台灣青年》而開始和廖文毅不同的獨立運動，看來邱永漢並沒有直接參與，似乎是一淸二楚的。獨立運動其他也好像有各種派系，歸根結底，和廖一派的關係，邱永漢似乎是最深的。不過，邱自己說的「賭注生命邁進於運動」，究竟是什麼時候？不得而知。戰後歸台在銀行工作的邱永漢給聯合國寄去信的事情，即是廖文毅主張的由台灣住民的高度自治實現的表現之一，信件之事行將暴露，飛抵香港的邱永漢寄身的地方就是廖文毅家，像要趕上早一步到日本去的廖文毅之後似的，四年後邱永漢也到了日本，這些事都是很容易連結起來的，如果萬一要逃到香港之前，邱永漢在台灣被當局抓到的話，說不定確實會身受危險，至少身入囹圄好幾年是免不了的吧。

還有，來日後，也向尊崇廖文毅為總統的可說是獨立派機關雜誌的《台灣公論》（編輯及發行為黃介二）投寄著文章。在〈客死〉中，他把作為蔡志民登場的台灣獨立運動家莊要傳和自己的交遊寫在〈莊要傳君的事〉[13]，而於「台灣・紅人」欄[14]被採訪著。該機關雜誌也有來自當時的新聞轉載。一九六一年（昭和三十六年）二月十八日《新大阪新聞》上刊載著：決定在台灣獨立演講會上要演講的作家今東光受到來自右翼大日本菊水會騷擾的記事。據說三人一夥的男人和今東光見面，逼他說：「別出席要非難台灣政權的演講會。」對此今東光回答說：「我只是為作家朋友邱永漢邀請要出席而已。」⑮

其他，還發表過〈別忘了台灣人〉⑯、〈一個中國，一個台灣〉⑰、〈台灣一定會獨立〉⑱等和獨立運動結合的評論。在〈別忘了台灣人〉裡，陳述了戰後台灣人在國民黨一黨獨裁下折騰的情形後說：「(要是由聯合國的託管統治實現的時候——筆者補記)台灣人將會做怎樣的意志表示，我暫且保留斷言，但可能會贊成自己來樹立自己的政府吧。何以故？因爲台灣人雖然嘗試著吃過日本人和蔣介石的飯，卻十二萬分地體驗到吃別人的飯絕不是容易的。」他這樣隱約顯示著台灣獨立的思想。

然而，同時也能看得到和廖文毅的獨立運動劃清界線的發言⑲，還有到香港以後，在一切都以金錢這支萬能尺衡量的商業都市裡生活著，邱永漢的關心轉向賺錢，似乎也是事實。事實上，來到東京的時候，邱永漢本人說擁有在銀座中央買一棟大樓的錢，加以連作家這個頭銜都得到了。不久比之小說，寫有關金錢和烹調的書更有爆發性的大暢銷。也就是說，他來到日本後，並不那麼熱衷於獨立運動。總之，比賺不了錢的獨立運動，更加忙於賺錢。

豈止那樣，在評論〈作爲職業的間諜〉裡，寫著日本的台灣獨立黨的人們，由國民政府的間諜以錢收買，一個又一個從獨立黨脫離的情況，而其間諜以並非完全是開玩笑似的口氣對他說「如果是您(邱)可以保證台幣三十萬元(昭和三十二年當時約值日幣三百萬元)」時，邱永漢說：「說真的並不覺得不舒服。」獨立運動有很多派系，雖然可以目爲是批評對立著的派系，話雖如此，也可以讓人想到它吐露著參與獨立運動的邱永漢自己的思想靠不住。

終於廖文毅歸順國民政府的日子來臨。是一九六五年五月的事情⓴。接著，睽違二十四年踏上台灣之土地的日子，也降臨邱永漢自己。一九七一年，台灣的國民政府被趕出聯合國，而那年年末，從國民黨黨中央，向邱永漢誘請回台，越七二年，邱永漢便以被邀請的形式再回到台灣，在台灣大受歡迎，也和政府的重要人物見了面。也有人把這件事說是邱永漢向國民政府投降或歸順，但想來：至少和二十四年前的一九四八年，絕望於國民政府，出走台灣時的信念和心情不是背道而馳嗎？那以後，頻繁地來往於日本和台灣，在台灣建設好多高樓大廈，創立工業區，聽說現在已是當地五十家公司的所有人，而於一九七九年寫的小說〈女人的國籍〉裡，連如下的話都看得到了：「幸虧抗戰八年的結果，由於把大陸奪回手中的蔣介石打出『以德報怨』的口號，對日本軍採取寬大的態度……」㉑云云這一段，讓人無法想像那是把生命賭注於獨立運動的人物所說的，即使曾有過他本人說的賭上生命的時候之事實，這不是跟那個時候，已經擁有不同的想法之表現嗎？

有一件有趣的事，昭和三十年代的作品裡加著閩南語的片假名注音，但一到五十年代差不多都變成北京話了。從這一點，也可以窺見邱永漢的意識。

# 4 和台灣文壇冰冷的關係

在拙作《文學中的二·二八事件》裡，論及台灣人作家邱永漢第一次把在台灣被視爲禁忌的二二八事件寫成文學作品。在台灣自事件經過四十六年的現在，正式把事件和文學之關係處理的評論還沒出現，但比它更驚人的是邱永漢在日本把描寫戰後的台灣、台灣人的小說接連發表過的事情，台灣文壇的人們卻無所知。其理由可以想到幾個。

首先，日本人隨著戰敗撤走，蔣介石率領的國民政府統治台灣，就一掃日語，把北京話定爲國語。其結果，長在日本時代以日語發表作品的作家們，戰後日語的使用一被禁止就被奪掉創作的語言，大多數折了筆。在國民黨一黨專政下，言論控制也很嚴酷，在文壇也被戰後從大陸來的外省人操縱的狀態裡，即使知道叫邱永漢的台灣出身的作家似乎在日本獲得叫直木獎的文學獎這等事，卻不知道是寫什麼內容的小說。更何況如果是處理在台灣成爲禁忌的批評國民政府和二二八事件，當然在台灣一定是無法讀到的。

後來，一九七二年邱永漢回到台灣，但那時「財神」即作爲「賺錢之神」的名聲方面在台灣變得更高了。台灣的人們就那樣沒有機會接觸邱永漢的作品，即使很知道叫邱永漢的名字，卻把他作爲作家的一面完全忘掉了。

借問！

邱永漢先生

當曾經飲譽扶桑三島、臺灣出身的作家邱永漢先生歸來時，文化界人士無不談起，並有所期待。所以不論識與不識都仰望他有所指教，尤其生長在文化沙漠的後起作家，更是仰望泰斗似地希望他有所指導，但，他歸來數次，據新聞報導，皆是大談經濟，不談文化，眞使文化界詫異不已，我想：一個有成就的前輩作家，豈可賺錢至上，對指導後輩的事，似乎也有其責任和義務吧。如果，徒以營利爲目的而歸來，與普通商人何異？因此借問邱先生！

臺灣文藝　老頑固　敬上

吳濁流寫給邱永漢的公開信，刊於《台灣文藝》第39期（1973年4月）。

聽說，只有日本時代的作家，又是台灣文壇耆宿，通過戰前、戰後都用日語不斷地寫著作品，有著紀念他的文學獎的吳濁流，不知道是知悉邱永漢在日本的文學活動呢，去會見回到台灣的他。於是乎，對於衣錦還鄉的台灣作家邱永漢，訴說台灣文壇的窮狀，要求經濟援助，但聽說因爲碰到一口回絕，就生氣寫了如此的文章[22]。

借問！邱永漢先生

當曾經飲譽扶桑三島，台灣出身的作家邱永漢先生歸來時，文化界人士無不談起，並有所期待。所以不論識與不識都仰望他有所指教，尤其生長在文化沙漠的後起作家，更是仰望泰斗似地希望他有所指導。但，他歸來數次，據新聞報導，皆是大談經濟，不談文化，真使文化界詫異不已。

我想：一個有成就的前輩作家，豈可賺錢至上，對指導後輩的事，似乎也有其責任和義務吧。如果，徒以營利為目的而歸來，與普通商人何異？因此借問邱先生！

台灣文藝　老頑固　敬上

邱永漢自己說：要使經濟發展，認爲不能不從經營著經濟之人們的頭腦改造開始，不光是建設幾個高樓大廈，設立工業區而已，也對齒科技工培養所、日本語學校、設計學校、畫廊等文化、教育事業挺身而出[23]。總之，斷然說：因爲對台灣經濟的發展有必要，所以著手於這些事業，其中，台灣文學界的人們卻是不在裡面。

台灣文壇的耆宿吳濁流和邱永漢之間，有過上述的內幕，也許是不把邱永漢的作品定位於台灣文學之中的重要原因之一吧。

且說，戰後封筆的作家之中，吳濁流、王詩琅、巫永福、龍瑛宗、張文環、楊逵、王昶雄等都於一九六四年吳濁流創刊而到現在不斷繼續著的《台灣文藝》爲開頭，到七十年代復歸了文壇。不僅復歸，想要重新評價活躍於日本時代，以強烈的民族精神寫了抵抗日本的帝國主義、殖民地體制的作品之作家的趨勢，從年輕作家和研究者之間出現的結果，就把用日語寫的作品譯成中文來出版了[24]。在那種情況裡，何以唯獨漏掉一個只有在戰後的日本不斷地寫出對台灣之思念的邱永漢，我想：可以舉出對於成爲大資本家的他不把台灣文壇放在眼裡的醋意和沒有讀他的作品之事。

其他，在日本時代以日語發表作品的台灣作家和邱永漢也有顯然的不同。那就是他在戰前的日本殖民地時代長大的知識分子中，是菁英中菁英之一這一點。從他所受的教育也可以窺其一斑。當時，普通是內地人（日本人）子弟入小學，本島人（台灣人）上公學校。就是本島人也只有當地有頭有臉的人之子弟，僅只一小部分獲准入小學的。邱永漢便是被選上那絕無僅有的，而進入台南的南門小學的學生。小學一畢業，就考最難關的台北高等學校普通科，而漂亮地考上，就直接進入高等科。高等科分為文科系和理科系，他選擇了文科系，同班生有同為台灣人的王育德。台北高等學校畢業後，初次離開台灣到內地，在內地也考了最難關的東京帝大而金榜題名於經濟學部。王育德也於翌年考上東京帝大文學部到了東京。跟這位王育德交朋友，有著後來邱永漢作為作家踏出第一步的文學出發的關係，兩人都是戰前台灣知識分子菁英的典型。

還有一點，作為作家的力量，尤其在日語的表現能力上也看得出不同。戰前，台灣作家用日語寫的作品，有幾篇在日本被介紹過。其中最為人所知的楊逵的〈送報伕〉。從日本文壇受到的評價是未成熟而缺乏藝術性，卻洋溢著吸引人的真情，這不就是也和當時別的作品相同的嗎？也就是說：不能以同樣的水平來談，卻也不是全面要否定的，而是說可以做某種程度的評價，大約就是這個意思。

跟它一比，邱永漢的日語文章是無可置喙的卓越。先前筆者曾半嘲諷地說：如果他的母親是日本人，就會被認爲日語優秀是理所當然，而成爲他特徵的都要化爲零，不過，我對他文章之卓越及其感覺，實在是心服的。如果將其文章評爲與日本人寫的毫無相異，那是不妥當的。因爲不一定日本人的文章一定就是好的。不過，他的母語是閩南語，據說其日本人的母親也使用閩南語，所以他的日語和生在殖民地台灣的其他台灣人一樣，是在學校教育學會的語言。代表台灣的知識人，以出類拔萃靈巧的日語描寫了台灣、台灣人的邱永漢的昭和三十年代之小說，該在台灣重新予以評價吧。

## 5 改變題材取向而飛黃騰達的男人

我把邱永漢說爲戰前台灣知識分子的典型，不過談到這個定義意味著什麼？那是意指他是個複雜而於其言行上遠遠超過筆者理解能力的人物。

除了描寫台灣和住在台灣的人們之小說之外，還有幾篇以香港、新加坡、日本等爲背景，主要描寫中國人的悲歡而有味道的作品。通過作品，他的文學性該好好給予評價，我這種心情是一貫不變的。然而，其文學作品也有將自己身旁的人照樣寫成小說的，說是王育德及其哥哥育霖的家族至今仍抱怨著「以朋友爲踏台，開始走上作家之路」㉕，就是細緻的描寫也多源自本人的體驗。〈刺竹〉裡主角的母親臨終前昏醉狀態之時，有著反覆以手攪拌鍋裡肉鬆的動作，順嘴說「要送給垂青（主角）」的光景，但據說那不是生母，而是邱永漢懷慕的父親正妻的臨終模樣，容貌的描寫也是其養母的容貌㉖。還有，邱雖然寫著在香港由相親結婚的廣東人妻子之事，但過去的戀愛經驗差不多未曾談過。進入今年後的文章裡㉗，寫著在東京帝大的朋友之家迎接終戰及其後之事。那裡就是當時岡山縣上道郡，在朋友家約住上半年時，有一個自己懷抱過隱約戀慕的女郎，而那是跟〈客死〉之中，偷偷愛戀著蔡志民的阿菊這女性重疊著的。在〈韓非子學校〉裡，邱永漢自己寫著：「出現了稱為把自己作為模特兒的人，以破壞名譽控告了我」㉘。控告後的經緯不得而知，但和〈偷渡者手記〉及〈檢察官〉的場合相似。由於小說是虛構的，要寫什麼是自由的，但被寫上去的人可是難以忍受的。尤其當那是不願為他人所知的，更是如此。我已在別的稿上談過的㉙，把異常的體驗作為一種文學的儲蓄寫下來的邱永漢作為小說家的界限就在這裡。儲蓄的存款變零，作家的生命也於此就完了。

寫小說獲得直木獎後，寫了〈日本天國論〉和〈消費文化論〉㉚等，從外國人這一立場展開了日本人論、日本文化論及其他的評論，可是倏然，從昭和三十四、三十五年左右起，作一百八十度方向轉變，出版有關股市評論和儲財的書籍了。又由於從昭和三十年前後，他所寫的關於烹調和食物的書大為暢銷，因而作為小說家的名聲越來越聽不到了。〈食在廣州〉㉛、〈象牙筷子〉、〈食前食後〉㉜、〈太太喜歡烹調〉㉝、〈邱飯館的菜單〉㉞、〈動食指〉㉟等不勝枚舉，但不光是菜的做法和作爲美食家之書，如同丸谷才一所寫的：「邱永漢是亡國之民……。對於那樣的他，充其量只輸了一次戰爭，就驚慌失措的當時的日本人之生活方式，誠然，看來一定是不像樣的。就是亡國，那等事算什麼？最重要的是個人要享受僅只一次的生命，和它一比，即使殖民地失去，國土被占領，軍隊消失，財閥被解散，不都是無關緊要的嗎？他就是把那種意思的信，作爲亡國之民的前輩不斷地寫給我們後輩的。」[36]有邱永漢的自傳，有和日本作家們的交遊，有台灣、香港、中國的人們的故事，有歷史，總之是幅度廣袤的知識寶庫。

而後在昭和五十年代，把人家以爲已折筆不寫的小說，睽違二十年又開始寫了。只是筆者看不出於五十年代在日本要發表像〈女人的國籍〉和〈台灣故事〉等小說的意義。於昭和三十年寫的諸如〈濁水溪〉、〈香港〉，邱永漢自己在昭和五十七年說：「以一個勁兒不斷地跑著的感覺，雖然洋溢著年輕和熱情，但讀著讀著逐漸會喘不過氣來。」[37]但據筆者所看的，於昭和三十年代所寫的，能讓人感到無法從台灣離開的意識之小說，比那以後的五十年代發表的，其格調是更高的。與在三十年代憑著年輕和熱情一口氣接連寫出的作品一比較，五十年代的作品簡直就缺乏生氣。出版賺錢的書籍，自己也成爲資本家的他的小說早已沒有意義，也沒有格調了。雖然我不認爲有錢人是不可以寫小說的，但在〈女人的國籍〉裡，有好幾個在戰爭的混亂中，混水摸魚企圖賺錢的人物登場。而一到賺錢的描寫就細緻入微，筆鋒格外犀利，與其這麼說，毋寧是讓人感嘆所謂要賺錢，原來就是這麼一回事，而終至於畏縮起來。

這麼一想，把其他的小說重讀一看，還是有的。有關金錢詳細的描寫是每篇（包括初期的）都共同的。〈香港〉正是沒法說漂亮話的地方，是爲錢幹壞事的男人的故事，〈惜別亭〉是給予連醫院都無法去的窮人等死的場所，幹著要榨取最後一分錢的生意的男女故事，〈南京街背胡同〉是追尋戰爭中認識的日本兵來到日本的新加坡女人的故事，這篇小說一追故事就連一時一時懷中有多少錢都明明白白的。叫人覺得與其說在掌握文學，倒令人覺得：難怪興趣要轉變到金錢本身似的，對金錢和賺錢的描寫更加有力而筆鋒犀利。

其間，和台灣獨立運動漸行漸遠，著實地鞏固著走向資本家之路。去年一月就以日本籍遷住香港，對中國大陸開始了投資。聽說現在於北京、上海、天津、成都等地，正在建築大樓和住宅，作爲廣大市場思索中國的場合，他認爲日本人也有必要好好理解中國人而寫了〈中國人和日本人〉。一年有二百次演講活動，據說一次演講費是一百萬或兩百萬日圓。在任何一點其規模都是不同的。對於像這樣簡直在改變小說題材一般，紛紛地趁一時期一時期的社會機會，走向飛黃騰達之路的邱永漢，令人想像：有不少信奉者，同時，諒必也有很多敵人吧。

對邱永漢文學之評價是如在本章所敍述的，爲期其明確，把它在戰後台灣不被評價的理由，概括爲下面三點。

(1)以二二八事件爲契機，逃亡到海外的邱永漢，由於在日本關係著台灣獨立運動，因而在日本發表的小說要帶進台灣是困難的。如同在另一稿弄清楚似的[38]，他在昭和二十九年，作爲台灣人發表了關於二二八事件的小說。然而緣由上述的政治理由，其小說失去被能解日語的戰前、戰中世代的台灣人一讀的機會。

(2)邱永漢作爲小說家的生命甚短，由於馬上走向賺錢之路，不用說台灣的研究者，就是連日本人都忘掉他作爲小說家的重要性。

(3)這是關聯到(2)的，他向國民黨投降，於一九七二年歷經二十四年才回台的時期，他已經搖身一變而爲財神爺，但另一方面，在台灣文壇上，吳濁流的作品被譯成中文出版，或張文環的《滾地郎》出版，是戰後的台灣作家積極把台灣意識開始寫在作品裡的時期。然而邱永漢絲毫不想爲台灣的文學和文化助一臂之力，由於他這種態度惹起台灣知識分子的反感，要把他的小說在台灣介紹而予以評價的氛圍沒產生，至今猶然。

最後，關於邱永漢作爲小說家的眞面目，我想把他和將其一生獻給台灣獨立運動，雖然同爲代表台灣的知識分子，卻過著和邱永漢形成鮮明之對比而八年前以六十一歲齎志以終的王育德。爲什麼來個王育德呢？說來邱永漢和王育德同年，同樣出生於殖民地台灣的台南市，通過台北高等學校、東京帝大的朋友，一個把另外一個作爲小說題材，踏上文學之路的緣故。

王育德雖然居獨立運動領導者之地位，卻爲了機關雜誌《台灣青年》籌集資金，從募捐到編輯、寄發都親自動手，爲台灣人原日本兵的補償問題，也親自上街頭收集簽名，或和日本政府接洽奔走。此外，他在台灣話和台灣文學研究上，也是個留下卓越成績的人物，但一訪問王家，卻令人詫異這就是王育德的寓所嗎？其簡樸的生活可見一斑。坐上說是他在使用的小桌子看看，終其一生不變的對獨立運動的熱情和作爲人的體貼溫情，彷彿帶著一種喘不過氣的痛楚逼到眼前似的。相片是邱永漢贈送王育德的書籍中親自簽寫的：「所寫的是過去的教訓，展開在眼前的現實之中，有著爲要活在未來的課本。」[39]作爲贈給竹馬之友的口信，他想給王育德傳達什麼呢？我無意要說哪個人的生活方式正確，但愚直而不改信心，不能再回歸台灣的王育德的生涯，顯得作爲一革命家燃燒盡似的。

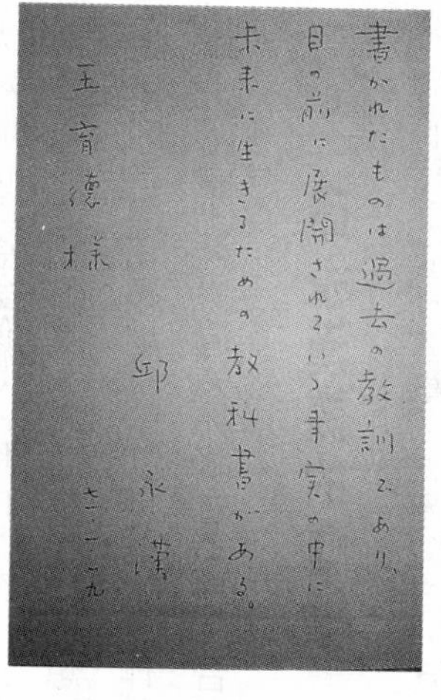


邱永漢親自簽名贈送給王育德的《邱永漢自選集》第8卷(德間書店，1971年10月10日)。

他方面，以王育德爲模特兒寫了小說的邱永漢，後來一口氣跑上了「財神爺」的樓梯。

去年，在探索「二二八事件和文學」這個主題時，摸索到邱永漢，一口氣讀了他龐大數量的作品。讀著，時而感到共鳴，而不覺中心胸熱起來，可是，對於貫穿其文學根底的，無視於人之感情的金錢便是一切的思想，產生強烈的反撥，背道而馳，終至於有時感到厭惡。然而，不論哪個都是邱永漢，最近我終於思想：也許台灣所走的歷史產生了像邱永漢這樣的人物。不管怎樣，邱永漢正經地寫的初期的文學作品，在台灣文學中，是應該予以正當定位的。如果照樣把叫邱永漢這件大的遺失物置之不理，台灣文學不是不能向未來走出去的嗎？

## 6 邱永漢談的眞話

向邱永漢通過祕書要求過採訪，但回答總是「不行」！筆者的壞習慣，寫論文時一有疑問，不管怎樣就想見那人問問他。已經逝世的人無論怎樣是見不了的，可是我想：如果是活著的人直接打聽較會理解的。然而，想和邱永漢見面和別的作家之場合不同。讀作品的疑問點，例如從流貫作品的時代背景，植物名不適合季節，連這些都成爲問題就沒完沒了的，但邱永漢的場合卻不一樣，他是留下完整作品的有力量之作家，若要寫作品論，只要讀他在五十年代寫的作品就夠了。

想要和邱永漢見面的理由，就是想逼視其作爲作家的眞面目之故。光榮和挫折，獲得輝煌的地位、名譽和富貴的背後，我想目睹作爲小說家，又作爲台灣獨立運動家經驗過挫折的台灣的一個知識分子的生活方式，也想問一問他本人怎麼想。本章1至5是一篇完整的論文，但6是把在1至5論過的問題直接向他本人單刀直入地打聽的記錄。

儘管如此，邱永漢是個頗爲偉大的人物吧。要尋找到他本人就費了一番苦心。首先，我向出版邱永漢的書籍的出版社一家家打了電話，其中尤其對出版《邱永漢自選集》全十卷的德間書店，以及從一九九一年起費四年，正在出版《邱永漢最佳叢書》全五十卷的實業之日本社，我相當執拗地打聽過的。結果，實業之日本社負責邱永漢的編輯者告訴我邱永漢辦公室的地點，但對筆者的糾纏不休，寄來一封寫著「『如果爲了學問，人們就應該協助我』這種態度，最好要反省一下」的信。因這樣的事就洩氣，終究就找不到邱永漢了。這回要想個辦法緊抓住他的祕書不放，但防衛相當堅固，終於放棄見面的念頭，只把關於邱永漢的稿件〈二二八事件與文學〉寄去。到此便是一九九二年的事情。自那經過一年，有一天無意中攤開報紙，看到剛出版《中國人和日本人》的他要在東京站附近的八重洲書籍中心舉行簽名會。我飛快地去，在簽名會開始的一個小時前就排在前頭等著。等到簽名會要開始時，兩百人以上的人已經排著隊，由書店工作人員說：「爲了避免混亂，簽名一人一本，那以外請別說話。」這樣吩咐注意。到時間，他出現了，不是大塊頭卻令人感到威嚴。在前頭的筆者比方才在門口買的《中國人和日本人》，先將《濁水溪》初版本提在他面前，請求說：「請在這上面簽名，無論如何請見一次面。」書店的工作人員顯出厭煩的臉色，他卻對我說：「可以見面啊，請向祕書說吧。」雖然我知道是外交辭令，卻覺得高興。從那一天又過了一年，把關於他的第二篇拙稿〈台灣文學的遺忘物——邱永漢〉贈送他不久，就接到來自祕書的「邱永漢說要見面」

的連絡，好不容易才得以見面的是九四年四月三日的事情。那以後，今年一月二十九日也由來自他的連絡，我到目黑區青葉台的邱寓和他第二次見了面。

寫得冗長了。但可以說，現在的邱永漢不是輕易即可見面的有地位的人物吧。和只要一聽「台灣」這句話，就不管認不認識對方，或半夜都要出去見面，有這種逸聞的王育德一比，原來為人就不一樣吧。邱永漢批評王育德說：「總之年輕時，王君是共產主義一邊倒的，說中共什麼都好，想不到我不幹台灣獨立運動後，王君卻開始搞台獨，所以可笑。作為革命家像那樣沒有膽子的男人是沒有的。王君一生對我一直帶著自卑感。」不過，當

邱永漢，唐立1994年4月攝於東京邱家。

時的知識分子可以說差不多都讀過馬克思的書吧，王育德先生的未亡人也否定王育德傾心於共產主義的事情，所以眞僞不得而知。也許筆者在文章裡談到王的爲人和對台灣的熱情，惹起他不滿也說不定。

那些暫且不提，由於拿疑問直接向邱永漢本人提問，終於明白了各種事情。首先：

㈠他說賭注生命幹了台灣獨立運動的是：東京帝大畢業後一九四六年二月回台，而逃脫到香港的是四八年十月，他所指的可能就是那期間的兩年多時間。由廖文毅的指示，邱寫了「爲台灣實施公民投票的請願書」是事實，據說美國大使館的人把他寫的日文譯成英文，將它寄去聯合國。要是這件事爲國民政府知悉，其生命當然是危險的。在香港寄宿在廖家裡，無報酬幹著廖的祕書長之事也是事實，但邱永漢批評著：「廖雖然因爲台獨運動變得有名，卻沒有實力。」據說五十四年到日本以後，他就不與廖文毅同其行動。那是不論社會地位或者金錢，邱永漢和獨立運動的人們水平相差太大，他們一見到他就向其要錢而令他憮然。由上面說的，可以明白來到日本以後，他就沒有參與廖文毅的運動。

㈡對於筆者把七二年回台灣之事寫爲「向國民政府投降」（本書第一章）之事，他說：「對方強大時低頭，這就叫投降，所以廖文毅是投降，可是我是不忍目睹台灣處在困難中，認爲如果經濟發展，不是可以拯救在世界中孤立的台灣嗎？」這麼一想才決心回台的，所以並不是投降，他加強了語氣。

㈢據說和台灣文壇那件事是邱永漢回到台灣以後，有一天，記得是吳濁流爲首，十多位文人來訪問他，事情是他們訴說台灣文壇窮困的狀況之後請求資金援助，因而他拒絕了它。他說拒絕的理由是想說並非給予援助就能夠產生好文學。也許他認爲：大可不必因爲有錢，就被廖文毅的獨立運動和台灣文壇伸手要求錢，而如果冷淡地拒絕，這一下就會被說壞話，這是受不了的。「終究人打交道這件事，只有能與收入相等的人對等地交遊的。」這麼囁嚅的邱永漢顯得有點寂寞。阿堵物這東西，像沒有錢的筆者是無法理解的，但像是連人和人的交遊都會使之改變的可怕的東西呢。

不僅吳濁流，連《笠》詩社的同仁也見過邱永漢的事，到最近才知道。一九七二年十一月二十五日在台北千賀餐廳聚會時的情況及照片，被李魁賢以「文學家才是一流的心靈」爲題，介紹於《文學台灣》十四期（一九九五年四月）。文中說，當邱氏看到餐廳爲他貼出「歡迎旅日企業家邱永漢」的紅紙時，他苦笑著說：若是在日本，企業家不值錢，一定會寫「歡迎文學家邱永漢」。由此可以看出邱氏對文學的執著，值得我們注目。照片裡還可以看到郭水潭、巫永福、陳秀喜、趙天儀、李魁賢、黃騰輝、吳建堂、黃荷生等人的面孔。對台灣的文學雜誌登出邱永漢的事，雖然令人覺得驚訝，不過由此也可以看出台灣已開始對邱永漢給予重新的評價。

㈣對於筆者關於邱永漢的作品寫了：「出現於他的小說裡的人物大概都有模特兒，站在那個人的立場來說，也有不願讓人知道的，是以也有人埋怨著他」這一問題，「寫朋友、熟人，可以說是當然的事。如不那樣，作家的創作力也有界限的。」這麼回答後，又加上由小說轉變方向去寫儲財和烹調的書是：「小說和時代的接觸點是重要的。」「能寫賣得出去的小說，即使什麼大作家都是一時期的事，那以後要怎樣生存下去才是問題。爲了要生存，靠小說至上主義也有不行的。這點不只是我，別的作家早已證明著的。」

(五)對於筆者詢問：爲什麼一九八〇年歸化日本，當參院選舉全國區候選人？據說首先歸化的理由是於七二年久隔二十四年回到台灣以後，建設了好幾棟大樓，設立工業區，開始創立專門學校等，擔當台灣經濟發展的一翼，這樣一來，由於從台灣人聽到：「現在你比蔣經國有名氣，所以有（生命）危險。」生命有危險怎麼得了，爲了生命安全，最好就是放棄台灣籍，說是這種想法的結果。還有，關於參院選舉，說起來，獲得直木獎的時候起，就跟國會議員有了交際，要當候選人時，也有田中角榮強力的支援，所以就有意出去參選，但分析當時的自己說：「血沖昏了頭，不是正常的。」選舉結果，雖然獲得十五萬票卻落選。他說：「落選以後，我反而在社會上得到影響力。這點，國會議員在社會上，我想並沒有那麼大的影響力。」說是他現在一年做著超過兩百次的演講，據說每次都有成千上百的聽衆擠到會場上，經濟評論家比國會議員影響力大，目睹混亂的政局，我們是不得不肯定的。

還有，股市和儲財，隨筆和日本人論等，他出版的書，據說現在初版還有三萬部，證明他的讀者層深厚，從這點也可以明白他說的社會影響力。

(六)關於爲什麼一直隱瞞母親是日本人：「並不是故意隱瞞。在五十年代的日本，反倒說出母親是日本人，也許（作為作家之名）更會走紅的。」話雖如此，「母親的事情對有三十多年來交情的某出版社編輯都沒有談過的。」「雖然要寫《中國人和日本人》的時候，爲要讓人明白我深切瞭解雙方，因而把母親的事寫了出來，但要在台灣出中文版時，刪掉了寫母親之事的『前言』部分。今後是亞洲人的時代，所以什麼人是沒有關係的。」他說著矛盾的話。

對於筆者寫：「在戰後的日本，三個字的姓名，亦即把中國人當做一種武器，爲了作爲小說家要揚名，母親的事情，如果能夠的話，不是想祕而不宣嗎？」（本章①）他的回答是：「無可理解。」說來，對這件事，邱在《我青春的台灣　我青春的香港》㊵的〈後記〉裡，已經寫了隱約像是指著筆者的反駁，所以我並不期待超過它的回答。在〈後記〉裡，他說：「有人指出，我把出生的祕密隱祕或發表都由自己的機會主義，可是那是違背事實的。我認爲在日本，不是日本人要在文壇上樹立地位是困難的。」總而言之，他把自己的母親是日本人的事情，祕而不宣的事實尚屬存疑。

㈦筆名「邱永漢」，他說並不是西川滿命名的。他想：用本名會給台灣的家人添麻煩，便用了「丘青台」，「台」當然蘊含著對台灣的眷念。據說，後來用「邱永漢」，並不是在「漢」字裡蘊藏著對中國的思念，而是拋棄台灣要流浪世界活下去，「惡漢」、「無賴漢」的形象更像自己，是這麼想的。

西川滿是戰前在台灣擔任著《台灣日日新聞》的文藝欄，一邊主持著雜誌《文藝台灣》，君臨於台灣文壇的人物。台北高等學校學生的邱永漢出入於西川滿的地方，做著《文藝台灣》的雜事，或發表著詩(參照附錄)。還有在後來，邱永漢在日本成爲作家登場時，關於作品的發表等，西川滿曾給予幫助。西川滿在雜誌上也發表著：邱永漢的筆名是他命名的，筆者也從西川滿那裡聽他說過[41]。爲什麼雙方都固執己見，其理由不得而知，但如若是邱永漢自己命名的，筆者對蘊藏於「漢」的眞意感覺興趣。因爲我想：《濁水溪》裡也有對中國共產主義共鳴的描寫，說不定對祖先漢民族的大中華思想找到一點自我的認同呢？這一點要理解他的意識方面是件重要的事。邱永漢自己說：「戰後寄給聯合國的請願書裡，作爲台灣不能不獨立的理由，寫了『台灣人不是黃帝的子孫』，也說馬克思的著作全都讀過，自己卻不是以馬克思主義者自居的青年。總之，對這「邱永漢」的筆名，我是有所固執的。」

(八)筆者曾說過，台灣的文學者不評價邱永漢是因爲沒讀過其作品。五十至六十年代也許是那樣吧，但我和他見面才知道一九七九年《濁水溪》譯成中文在台灣出版的事情[42]。是朱佩蘭翻譯的，表題的小說之外，還收錄著〈敗戰妻〉、〈故園〉、〈毛澤西〉、〈蘭嶼少女〉、〈傘中女郎〉等五篇。但據說〈濁水溪〉只有前半部，提到二二八的後半刪掉了。還有，他在高等學校時代的散文〈廢港〉和詩〈鳳凰木〉，詩人陳千武將它譯成中文刊載在《光復前台灣文學全集12　望鄉》[43](一九八二)的事情，也是由陳千武指點才知道的。從以上的事情，可知至少距今十六年前，台灣的人們是有機會看到其小說的，但如果台北繁華大街的中山北路邱永漢大樓書店裡陳列著的永漢出版公司的書，就不會興起要讀的心情嗎？

經由兩次見面，我感覺邱永漢意外地在意於世間對自己的風評。連不足取而可付之一笑的筆者的文章，也認眞看過而且一一給予反駁。反駁的一切是筆者能夠預料得到的，但我也很想直接聽他親口說。說他在意於社會風評，也許是不妥的。想來，反倒說：四十年前分手的，對於心底下愛慕著的戀人的留戀，現在仍記掛著那位女性的將來，似乎更妥當。要不然，像筆者這等人是沒有必要見面的吧。由於出現了即使一鱗半爪卻也知道四十年之間深藏在心中的女性之面影的筆者這個旁觀者，可以與之談其女性，所以他才爲我騰出忙碌的時間的吧。

由於兩次會面明白的是不像當初筆者所想的深入台灣獨立運動，這一點是弄清楚了，卻也不是和筆者在第一章及本章敍述的作爲作家的眞面貌大相逕庭的。雖然那以外的事情並非一切都弄了個水落石出，但從文學上來看，把那些二二八事件和台灣獨立運動，搶先寫成文學作品這一點上，有著他對台灣文學的貢獻。

雖然邱永漢變得太偉大了，我和他見面時當攝影師一起去的筆者的丈夫說：「他有著非常寂寞的臉。」說從照相機取景器窺視到的他的容顏好像非常寂寞，要拍其笑臉很費了一番工夫。

邱永漢的母語雖爲閩南語，但說的日語當然和日本人說的沒有兩樣。和在香港結婚的廣東人夫人用廣東話交談著。「北京話怎樣？」對筆者的發問，他笑著說：「由於要做生意才學的，所以我的北京話是高中退學程度哩。」他說慣用語等很難。雖然那樣，在雜誌採訪上和邱永漢見面的記者卻寫著：「有點沙啞細小的聲音裡，存留著一點點中國語腔調。」44大概由於對三個字的姓名有先入觀念，以及不明白過去的日本和台灣之歷史的緣故吧。不過，對那在商業雜誌的「孤獨的才子」，很好地表現著邱永漢之一面的這句話，筆者也有同感。

## 【註】

1. 吳濁流的作品，原題「胡太明」改為「胡志明」，第一至四篇（一九四六年，在台灣以日文出版），第五篇（不能出版）改題為「アジヤの孤兒」，由東京一二三書房於一九五六年四月十五日刊行。一九七三年五月二十五日，由東京・新人物往來社作為《アジアの孤兒——日本統治下的台灣》再出版，後來中文譯本《亞細亞的孤兒》（遠行出版社，一九七七年九月）在台北出版。張文環的作品是《地に這うもの》（東京・現代文化社，一九七五年九月十五日），中文譯本《滾地郎》（鴻儒堂出版社，一九七六年十二月）在台北出版。
2. 邱永漢《濁水溪》，現代社，一九五四年十二月五日，見於二〇八頁。
3. 中央公論社，一九九三年三月十日。
4. 《中央公論》自一九九三年六月號連載到十月號，雙親之事見於第一回（六月號），後來加上連載於《中央公論》的〈我青春的香港〉（一九九四年四月號至七月號）作為《我青春的台灣　我青春的香港》，中央公論社，一九九四年八月二十日出版。
5. 現在《濁水溪》和《香港》合併，列為中公文庫。一九八〇年五月十日。

❻〈偷渡者手記〉、〈檢察官〉、〈客死〉，加上〈敗戰妻〉、〈故園〉，作為小說集〈偷渡者手記〉，由現代社於一九五六年二月二十九日刊行。

❼日本經濟新聞社，一九七九年五月十四日。

❽其他，有收錄十個短篇的《台灣故事》，中央公論社，一九八一年七月十日。

❾〈毛澤西〉、〈脖子〉、〈太長的戰爭〉、〈有風的日子〉、〈看不見的國界線〉、〈韓非子學校〉、〈刺竹〉等七篇，收錄在《刺竹》（清和書院，一九五八年六月二十八日）。又，〈東洋航路〉、〈惜別亭〉、〈南京街背胡同〉、〈海的口紅〉、〈傘中女人〉、〈服裝模特兒少女〉、〈死於香港〉七篇，收錄在《惜別亭》（文藝評論新社，一九五八年十一月十日）。〈華僑〉原題為「龍福物語」，以香港和新加坡為舞台，從白手起家而又沒落的華僑的故事，把《香港》作為單行本要出版（近代生活社，一九五六年六月）時，將其題改為「華僑」收進去的（邱永漢《我的賺錢自傳》PHP文庫，一九八六年六月十六日）。

❿請參照岡崎郁子〈二·二八事件和文學〉，《季刊中國研究》第二十四號，一九九二年七月十日。以下將它作為拙稿〈二·二八事件和文學〉。

⓫第一次出版不得而知，在一九七一年到七二年出版的《邱永漢自選集全十卷》，德間書店的第五卷（一九七二年二月二十日），和〈新說二宮尊德〉收在一起。

⓬《我青春的台灣②》，一九九三年七月號，見於二五五頁。

⓭《台灣公論》第七號，一九六〇年十一月十五日，十一～十四頁。

⓮《台灣公論》第八號，一九六一年四月十五日，十一頁。

⓯同上書，四〇頁。

⓰第一次刊在《中央公論》一九五七年七月號。

⑰第一次刊在《文藝春秋》一九五八年十月號。

⑱第一次刊在《文藝春秋》一九六二年五月號。

⑲在〈華僑盛衰記〉裡，寫著：「現在，在東京……有以台灣人的台灣爲口號的廖文毅一幫的台灣民主共和國臨時政府。」又在〈作爲職業的間諜〉裡，寫著：「在東京我來到的更早以前就集合著反對國民政府統治台灣的一群台灣人，策劃著台灣獨立」之一節。邱永漢把獨立運動之事，簡直像別人的事情一般寫著。〈華僑盛衰記〉、〈作爲職業的間諜〉第一次刊出爲何時，不得而知，但收錄於《邱永漢自選集全十卷》的第八卷（一九七一年十月十日）。

⑳廖文毅歸順國民政府後的臨時政府，有著將邱永漢推爲第二代總統的動作，邀請他出馬，但他卻辭掉了。這件事寫在林耀南《一個總統的投降》（一九八〇年，自費出版），一七四～一七六頁。一九九四年四月三日與邱氏見面時，筆者曾詢問此事的眞僞，不過邱氏說並未有要求出馬一事而否定。

㉑下卷，見於三二九頁。

㉒其中經緯、資料的所在，「老頑固」即爲吳濁流等，一切來自鍾肇政的指教（一九九二年三月二十七日，在台北採訪）。

㉓《我的賺錢自傳》，見於二二六頁。

㉔拙稿〈二·二八事件和文學〉，請參照九十三頁和一四四頁註四。

㉕拙稿〈二·二八事件和文學〉，請參照一四九頁註五十五。

㉖《我青春的台灣①》一九九三年六月號，見於一七六頁。

㉗《我青春的台灣③》一九九三年八月號，見於二五〇頁。

㉘《象牙筷子》第一次在雜誌《あまカラ》，自一九五七年起連載兩年半，但這裡是根據中公文庫。一九七五年十

二月十日，八十四頁。

㉙ 拙稿〈二・二八事件和文學〉，請參照一三九頁。

㉚ 〈日本天國論〉第一次刊於《文藝春秋》一九五六年四月號，〈消費文化論〉第一次刊出日期不明，但都收錄在《邱永漢自選集全十卷》的第八卷。

㉛ 第一次刊於《あまカラ》，自一九五四年連載到五七年，現在收入中公文庫（一九七五年六月十日）。

㉜ 第一次刊在《あまカラ》，自一九六〇年連載兩年半。現在收入中公文庫（一九八〇年二月十日）。

㉝ 在雜誌《クック》，自一九五九年連載到六三年，現在收入中公文庫（一九八一年七月十日）。

㉞ 第一次自一九八二年五月到十二月連載於《週刊ポスト》，現在收入中公文庫（一九八五年十二月十日）。

㉟ 第一次自一九八二年四月到八四年三月連載於《日本經濟新聞夕刊》，現在收入中公文庫（一九八七年一月十日）。

㊱ 《食在廣東》（中公文庫）的解說（一八八頁）。

㊲ 《邱飯館的菜單》（中公文庫），見於七八頁。

㊳ 拙稿〈二・二八事件和文學〉，請參照一〇六頁。

㊴ 見於《邱永漢自選集全十卷》的第八卷。他親自簽名的這本書，現在收在東京外國語大學亞非語言文化研究所藏「王育德文庫」。

㊵ 中央公論社，一九九四年八月二十日。

㊶ 雜誌是《耳をいけた話》《アンドロメダ》二三〇號，一九八八年十月二十三日，我向西川滿採訪的是一九九三年六月二十日。當時他給筆者說的。

㊷ 永漢出版公司，一九七九年四月。

㊸ 遠景出版事業公司，一九八二年五月。

㊹ Nikkei Business，一九九三年十月十八日號，七四～七八頁，刊載著松平由美子簽名的向邱永漢採訪記事。

〔資料一〕

# 邱永漢作品題解

## ◉一九五四至五八年

以邱永漢自己的說法，他的作品是從處女作〈偷渡者手記〉開始，依〈敗戰妻〉、〈客死〉、〈濁水溪〉、〈檢察官〉、〈故園〉、〈香港〉之順序寫作的。在此則以單行本發行之順序，儘可能的追加其首次發表時之刊物資料加以說明。

(1)〈濁水溪〉，一九五四年八月至十月《大衆文藝》（《濁水溪》所收，現代社，一九五四年十二月）

爲邱永漢的自傳式小說，描述著生長在日本統治下的台灣林姓青年歷經戰前至戰後的事情。於戰爭結束之年畢業於東京帝大的林，雖然抱著建設新台灣的希望和熱情，在畢業一年後回到台灣。然而，在國民政府政權下等待他的卻是和殖民地時代同樣苛酷的日子。在二二八事件爆發後，爲了逃離絕望的台灣而至香港尋求新天地。這是一部描述戰前生活在殖民地裏的台灣人的辛酸和戰後的混亂，以至發生二二八事件時的經過，並加上一青年（邱永漢自己）的命運的優秀之作。還有，此作品曾爲第三十二屆直木賞候補之作，但可惜未獲青睞而失去正式登上得獎榮座。

(2)〈偷渡者手記〉（原題「密入國者の手記」），一九五四年一月《大衆文藝》（《偷渡者手記》所收，現代社，一九五六年二月）

這篇作品是以和邱永漢同爲台南出身，並爲邱永漢台北高等學校時代的同學王育德爲題材架構的小說。王育德在戰後把他的一生全奉獻給台灣獨立運動，並在從事台灣話和台灣文學的研究方面留下了許多功績，一九八五年逝世於日本。二二八事件時王育德的兄長育霖（生前為新竹地方法院的檢察官）於混亂中被殺害，育德則認爲只要蔣介石的軍隊在台灣一日，台灣人便沒有前途，而經由香港亡命日本。如果是在戰前，因擁有日本人之身分而居留日本毫無問題的王育德，因爲是在戰後進入日本的，所以必須接受以非法偷渡日本的裁判。關於這個判決，一審二審的結果都是強制遣還，而聽到這個消息後，邱永漢在最高審之前以請願書之形式向判事提出了請願。而這個請願的內容即是本作品。其痛切地傾訴戰後台灣人的立場和心情，字字打動了讀者的心弦。事後在最高審中王育德雖獲得了居留日本的許可，但是他終生以無國籍的身分渡過了自我放逐日本之歲月，而再也沒有踏過台灣這塊土地一步，直到他過世。

邱永漢在這篇處女作當中，首次詳細的描述了二二八事件，這是文學作品中第一次正式以二二八爲創作題材之小說，它也同時對戰後的台灣做了許多描述。

(3)〈敗戰妻〉，一九五五年八月《小說公園》(《偷渡者手記》所收)

小說中的主角徐義新覺得日本打敗戰後，台灣人和日本人的立場互相對調了，落得此下場的日本是罪有應得。身爲砂糖掮客的他到嘉義去辦貨時，把自己的住處讓客人去住，而自己探知了日本女人賣春的地方後便跑到那裏去過夜。在戰前台灣男人戀慕日本女人就像黑人奴隸想去追求女王般的天方夜譚，但是如今由於生活艱苦，日本女性也不得不下海賣身。然而，由於被殷勤、誠懇的接待，在與日本女人渡過了幾天後，徐義新的心開始被女人所迷惑了。不過，當徐義新再次造訪對方時，那女人卻已搬回日本了。雖爲可憎的敵人，然而兩人在心靈上逐漸交往而萌生戀情的情節中，著者對解析徐義新對日本女人所產生的微妙心理的變化有相當精緻的描繪。全篇富有讓人讀後留有清爽的餘韻。

(4)〈客死〉，一九五五年六月《大衆文藝》(《偷渡者手記》所收)

時間是一九五三年的東京，三年前亡命至日本的謝姓老人之處傳來了一個信息，那是若歸順國民政府的話，將報償給他省主席的地位。爲了這個信息心中徬徨不定的老人，和猛烈反對受收此一條件的老人的年輕手下之間的心靈糾葛，是本作品所描述的內容。文中的謝姓老人，其實便是衆所皆知，曾在日據時代領導過文化運動的領袖林獻堂。而就如同小說的名稱，林獻堂在一九五六年客死於東京。

(5)〈檢察官〉，一九五五年八月《文學界》(《偷渡者手記》所收)

以前述王育德的兄長育霖爲題材的小說。主角王雨新雖身爲戰後的新竹地方法院的檢察官，但卻日夜煩惱於戰後進駐台灣的國民政府的官吏之腐敗和貪污。這時發生了新竹市長本身牽涉配給物資的盜賣事件，王檢察官想去逮捕市長時，卻反而遭到免職，而且事情不止如此，在二二八事件爆發時的混亂之中，王雨新卻被捉走並遭到慘殺，《偷渡者手記》的主角，王育霖之親弟弟王育德也因此下定了自我放逐離開台灣的決心。邱永漢以內斂的筆觸描述了戰後，前途光明的年輕人遭到外省人腐敗官吏無情襲擊的悲劇。

戰前，王育霖曾是西川滿主持的《文藝台灣》的同仁之一，曾寫過試驗性質的詩。

(6)〈故園〉，一九五五年三月《文學界》(《偷渡者手記》所收)

以讓人聯想到邱永漢之父親的楊姓老人爲主角的小說。戰前，以日本人爲對象從事經商的楊姓資產家，卻隨著戰爭爆發而開始家運敗壞。三個兒子被捉去當兵，卻都一去不歸。第四個兒子因留學日本而免於被徵召入隊，但四兒子雖一度回台灣，但卻又因爲批評政府而不得不回日本。在落魄貧窮時，一直跟在身旁的妻子過世後，得意風光時所納之妾卻又不在身邊，照料孤獨老人的女兒卻又與逼使兒子放逐日本的外省人私奔而去。老人忍受孤苦之餘，回想起過去的種種。這是一篇內容沈重的作品，而造成這個老人孤苦無助的又到底是誰呢？

(7)〈華僑〉(原題〈龍福的故事〉)，一九五四年五月《オール讀物》新人杯第一次預選通過作品，雜誌並無刊登(《香港》所收，近代生活社，一九五六年)

二十世紀初，在新加坡與馬來半島以挖掘錫礦而致富的華僑龍福的浮沈記。大東亞戰爭開始後，日軍席捲馬來半島，龍福由於對日軍協力，雖也使其財富更加龐大，但卻斃命於游擊隊的槍下。不過後來卻有傳言說，其實他以重金給予游擊隊而悄悄地回到香港。但是其財產託由滯留馬來的妻子管理，而妻子經商失敗竟至破產，不留分文。

白手起家卻又落得不名一文的悲慘結局之類的人物經常出現在邱永漢的小說中，想要蓄財就無法顧及仁義道德而反爲金錢所翻弄。對於喪失人性的悲劇，本作品有巧妙的描寫。

(8)〈香港〉，一九五五年八至十一月《大衆文藝》(《香港》所收)

這篇作品是〈濁水溪〉的姊妹作，邱永漢的自傳小說。主角是對經歷二二八事件後的台灣的未來感到絕望而拋棄雙親和生長的故鄉，逃脫到香港的賴春木。他生長在沒有一絲歡樂的殖民地台灣，並曾組織過祕密結社。由於同伴相繼被捕被關入火燒島，最後賴春木冒著生命之危險逃到香港。

在香港生存並非容易之事，狡猾的人們圍繞在周遭，一天到晚都有人來告訴你何處有可發一筆財的生意，叫你去投資。開始從商的賴春木雖然歷經萬險，也因做了一點虛心事（不正當的事）而賺了大錢，但是心裏卻異常空虛。於是賴春木這麼思索著：「通往自由之路程竟然也是一條殘酷之道路。」

雖然這篇作品對戰後香港的人間百態有著很好的描述，但是生活在殖民地和戰爭下的人物頻頻登場，卻也不失邱永漢小說的特色。或許親身經歷了殖民地統治和戰爭，而對人生抱有消極厭棄之態度，他的作品中全爲悲劇，以歡笑爲結局的作品居然連一篇都沒有。

這篇〈香港〉榮獲一九五五年下半期的第三十四屆直木賞。

(9)〈石〉，一九五六年二月〈大衆文藝〉（《香港》所收）

據邱永漢自己所說，〈石〉、〈脖子〉、〈傘中的女人〉是依流傳於廣東省的民間傳說所得之靈感而作的。

流傳於聳立在香港九龍半島的望夫山的故事。……一個男子留下妻子至遠方賺錢，卻一去不回。他的妻子則每天揹著孩子登上山來，眺望進出海上的船隻等待丈夫的歸來，而終於變成了岩石。故事的流傳是因爲這顆岩石的形狀酷似揹著小孩的婦人的原因。把此一情節架構移至戰後的廣東省台山縣的一村莊，邱永漢把它變成一篇具有同樣遭遇而終其一生的阿葉婆的故事。

⑽〈刺竹〉，一九五六年三月〈新潮〉（《刺竹》所收，清和書院，一九五八年六月）

二二八事件後的台灣在進入一九五〇年代後，卻開始了檢舉共產黨組織的「獵紅」活動。服務於銀行的鄭垂青和友人平常喜歡批評政府，然而只能算是不滿分子的他，卻在自己周遭的朋友相繼被捕後，開始覺得自身難保而想逃亡，不過後來他接受了妻子的提議，只要向高等法院自首在書件上簽名和按蓋指印後就能保身免罪的歸勸，而無可奈何地向政府投誠了。

這是一篇描述「生於二十世紀的台灣知識分子的悲哀」❶的優異作品。

⑾〈看不見的國界線〉（原題「見えない國境線」），一九五六年五月《小說公園》（《刺竹》所收）

描寫在北平生活了三十五年的美國女性的命運之作品。因爲教會工作的關係前往中國的美國女性，偶然邂逅黃姓中國人醫師而與之結婚，並收中國籍的棄兒爲養女。戰爭結束的第二年，丈夫去世，太太也恢復美國籍，養女愛麗絲也已成年，計劃與從英國來的外交官結婚。可是在新的人民政府之下，並不輕易的允許人民出國。因此，英國青年只好先回英國並爲接愛麗絲出國而奔波。爲此愛麗絲便先到香港，再從香港尋找到英國的方法。然而此時，在英國的愛人卻開始徬徨於愛情與將來自己的前途出路問題之間。擔心憂慮的黃太太只好離開長年居住的北平而奔向香港。

最後沒有血緣關係的母女兩人既不是去英國，也不是回北平，而是選擇定居在香港。人們所居住的土地(國家)與人的意志並無決定性之關係，國界經常是存在於人們看不見的地方。而香港蝟集了背負著種種過去的人們，此篇作品也描述了這個層面的複雜性。〈看不見的國界〉聽說是取材於住在邱永漢家二樓的美國老婦人的親身體驗。

(12)〈冗長的戰爭〉(原題「長すぎた戰爭」)，一九五七年《講談俱樂部》初秋大增刊(《刺竹》所收)

陳三是隨蔣介石來台灣的國民黨軍隊的分隊長。戰爭結束後，再也沒有比軍隊更無聊的地方了。不過由於蔣介石借著保衛台灣之名而實施徵兵制，所以陳三的手下便陸續進來了許多台灣的年輕人。然而這些新兵進來不久後便開始發起牢騷，又不是乞丐為什麼吃飯時不能坐著吃、為什麼不能每天洗澡等，指東指西的開始要求起來了。不止如此，他們還開始對陳三去買軍中伙食時飽了私囊的事感到不滿。不過事雖如此，為了補足薪水收入的不足，賺取些微的零用，他常為新兵們扛東扛西的並替他們洗濯衣物，過著忙碌的日子。

身為國民黨軍隊的分隊長，來台後卻反而落成台灣人新兵奴隸的下場，上述內容看來這是一流諷刺小說。當時，渡台的軍人大約有一百萬人，這些人之中的大多數都是在大陸拋下妻兒而單身渡台的，並且幾乎所有的人都是沒有再回大陸而在台灣渡過終生的。退役後這些人很多都是從事像修築道路、收集垃圾之類的低層勞動。而知道自己無法回大陸之後，老兵們則以類似買賣之方式與原住民少女成婚而造成社會問題❷，以終生貢獻國家卻落得此一下場之觀點來看，他們或許可說是戰爭和國民政府的犧牲者。可是對台灣人而言，這些人卻不折不扣的是國民政府的爪牙，把戰後的台灣推入恐怖之深淵的始作俑者。以戰後台灣的本省人、外省人之對立為題材而把它寫成諷刺小說，邱永漢的確不愧為名作家。

⒀〈毛澤西〉，一九五七年《別冊文藝春秋》第五六號（《刺竹》所收）

在一九四八年，當共產黨勢力開始在大陸擴張時，香港流入了大量的難民。當中，有人因無執照販賣報紙而被警察逮捕，並接受裁判。當裁判官問起：「被告者，你姓名為何？」而對方回答「毛澤西」時，庭內引起哄堂大笑，結果，被告繳了十元罰金而被釋放。但不久他又被捕，同樣的法官看到他時，以驚訝而厭煩的臉色叫他不用再來了，並送給他一塊販賣的執照。然而，像張狗牌般的執照掛在脖子上實在不合他的個性，於是順著手他就把牌子給丟掉了，就從那一瞬間開始，他又得過著看到警察就必須逃跑的日子。

這是根據香港新聞所刊登的真人實事而加以重新組合潤筆的作品。以毛澤東之名為諷刺的對象，使全篇充滿了幽默。

⒁〈脖子〉（原題「首」），初次刊登年月不詳（《刺竹》所收）

生於同治年間的文中自述人和他的姪子李少萍的故事。

「我」雖然於科舉中了舉人，但聰明過人的李少萍卻落榜了。李少萍於考試時與一妓女打得火熱，根本就無心應考。就在兩人想逃亡香港之際，女方卻許身於大人。被女人背叛的李少萍在辛苦工作了十年後，終於跑去與所愛的人會面，但卻遭受冷落，一氣之下殺死了她而被處以極刑。然而事經多年後，「我」卻收到了一封李少萍想求見於我的信。如約相見後，果真是李少萍本人。夜深後當「我」說道：「那時，我真的看到你人頭落地，但如今卻……人間事實在不可思議」之剎那，李少萍的脖子則斷離胴體而化成一堆白骨。

以上是這篇怪談式作品的內容。

(15)〈有風的日子〉（原題「風のある日は」），初次刊登年月不詳（《刺竹》所收）

這是一篇描述住在香港，關心政治而有志氣的張姓台灣青年，和因父親工作之關係至戰後一直居住台灣的舞者澄子，兩人的相逢和別離之戀愛小說。戰爭結束後第四年，兩人在東京重逢。從商成功的張姓青年雖年輕富有，卻有警戒女性是否只窺視著他的金錢的習慣。而他本人則對將來的結婚對象另有所求，因此和澄子雖有肉體關係，卻不考慮兩人之婚事。不久後張姓回香港而忙於新的生意買賣時，從東京友人處卻傳來澄子懷孕的消息。雖然心有動搖，但卻還是送給澄子墮胎的費用。此後澄子嫁給別的男人生有一子，張姓雖也結婚育有一女，但爲了治療其女兒脖子的紅痣，一家遷至東京。雖然並無見澄子之意，但從朋友之處傳來的卻是，澄子家失火，丈夫和小孩都喪命於火窟而只有澄子獲救。得知往日情人悲傷的消息，張姓一人愴然獨思，落寞不已。

這篇作品是否是眞人實事雖還有待證明，但令人想起邱永漢本人的情節描寫卻到處可見，而文中也可看到戰前和戰時的台灣之影子。不過話說回來，邱永漢的戀愛應該不至於錙銖必較，以虧盈爲主吧。

⒃〈韓非子學校〉，初次刊登年月不詳（《刺竹》所收）

是關於抱著「所有的學生都是不良少年，所有的老師都是懶惰蟲，所以學校所需要的不是修身教育而是鞭子」之信念，在德島這個地方從事高中教育的一個校長的故事。這個校長從前在滿州做官，而現在則包括德島的教育界人士和其他的教員，所有的人都對他的作爲嗤之以鼻。可是基於自己的教育理念，他逐漸加強對學生和教員的管理。他認爲自己的教育方法乃是以韓非子的思想爲根基而發展出的教育無用論，並對此方法深信不疑。

小說中的校長應是眞人實事，據說邱永漢爲此還被對方以毀謗名譽告到法院，不過其結果如何則不得而知。

⒄〈死於香港〉（原題「香港に死す」），初次刊登年月不詳（《惜別亭》所收一九五八年十一月文藝評論新社）

爲了會見中國人的筆友而造訪香港的日本女性被謀殺身死的故事。一連串的謎在證人和被告的供述中展開，犯人在緊迫的氣氛中逐漸暴露眞相，不過此作品主題曖昧，結局也嫌粗糙。

⒅〈傘中女郎〉（原題「傘の中の女」），一九五八年《別冊文藝春秋》第六十四號（《惜別亭》所收）

與前述〈石〉、〈脖子〉同樣是靈感取自流傳廣東省民話的作品。

妓女四娘把以血肉換來的銀錢二百兩交給自己所迷戀的男子做爲經商本錢，當時男子送給她一把破傘做爲自己眞心不變的證明。然而男子在事業成功後並沒有回到四娘身邊。知道自己被拋棄後，四娘選擇了死亡一途。並在化成幽靈後藏身於傘中，託付旅客把她帶到廣州事業有成後經營錢鋪的男子處。當旅客把傘佇立在錢鋪的一刹那，身爲主人的男子突然站起，並開始掐起自己的脖子。

⒆〈惜別亭〉，一九五八年九月《オール讀物》（《惜別亭》所收）

生於汕頭的女子阿桂和潮州人男子阿劉各自來到新加坡幹活。從十八歲到新加坡後便在人家中當下女的阿桂存有相當多的儲蓄，但卻與比她年輕的男子糾纏不清。阿劉在知道阿桂有積蓄後，便勸使她做貧窮人「死亡之家」的投資生意。在掛上「惜別亭」的招牌，開始做專門提供有病在身而無錢上醫院的窮人死亡場所，順便收取他們最後錢財的生意。此一事業一帆風順，然而和一般男人一樣，一有了錢後阿劉便搭上女人而另起爐灶，並掛起了「蕭風亭」的招牌和阿桂做起同樣的生意。在互爭生意，彼此敵視後不久，談攏條件後「惜別亭」買下了「蕭風亭」，而阿劉便帶著妻兒跑到馬來半島去了。

在經過了戰爭等漫長的歲月，阿桂變成了有錢人，但生活卻寂寞空虛。有一天，神智已不清的阿劉被自己的兒子背著送上門來了。當阿劉的兒子對她說道「賺貧窮人這種錢，太過份了，一定不得好死」時，阿桂不由得露出皓白的牙齒笑了出來。

這篇作品似乎也是取材自報紙上的小報導。金錢就是一切的人生觀與價值觀貫穿整個作品，而被金錢玩弄的人的弱點與苦悶，也同時令人感到哀傷。

(20)〈東洋航路〉，初次刊登年月不詳（《惜別亭》所收）

年屆五十的英國貨船船長伊凡斯雖然喜愛東洋甚於西洋，但其原因卻是由於在社會上、宗教上西洋社會均比東方更視男色為禁忌罪惡，而他是有斷袖之癖的。戰爭中他服勤於英國的運輸船，但是戰後則再度回復到東洋航線。此作品乃是描寫伊凡斯在寄泊橫濱的航海途中，遇見了日本的美少年千春，在瘋狂地迷戀少年時，卻突然去世的曲折故事。

(21)〈海的口紅〉（原題「海の口紅」），初次刊登年月不詳（《惜別亭》所收）

在戰爭末期，日軍也開始進駐了台灣原住民雅美族所生活的蘭嶼島。雅美族美少女伊拉拉因受日軍兵士磯野之誘惑而與之發生關係，伊拉拉以為將來可以嫁到日本內地而心中暗喜，不過男方卻沒有負起責任的打算。爾後，磯野在部隊遷移高雄後也就在戰後撤回日本了。

念念不忘日軍兵士的伊拉拉，在不知戰爭已經結束的狀況下，受到台灣來的男子之煽動，渡海至台灣東部的新港想要尋找磯野。而在被賣到新港的娼寮後，伊拉拉雖然應付著每天不一樣的男人，卻計劃要到日本去找磯野。

關於〈海的口紅〉這個題名我雖然存有不解，但是文中除了對雅美族的生活習慣有詳盡的描寫之外，對於戰後因為教育水準低落，生活困苦而引發原住民賣身之社會問題的解析，邱永漢的作品則應該算是先驅之作，關於這點，邱永漢應該受到肯定。

(22)〈南京街背胡同〉(原題「南京街裏通り」)，初次刊登年月不詳(《惜別亭》所收)

戰火籠罩下的男女故事。職業軍人中尉的萱原和酒家女李麗英是在戰時的新加坡認識的，為了追隨戰後撤退回國的萱原，麗英來到了日本，並和成為日本軍人之妾的姪女彩月結伴去旅行。然而追逐著戰爭中最光耀的人生不放的男人，在戰後卻因為耐不住窮困的生活而落得身敗名裂。而兩個女人麗英和彩月在歷經了千辛萬苦來到日本後，彩月卻瞞著麗英與萱原陳倉暗渡，不過在生下小孩後彩月和萱原卻又銷聲匿跡，麗英一直含辛茹苦，扶養被彩月拋棄的小孩。她在橫濱南京街的後巷開了一家名為「新加坡」的酒吧，然而在定居日本十年後的某一天，麗英的眼前卻出現了彩月和萱原。彩月和中國人船員結婚後因為不孕而想領回麗英扶養的兒子，而萱原則想以暴露祕密爲要脅來勒索麗英。

戰爭著實使得人們的人生和命運變得錯亂和不幸。

(23)〈服裝模特兒少女〉(原題「マネキン少女」)，初次刊登年月不詳(《惜別亭》所收)

戰後，日本出現了所謂的斜陽階級，這些人以出賣自己的財產和骨董來支撐生活。香港的中年珠寶商則想以此做爲買賣而來到日本，他雖然不是風流倜儻型的人物，但卻迷戀上假裝斜陽階級而在百貨公司做服裝模特兒的少女。然而這個只想利用珠寶商的錢供她揮霍的少女，在商人腦充血病倒後就不見蹤影了。爾後，少女因有強盜嫌疑被警察逮捕，商人顧於往日之情份，至警局把她保釋出來，但不久自己就回香港去了。

故事裏，壞的一方看似只有少女，其實男方也是抱著「這個女人具有五十萬價值」打算的狡猾之徒。兩人都是半斤八兩。

(24)〈太公望〉，一九五八年二月《大衆文藝》(《代表時代小說四》所收，日本文藝家協會編，一九七八年)

以幫助周朝文王消滅殷朝紂王的呂尙之故事改編而成的作品。從呂尙垂釣渭水的故事開始到釣魚的人被稱爲太公望爲止。邱永漢在這篇作品中以充滿幽默的筆緻來述說變不成仙人的太公望在屢次經商而屢次失敗的狀況下，最後卻成爲文王仰慕之師的故事，是一篇頗有特色之作。

## ◉一九五九至八一年

我寫過：邱永漢的作家生命很短，自一九五四至五八年的五年間。之後是寫作有關烹調和儲財之書，由於那方面的書籍大爲暢銷以及他本身開始走向企業家之路的緣故，不能把那以後的他稱爲作家；但是，說那以後他完全沒寫作品卻是不對的。他意識著日本讀者，寫著現代的、戀愛的，進而連歷史的都創作著。因爲他具有作爲作家的才能，所以不論寫什麼大致都有把握的，但由於和日本人的觀點全然不同，以及通過像邱永漢本身的天分一般獲得的金錢感覺來操縱登場人物，讀下去就覺得膩了。我想：超越過發表於初期五年之間的作品，那以後還是沒有出現的。

在這裡，我打算從那初期以後的他作品當中選出限於文學作品，予以簡單的題解。

(1)〈狡猾如神〉，一九五八至五九年《デイリー・スポーツ》（*"Daily Sport"*）連載（《狡猾如神》收錄，東都書房，一九五九年五月，後來收入《邱永漢最佳叢書十四　狡猾如神》，實業之日本社，一九九二年十月）

「因爲被人說，淨寫著日本人一個也不出現的小說，所以我就試著寫淨是日本人出現的小說。❸」結果產生的就是描寫昭和三十年代當時日本的現代小說（長篇）。這是把人生輕蔑著，不當一回事的二十七歲的壞蛋妻木捨郎（單是名字就嘔氣了）的成功故事。工作於東京一家小出版社的一介上班族妻木，地位——當上國會議員的秘書，但本人似乎窺伺著更高的，金錢——和地方（岡山）權勢家的獨生女結婚。獲得鉅大財產，就是妻木獲得地位和金錢的故事。

「既和源氏雞太一般貫徹於上班族故事的大衆小說不一樣，跟心懷野心的青年拿友情和女人爲墊脚石，獲得地位和金錢，但由於其精打細算的傲慢，掉落無底深淵的日本小說常有的老套（如山崎豐子的《白色巨塔》）也不同，也不是凝視自己的內在精神苦惱於罪惡的意識。雖然把惡描寫到底，但邱永漢卻不認爲那是惡。所謂人就是如此，所謂人生就是如此，這種思想存在於根底卻異乎悲觀主義。宛如讓人覺得看見生於殖民地台灣，不得不拋棄那故鄉的他曲折的心理似的。說不定邱永漢是試著要反叛日本文學，而將它蘊藏在「狡猾如神」這個題目的吧？

然而，那在日本人的精神構造裡是無法接納的，雖爲短篇小說家，邱永漢的小說在日本文學裡也是「異端」。邱永漢那好像決心要過著那種親自把「沒什麼了不起，卻還是個人生」的「卻還是個人生」硬剝掉的生活方式的精神構造，原封不動地重疊於主角妻木身上，實在複雜得很。

(2)《風流漢奸》，第一次刊載日期不明（收入《邱永漢自選集III放棄當男人的故事》，德間書店，一九七二年七月）

邱永春是台灣的台南出生的，現在在日本當作曲家。只因爲和作爲作家有名的邱永漢名字相似，平時便遭受著麻煩。邱永漢在華僑之間風評不好，報紙上都把他評爲出賣國家的「漢奸」，所以被人家以爲是親戚或有什麼關係，除了麻煩之外，實在無話可說……。這樣開始的這篇小說是把因變得有名而被周圍——尤其為中國人和台灣人——嫉視著的邱永漢自己出其不意地抓出來描寫給人看，而給予他們以強烈的諷刺之一擊的成功之作。單拿這一篇即可想像當時的邱永漢怎樣成爲被人嫉視和批評的對象。連在日本只要批評台灣的國民政府，說或寫大陸的共產主義之壞話都是不得了的時代，尤其於「事關政治性的發言等成爲禁忌的華僑們」，邱永漢是被視爲危險人物的吧。不但不爲日本讀者所接受，還爲住在日本的中國人、台灣人所排斥的孤獨的邱永漢之身影，在這裡浮了上來。

(3)〈戀之廣場〉，第一次刊載日期不詳（收錄於《邱永漢自選集III放棄當男人的故事》）

在中國的前線打仗失去一隻脚的宮原是個戰爭結束經過十年以上的現在，還沒有辦法擺脫自己一生的前程因戰爭變得面目全非的陰鬱心情的中年男人。三年來，那樣的他從清晨就去戀人們談情說愛的皇宮前廣場，其目的是靠撿拾昨夜戀人們掉落的東西做爲些許的日常費用。

其內容是：有一天，由於碰巧撿到的手提包中發現情書，宮原便與送情書的男人和接受它的女人的戀愛發生了關係。這個年輕的女人爲選擇通往成功的已婚之男人所拋棄。它有著比邱永漢晚登上文壇的曾野綾子描寫男女微妙心理的短篇韻味。

(4)〈田沼學校〉，第一次刊載日期不詳（收入《邱永漢自選集III放棄當男人的故事》）

是以第十代將軍德川家治爲強力後盾升到「閣老」（江戶時代直屬將軍，總理政務、監督諸侯的幕府最高官員)的田沼主殿頭意次的盛衰記。田沼認爲「說武士重名譽而蔑視金錢的是胡說八道」,於是乎公然實行賄賂、貪污,獲得閣老地位,這樣的他不會爲政敵所憎恨才怪呢。不久以家治之死爲契機,威權鎮壓八方的田沼的權力也開始顯出陰翳來,連在田沼學校培養的心腹部下都背叛他,終於下台,在失意中病死。背叛他而得到閣老地位的從前的心腹部下松平越中守定信便威壓天下了,但那也是短暫的一瞬,松平的權勢並不繼續很長。

邱永漢雖然也對所謂「髷物」(以男子留髮髻的江戶時代之事物為題材的小說、電影、戲劇)挑戰,但不是光寫諸侯的家庭內訌、爭權奪利,卻可以一窺不愧爲他的經濟哲學、人生哲學:「總之政治就是……要增加生產。拿今天的情況來說,就是要謀取實現月薪兩倍,爲了這個,根本上增加生產以外是沒辦法的。」「權勢的門就像市場,人們集攏來,爲的是要買東西的,到了黃昏要賣的東西沒有了,擁擠的人要消失是理所當然的,《史記》上也這麼寫著哩。」

邱永漢說:以三個字的姓名來寫「髷物」是划不來的,如果三個字的姓名還是寫賺錢或烹調的好,他被出版社的編輯主任這麼一說,才開始寫這一方面的作品。跟被人說你的小說裡沒有一個日本人出現,而寫了只有日本人出現的小說如出一轍。邱永漢意料之外的,也許是很介意別人對他的評論,只因爲寫「髷物」也有毫不遜色的才能,實在可惜。

(5)〈放棄當男人的故事〉,第一次刊載日期不詳(收錄於《邱永漢自選集III放棄當男人的故事》。還有,

(2)~(5)雖然不知第一次刊載於何時何處，但像是一九五九至六一年寫的）

過往把武士叫做男人。因爲要放棄當男人，所以是放棄當武士要做生意人的故事。「要活下去之路，並不是只有武士吶！」就在這個台詞裡凝縮著這篇作品的主題。戰國時代，有個把織田信長亡故後的羽柴秀吉認爲大有希望而決心要侍奉他的堀秀政，而矢口長兵衛是以堀秀政爲主人的，他夢想在戰爭裡立功而飛黃騰達，可是由於偶然的演變獲得三百兩鉅款，發覺自己上戰場也不像以前那麼有幹勁，於是乾脆不幹武士職業，以三百兩爲本錢開始做生意，這工作好像適合他的個性，順利成功了。他想：「我明白爲什麼不讓武士有錢的理由了。如果不是沒有錢，就不願拚死一搏啦。」

現代的日本社會在其權力結構和上下關係，和封建的武士社會並沒有多大差異。活在武士社會低層的人，即使身分低微，也不容易拋棄武士的志氣，被夾在成名、忠誠心、義理和人情裡折騰著。於是從那裡產生悲劇，產生無常觀念和美學。對於這種日本人的精神結構，「如果武士不行還有買賣可幹嘛」，邱永漢的這種想法是不被接受的。我不以爲：那也可以吧，這樣想的日本人會很少，但至少「金錢就是一切」是開口不得的。能夠惹動人通俗的滿足的有「地位、金錢和名譽」，這是誰都清楚的，不過在作品裡面，恬不知恥地把它說出來，或以僅只追求它的人爲主角來描寫，要獲得日本讀者的共鳴不是困難的嗎？金錢和人的本質雖然有關係，但並非一切。

(6)〈新說二宮尊德〉，第一次刊載日期不詳，連載於《人物往來》(收入《新說二宮尊德》，春秋社出版，一九六三年十月)

在戰前的日本，無論哪個小學校都建立著背著薪柴看書的二宮金次郎銅像。那是被奉爲節儉和道德的象徵之結果，但邱永漢卻著眼於他作爲理財家乃至重建公司的生活方式。於是完成的就是〈新說二宮尊德〉。

江戶中期，生爲相模國農民之子的尊德，「終於就任小田原藩內信用組合負責人似的地位」，動手重建藩邦財政的故事。然而，不用說邱永漢的興趣不在出息發跡，卻在始自庶民金融原形之一的互助會，想出像現在的「分期償還金融」，將它應用於重建藩邦財政的作爲理財家的尊德。因而這個長篇將近一半都由互助會的做法，尊德爲重建財政採用的償還方法具體例的數字塡得滿滿的。

他把構思新穎以史料和記錄證實的，不是邱永漢就寫不出的二宮尊德像展現於我們眼前，讓我們看。不過，孝順而長於學問，日本人咸信爲實行勤勞節儉像美德之鑑的尊德，雖然也是「愛民主義者」，如被說成也是個「最會打算盤的自私自利之輩」，就和「赤穗浪人不過是殺人集團」一樣，也許對日本人來說是無法接受的。當然時代是有著要求的英雄像和偶像的，例如在軍國主義下備受讚美的歷史人物，那以後，如果發生要正確認識歷史的動向，也有可能被批判的，在那樣的意義上「新說」二宮尊德故事，對筆者來說是饒有趣味的。

(7)〈女人的國籍〉，第一次刊載日期不詳(收入《女人的國籍》上．下，日本經濟新聞社，一九七九年五月)

想要寫受日本讀者歡迎的作品，向以日本人爲主角的現代小說和「髷物」(以男人留髻時代的事物作題材寫的小說)挑戰，寫出獲得恰如其分的評價之作品的邱永漢，其後將近二十年沒寫小說。隔這麼久才寫的長篇是以大正、昭和到終戰爲背景，把做爲殖民地政策之一環的嫁給台灣富豪的兒子李明仁的貧窮華族(皇族之下士族之上的特權階級)日本女性北大路華子坎坷的命運，日本、台灣、滿洲、北京、上海爲舞台，深得其心似地振筆疾書著。

然而，這類作品就像號稱大河小說而把豪華的演員陣容和海外拍攝外景推出前頭的「○○電影公司○○周年紀念電影」一樣，大張旗鼓作宣傳，其內容卻有著還不能令人滿意的地方。不，這作品如拍成電影，也許自有其有意思之點(邱氏說，事實上，翁倩玉曾表示希望能以女主角演出，可是沒有實現)，不過，並不是非邱永漢莫屬，也沒有像初期作品的迫力。

這個女主角華子是有模特兒的，邱永漢曾直接從那位女性聽過：「我和菊池寬有過關係。」據說這話啓發了他❹。可是那位女性好像不如小說那麼活躍。

(8)《台灣故事》，中央公論社，一九八一年七月出版。裡面收錄十個短篇，那是自一九八〇年十一月到八一年六月連載於《週刊ポスト》的。於一九七二年睽違二十四年才回台灣的邱永漢，做為企業家來往於台灣的次數增加了。其間窺見的人生百態：經濟動物的日本人在台灣惹起的生意上的糾紛，多數為描述日本男人和台灣女性的戀愛攙雜著人情世故的作品，題材並不新穎。下面只列其題目。

(A)「下雨的台北」
(B)「翁小姐的陪嫁錢」
(C)「賣春婦三代記」
(D)「北投溫泉之夜」
(E)「台灣慕情」
(F)「小姐東遊記」
(G)「鴛鴦太平記」
(H)「奴隸婚」
(I)「連續假期的頭等客人」
(H)「動物綺譚」

上面所臚列以外，初期作品好像有推理小說集〈被害者是誰〉（光文社，一九六〇年），把西遊記改寫為現代版的《邱永漢・西遊記》（一九五八至六三年《中央公論》連載），好像還有無論怎麼看都是拙劣的

〈邱永漢自己說的話〉❺，戀愛小說《誰家之花》，不過，這些都因爲筆者沒看到，所以不列舉。

還有，爲了想看邱永漢初期作品的讀者，這裡列舉比較容易弄到手的。

1.《香港・濁水溪》，中央公論社，一九八〇年五月（收錄於中公文庫）。

2.《邱永漢短篇小說傑作選　看不見的國界線》，新潮社，一九九四年一月。

收錄著〈偷渡者手記〉、〈華僑〉、〈客死〉、〈濁水溪〉、〈檢察官〉、〈故園〉、〈香港〉、〈惜別亭〉、〈毛澤西〉、〈脖子〉、〈太長的戰爭〉、〈看不見的國界線〉、〈刺竹〉、〈傘中女郎〉、〈太公望〉、〈石頭〉十六篇。

3.《邱永漢最佳叢書》，共五十卷，實業之日本社。

自一九九一年起刊行著，九五年一月現在已出版三十一卷。飲食、經濟評論、理財、社會評論爲主，文學雖然少，到現在卻也已出版《香港・濁水溪》、《狡猾如神》，今後預定從今年到明年、後年要刊出《被害者是誰》、《台灣故事》、《刺竹・惜別亭》、《女人的國籍》上下冊等作品。

## 【註】

❶ 見《邱永漢短篇小說傑作選　看不見的國界線》，新潮社，一九九四年一月的〈前言〉。

❷ 處理戰後來台灣的下級士兵(老兵)和原住民少女結婚的社會底層問題的電影「老莫的第二個春天」(李祐寧導演),於一九八四年在台灣上演,曾經成爲話題。

❸ 《邱永漢最佳叢書14 狡猾如神》,實業之日本社,一九九二年十月,見於〈前言〉邱永漢自己的話。

❹ 一九九四年四月三日,於東京邱永漢公館,筆者採訪時,邱永漢先生說的。

❺ 見於《邱永漢自選集Ⅲ放棄當男人的故事》,德間書店,一九七二年七月的〈後記〉。

〔資料二〕

# 十五歲的詩人

## ——邱炳南的詩和散文

列出台北高等學校時代，邱永漢以本名邱炳南發表的散文一篇及詩三首。

當時的台灣在日本統治下，其文壇的中心人物就是西川滿。進入台北高等學校不久，弱冠十五歲的邱永漢於西川主編的《文藝台灣》上發表詩作。那是後來成爲企業家的邱永漢身上不可想像的浪漫蒂克的作品，但培育邱永漢的土壤，無疑的，可以說是在戰前的台灣。

散文和詩的中文翻譯，出自台灣詩人個中佼佼者陳千武。

### 廢港

邱炳南著／陳千武譯

1

**通海的白色小徑。——微搖的芒穗和銀色的砂，刺眼地亮著。露出骨頭的古墳上，開著紫色的**

花草，描著綠色波紋的魚塭*的路邊被遺棄的少年，毫無目的的走著正午的路。
在古城的遺跡，榕樹的老枝椏私語著，午後，炎熱的太陽下吹起暖和的風，城壁的苔味噎著似地飄向天空。盛夏的白燈臺，在吸收了光的藍海，一點雲都沒有。
從舊砲臺崩落了的磚瓦，在不流的水溝裏抬起一半的頭。白鷺不飛，人也不走的海邊小徑。從遠方傳來的是牛車的鈴響，雖然看不到形影。
沿著濁水的運河，繫著不揚帆的戎克船。木蘭花香的廢港的碼頭，從酷熱的夢醒過來的午後二時的雞鳴。在裝水入魚籃子的漁夫的竹筏，鈍重的浪聲消失了。

2

牛車。牛車。澄清的蒼穹鈴響遠離了。車塵的味道，終成你的容貌，在朱欒下啜泣。
不知從何而來的弦音，像浴著月光那樣。
我停著脚不走了，仰望白晝的月，那成為你的歌聲，茉莉花、茉莉花、茉莉的回憶。
胡琴停了，雨下來了，雨啊，我關了門。
石將軍的樹下，從流浪羣回來的詩人含著淚。
風吹的龍眼樹梢那邊，有空了的邸宅，和不開花的花園。
面對著桌子專心打盹兒的白髮算命者。

在媽祖廟的祭壇，我點燃線香的火。
埋沒在狗尾草裏死去的幻想的女人，啊，在這炎熱下，沒有大鼓送葬的行列像躲避似地從後街出去。

3

運河為了你，送了一座舊墳墓。過分藍色的血的酒，把南國的天空染成銀色。
黃昏的碼頭是不亮的蒼龍旗，聽不到銅鑼的出航。
死不了心的寂寥，推你出海去，你乘的是象牙的戎克船，走向海底的水花燈。
在陽臺上死去的是鸚鵡——蝴蝶花沉溺於水中。
然而，等船隻的瘋女啊，你的墳墓，還是在有應公廟裏。

4

吐毒的紅花萎落了，胡琴的弦音從屋頂傳到屋頂，邊咬著檳榔，失去魔術的棺木店的老闆向紅磚的路走下去。

●原載於《華麗島詩刊》創刊號　一九三九年十二月一日出版

＊在海邊鑿池養魚的地方。

## 鳳凰木

邱炳南著／陳千武譯

農曆六月的天還沒亮
尚無人來往的路邊木旁
冒起淨白的雲層
等著天空來的人
昇天去的是誰？
獨自走在路上
眼界所及，遠遠的花瓣落了
美豔底花的少女
歌唱著隱沒於雲層裏

●原載於《文藝臺灣》第一卷第二期　一九四〇年三月一日出版

## 帆船

邱炳南著／葉笛譯

神祕和酩酊　像壞了的窗戶般

喝著潮水　流過空虛的眼睛
映成灰色的物影
比薔薇刺還深　留下傷
悄悄地渡過海峽去了

越過石墻　影像浮了上來
霧裡　夢幻的銅鑼傳過來
恍惚喲　魔術喲　瞑目之戀喲
妳已不回來了嗎
雖然我不以為會那樣

有一天　造訪涼台的天使
忘記利刃於門扉去了——
午後　阿拉曼陀花凋萎
鷓鴣也已斷氣

拂曉喲　拂曉　我將會死吧

水平線那邊湧起了雲——
白骨出現　宛如布袋戲的木偶
沒有了酒的酒壺
摟住聳天的椰樹幹
模仿著白癡　在啜泣

從空虛的眼睛滾落的真珠！
溶化於溫馨的母親懷裡的高貴之東西
啊颱風之夜　為破碎的手鐲
海喲　我的眼睛不會再閉上吧
雖然我不以為會那樣

註：原題「戎克」爲Junk，中國帆船。

●原載『文藝台灣』第四號　昭和四〇年（一九四〇）七月十日發行

# 米街

邱炳南著／葉笛譯

柔軟的手印出的　春天的肖像
坐在紅椅上　長衫的人喲
妳合上眼瞼
唰的、巴的、柔柔地弄響指尖

神將的胸懷裡　眼瞳泛上
（別忘掉我啊）
指著天空　微笑的肩膀上
越過相思樹　白旗去了　去了

說要剜木瓜的果肉嗎
妳的耳朵　翡翠在響著
銀匙　染成黃色

午後的米街──羽翼降落著

看指頭喲 脫離花瓶

現在 向嘴唇 靈魂膜拜著

薔薇喲 胡琴喲……匍伏於地上吧

坐在朱椅上 妳印刷著

長衫的人喲 印著神像

三月的悲哀喲 坐著轎

宛如瞑目的鐘 下著赤炭的屋頂

燕子渡過 西天

邊解著不可解的謎

●原載『文藝台灣』第五號 昭和十五年(一九四〇)十月一日發行

第三章／葉笛譯

# 陳映眞

## 對中國革命懷抱希望的政治作家

## 1 〈山路〉和五十年代

台灣出身的作家以中文創作的作品——台灣文學，和台灣人、台灣話一樣，其規定是困難的。戰後四十年，和別的第三世界文學一樣，台灣的作家們與其說要驅使著美麗的語言如何地表現抒情性文章，倒是把力量挹注在為什麼、為誰而寫的。照實描寫日常，連這樣都被指為思想上有問題，或被貼上政治小說的標籤，或遭受禁止發行的痛苦。

在台灣只靠寫作能營生的作家等於沒有。以其他方法維持生計，不是作為沽名釣譽的手段，而是出自當一個作家的使命感不能不義不容辭地要執筆的。

陳映眞正是那樣的一個作家。與其說文學作品的藝術性如何，他倒是會讓我們看要不是現在的台灣就無法寫的小說的，在這點上，他是個可以期待的作家。

這裡，我想以他最近的作品〈山路〉❶為中心，把戰後到現在的台灣擁有的問題，透過一個作家怎樣生活來探討，同時，也想思索有關台灣文學的現在。

追究台灣戰後史的〈山路〉是如此開始的。

初老的婦人蔡千惠住進特等病房。看護著她的是小叔李國木。國木開設著一家會計事務所，乍看生活是沒有什麼憂慮的。據醫生說，他嫂子簡直像個喪失了要活下去的意志之人。但他卻不明白嫂子的病因。不，如果說心裡沒有苗頭就不是眞的。

他嫂子衰弱的原因，可以想像得到嫂子在報紙上看到：三十年來繫獄的四個政治犯獲得假釋被送回故鄉的新聞，但爲什麼其消息會使得嫂子喪失生之意志而衰弱呢？那是無法理解的。據說四個政治犯之一，就是國木的哥哥李國坤的知己黃貞柏，如果那樣，不是該欣悅的嗎？

孺慕蔡千惠有如親母的國木一家人慇懃地看護無效，他嫂子衰弱得結果逝世了。逝世之夜，國木發現嫂子寫給黃貞柏很長的遺書。由於那封信，嫂子的死因才水落石出了。

據其遺書，三十年前（一九五〇年代），黃貞柏、國木的哥哥李國坤、嫂子的親哥哥等，做著地下活動，把生命賭在共產革命上。千惠其實就是黃貞柏的未婚妻，對於他講給她的和李國坤他們一起奮鬥著的工作，以及中國的理想，有著深深的感動。同時，她也是個對李國坤懷著淡淡的戀慕之少女。

這個一九五〇年代的地下活動，以怎樣的規模，又以怎樣的範圍進行的？不得而知，但看一下五十年代這個時代，由於日本敗戰，自帝國主義的統治解放，回歸祖國（中國）的台灣人民是歡欣鼓舞的。朝著新台灣的建設，在各方面顯出活潑的活動。然而，及至國民黨的腐敗官僚和脫離常軌的軍隊渡台，台灣人民的希望和欣喜，變成對中國人（在這個時期隨著國民黨一起來的外省人）的不信任了。一九四七年二月二十八日全島性的反政府起義（二二八事件），就是在這樣的情況下該發生而勃發的戰後最大事件。

對此蔣政權（蔣介石逃到台灣時是一九四九年）加強警備體制，繼續徹底彈壓了起義。進入五十年代，彈壓仍然嚴厲而又苛酷，幾萬台灣人被虐殺。這篇小說所描寫的是經過這樣的歷史之後的五十年代整肅共產黨員的情形。很多被認爲共產主義者遭逮捕❷。

作者陳映眞本身於一九六八年八月，牽涉政治事件，因參加一個讀書會（學習共產主義的）遭受逮捕，被投進火燒島及其他的牢獄，挨到一九七五年的七年。

且把話拉回〈山路〉，五十年代成爲整肅的時代，在大陸體驗過可怕經驗的蔡千惠之父母由於愛子心切，勸告千惠的哥哥如果出賣伙伴自己就可以得救。他終於出賣自己的伙伴，其結果，李國坤被處死刑，黃貞柏被判無期徒刑繫獄。千惠爲要贖背叛者的哥哥和家人之罪，在李國坤被處死後，即佯裝自己是他的妻子，投身於李國木家。她幫助礦夫的年邁的父親、身體孱弱的母親、還年幼的弟弟國木，和貧窮鬥爭，拚命地工作。母親逝世後，以兄嫂代母職，讓他上大學。後來，國木成爲會計師，生活好轉了。

在這三十年歲月裡，千惠一點一滴地忘記從前的未婚夫——服著無期徒刑的黃貞柏的事情。然而有一天突然以新聞消息知道他出獄。這件事讓千惠想起三十年前的過往。

千惠思索著·勇敢而正直的青年李國坤因爲從事地下運動被處死，未婚夫黃貞柏三十年長久的年月裡身陷囹圄，千惠自己衷心對革命的熱心支持，還有對哥哥背叛的負罪意識，爲了這些，自己不是佯裝李國坤的妻子，這三十年之間辛苦掙扎過來的嗎？如今看中國大陸的變化，那翻天覆地似的革命，現在不是墮落了嗎？要是墮落了的話，國坤之死，黃貞柏的牢獄生活，不是落得比死、比囹圄的半輩子更殘酷的白費嗎？

這就是主題。亦即國民黨幹的，愛國的台灣知識分子的整肅是主題，同時，夢想著社會主義革命的人們，對大陸革命明顯的結果，應該要有反省和思考，這不就是陳映眞包括自問而在追究的嗎？

那麼千惠本身如何呢？由於國木的事業成功，變得一無匱乏地過著日子的現在，圍繞著自己的不就是三十年前自己所抵抗的資本主義商品之山嗎？發覺這一點，她愕然於自身的墮落了。

這就是她自殺（不是一種自殺是什麼？）的原因。她想：除了否定已然墮落的現在的自己之生活，是沒有殉身於三十年前的信心之路的。

想來，這也是主題之一，因爲在根本上陳映眞有著對來自包括美國和日本的跨國企業公司的消費社會之批判。

以上就是〈山路〉的梗概。千惠和未婚夫黃貞柏走著彎彎曲曲的山路，一方面傾聽著貞柏說的對中國將來的熱烈思念，一方面卻爲了對李國坤懷抱的熱切的少女之戀懷流淚。象徵那千惠之思念的就是題目〈山路〉。

接著想看一看表現在〈山路〉裡的詞句和用語。

小說裡出現稱爲〈三字集〉的詞句。

無產者　散鄉人　勞動者　日做工
做不休　負債重　住破厝　壞門窗
四面壁　全是穴　無電燈　番油點
三頓飯　番薯簽　每頓菜　豆鯆鹽（下略）❸

以上是原文。主要是由上卷一二九六字，下卷八一四字構成的。在日據時代，爲要讓農民和工人站起來參與抗日運動，台灣赤色救援會於昭和六年（一九三一年）八月九日，決議出版非法的機關雜誌。所謂〈三字集〉就是使用最淺易的詩型，爲要進行共產主義的宣傳創作的。

陳映眞借用爲普及抗日運動而創作的〈三字集〉，也許想要控訴五十年代光復的欣喜僅止瞬間，台灣人的生活和日本時代完全沒有兩樣，只是被迫過著痛苦的日子而已。

被稱爲「鄉土作家」的陳映眞，在〈山路〉中也看得見使用著台灣話。「土角厝」的「厝」指的是房屋。把粘土打壓成磚塊的大小，用它砌成極簡陋的家屋就是「土角厝」。

李國木的父親名叫「李乞食」，「乞食」在台灣是常有的名字，故意名為「乞食」，而祈願著不愁吃，或會開運。其他，好像也有給女孩子命名「罔腰」(姑且養之)、「罔市」(不得已給予餵食)的。

「乞食嬸」就是「乞丐婆」，亦即指妻子。

「×你娘」就是台灣話罵人的三字經，即「肏你娘」之意。

〈三字集〉當然也該以台灣話唸的吧。

陳映眞大學念的是外文系，所以英語很拿手。同時，日本戰敗時，雖然只是小學二年級，但在大學時自修，因而日語水準也是滿高的，在〈山路〉裡也常出現，例如「姉さん」(姐)，「裏切者」(背叛者)、「〜さん」、「〜様」(不拘男女之名，於其後加上的尊稱，如先生、小姐、女士之類)、「拜啓」(敬啟者)、「台車の道の夢を見たんだよ」(夢見手推車之路)、「切ない乙女の戀心」(愁悒的少女之戀情)等即是。在這當中，他說「切ない」這個日語的深意最近才瞭解，所以想用用看，把「切ない」這個日本詞語譯成中文「愁悒」是件罕見的例子。

## 2 政治犯監獄「綠島」紀實

從台東向東三十五公里，浮現在太平洋上面積十五平方公里的美麗之島嶼，那裡有著可怕的政治犯監獄。日據時代稱爲「火燒島」(因火山活動形成的),不過戰後改稱「綠島」。島上住著約三千名住民,以漁業等營生。

陳映眞七年(一九六八至一九七五年)的牢獄生活中最後的三年多,就在這個島上打發的❹。以下是筆者從陳映眞本身聽到的島上生活情況之記錄❺。

被高聳的混凝土牆圍住的裡面,有兩棟四層樓監牢,夾著中庭(操場)相對著。一個房間,多的時候有十四、五個人,當然是沒有牀而要睡地板上的,有時候也會混雜得連翻個身都不可能,那樣的時候就計算每一個人幾塊地板來分配。可是平常是七、八個人。窗戶只有一個開向中庭,採光還算是好的。

各房間都有廁所,廁所是水沖式而清潔的。沒有洗澡間,據說要把便器的排水坑塞起來儲水,用來洗身體(一年到頭都有水),但卻是清潔的。要洗臉,可以使用別的水龍頭。

還有,說眞的,吃的也非常好。然而,它讓人強烈地感覺到,給予物質方面的滿足,而使精神方面萎縮,亦即要把思想轉向的政治性企圖。

由於是思想犯,不讓勞動這件事是非常痛苦的。說到運動,早上和下午飯後,各三十分鐘,放風於中庭。因爲那是唯一可以出去外面的時間,大家都儘量要使自己流汗,儘量要慢跑或曬太陽。

因爲生病是最可怕的。牢房裡只有像醫務室的，只能自己判斷自己的病說：「因爲感冒，請給我感冒藥。」「好像拉肚子，所以把藥……。」由於醫院在外面，唯恐逃亡就難得被帶去。因此，即使患重病，如果不出現嚴重的病狀就不會送去醫院的，萬一被送去，因爲離島的緣故，沒有完備的醫療設備，也看過由於耽誤醫治而死去的人。爲此放風於中庭的時間，大家都拚命運動，留心健康。

由於不讓犯人們從事勞動，談到一天要幹什麼，就只有或看書、或聊天，或橫臥著。書籍雖然讓他們讀，卻多爲古典。據說陳映眞也常讀《詩經》、《左傳》、《史記》等，從古典也獲得不少好處。

然而，其他，也有每月爲了要寫報告強迫要讀的書。因要觀察思想有沒有轉向，每月一定要寫報告，爲此就被迫要讀《三民主義》、《蔣總統祕錄》❻。要是嚴格地檢驗它，想來，再沒有比這個更痛苦的啦！不過，幸虧檢查官也是馬馬虎虎的，因而要寫的人也就應付了事的提出去了。

在獄中，他沒有著作。不是不能，而是因爲一切都要受檢查，它又會成爲思想有沒有轉向的資料，雖然有時執筆，卻乏善可說。

也有娛樂。一星期約有兩次讓大家看電視，每次約一個小時，是叫人期待的快樂之一。

七年的獄中生活裡最擔心兩件事：其一是中國共產黨會怎樣變化？另一個是自己身陷囹圄之

中如果父親亡故，將會落得父親臨終不在身旁的大不孝。

據說，為此常向新入獄的人打聽大陸的動向。能看的報紙只有官報《中央日報》以及《青年戰士報》，但靠自己的推測力量和希望性觀察，有時也會給那報導加上解釋和分析而自得其樂。

事實上，當陳映眞在獄中的期間，中國和台灣的情勢有過很大變化。始自一九七二年尼克森訪中，中美、中日的邦交正常化，隨之在國際政治場上，台灣越發孤立。這個台灣的孤立化，帶來以台灣的年輕世代為中心的民族主義之高揚，在文學上也興起把目光朝向台灣之現實的政治批判、社會批判的民族主義文學。在大陸方面，始自一九六五年十一月，十年之間席捲整個中國的文化大革命的眞實意義開始受到質疑，其結果也逐漸水落石出了。

陳映眞耿耿於心的他父親，幸好直到他出獄都健在。

雖然是這樣的牢獄生活，可是，其中卻也有令人懷疑怎麼這樣的人會是個思想犯？簡直是無知而又無辜的囚犯。還有，這雖是陳映眞從前輩的服刑者聽來的，在五十年代裡也有熱烈的共產主義者，據說要被押到處刑地去時，還去握前輩之手，說：「如果你能離開這個島，我們的鄉土台灣，有一天看得到紅旗飛揚的話，請一定給這座島上的我的墳墓報告。」

陳映眞被稱為左派作家，他自己現在是否仍夢想在台灣會有紅旗翻飛的日子呢？在〈山路〉裡，是把它作為三十年前的理想來描寫的，他徹底執著於中國的民族主義。何以如此執著於中國大陸呢？

有一件發生於一九八三年十二月，他來到日本時的小插曲。那是他參加一九八三年八月到十一月，在美國愛奧華大學舉行的「International Writing Program（國際寫作計畫）」，歸途趁便到日本。他投宿於京都的旅館，因為夜深才到，所以附近的模樣是不清楚的。第二天，踏出旅館一步卻動彈不得了。噯呀！他竟投宿在日本共產黨京都支部隔鄰呢！說是他受到衝擊發愣在那裡站了一會兒。又在東京代代木，看到寫著日本共產黨本部的巨大招牌，據說他衷心吃驚於那種毫無顧忌著周遭的模樣。說不定對於在豐贍的大衆消費社會中的共產黨之存在，感到諷刺吧？

## 3 經歷、被捕、到七十年代

陳映眞，一九三七年十月六日生於竹南。本名陳永善，台北縣鶯歌鎮人。本名原來叫映善，但兩歲時，由於父親的三哥，亦即他的三伯父家沒有孩子的緣故，成為其養子，為要和原來的家庭有所區別，就改名為永善。他有個雙胞胎的哥哥，卻在九歲得病夭折。筆名映眞是取其哥哥之名的。寫評論時的筆名叫許南村。

剛開始寫作時，用過不少筆名，差不多每一篇作品就有一筆名。不知什麼時候，小說就用著陳映眞，評論用著許南村；在〈鞭子和提燈〉裡他如此說。又說：

「為什麼要用真兒的名字作筆名呢？」父親曾問過。

「不知道啊，」我說，「我只是想，這樣，我們就一起活著。」

父親笑了笑，便不復說什麼。

我真不知道，如果小哥尚在，他會是怎麼樣的一個人。前不久，家人閒談，說起我前此的一次久客遠行（指在囹圄中的事），父親沉思地說：

「要是真兒也在，怕不也跟著你去走那一遭……。」

我沉默不能語。（內是筆者補充的）

在這簡短的話裡，可以窺見父親深沉的苦惱。他父親是在台中的遠東宣教會中台神學院當教師，教授國文和聖經考古學的。想來，他的正義感和人道主義是繼承自父親的。

光復約一年前，他出生的家和養父家都爲逃避戰火而遷住鶯歌鎮。雖爲戰時，在那裡打發過悠閒而又充滿歡樂的少年時代。他自孩提時代就聽說自己是個養子，卻沒有特別感到奇異，常和雙胞胎的哥哥玩。由於感情要好，知道哥哥以九歲病死時的悲嘆是深沉的。

養父是公司職員，但在他中學生時亡故。留下的家族裡，男人只有他，所以就不得不負擔起

陳映眞與深受其影響的父親陳炎興老先生（左），筆者1985年4月攝於台北。

家計。

小學五、六年級時，看了魯迅的《阿Q正傳》，最初只瞭解滑稽的部分，可是隨著成長，就會感覺存在於其背後的，含著盈眶之淚的愛和苦澀的悲憤了。這件事對他來說，就成爲初次把目光朝向中國的契機。

一九六一年，他畢業於私立淡江文理學院（現在的淡江大學），不過在大二時，於同仁雜誌《筆滙》（革新號一卷五期）發表處女作〈麵攤〉。以後便於《筆滙》、《現代文學》、《文學季刊》陸續發表作品。

而由於不幸的事件，不得不折筆七年，但一九七五年被釋放後，重新拾筆，以站在七〇年代現實主義文學的前頭領導著它的情況，開始發表小說、評論。

那年十月出版《將軍族》（受到禁止發行處分）、《第一件差事》（兩本都是台北·遠景出版事業公司出版）。這兩本書都收集繫獄以前發表於《文學季刊》及《現代文學》的作品。翌年一九七六年十二月，以許南村的筆名，出版評論集《知識人的偏執》（台北・遠行出版社）。

像這樣，雖然有過禁止發行的事件，看來像順利的他的作家活動，再呈現緊張的瞬間是一九七九年十月三日的早晨。

那天早上七時，他妻子上班後，他在客廳看著報。突然調查局的人們闖進去，逮捕了他，是由警備總司令部軍法處逮捕的，說是叛亂罪。然而，隨著詢問進展，他們要知道的事就變得清楚了。一件是黨外人士（事實上，在一黨獨裁的台灣，新黨的創立是不可能的，所以指國民黨以外的批評政府之勢力時是這樣稱呼的）和陳映眞的關係，另一件是和蹲在同一監獄的伙伴出獄後的關係，要詢問這些就是他們的目的。

詢問進行了兩天，然後無事被釋放。他將這一時的拘捕經緯寫成〈關於「十・三事件」〉發表於《美麗島》一卷三期（十月）。

家人及衆多朋友，聽到他無事被開釋的消息，心上的一塊石頭落了地。但離這個十月三日僅只兩個多月，就發生了「高雄事件」，據此以推，以「叛亂罪」之嫌，他會再入獄十年或二十年，是輕而易舉的，這眞是叫人不寒而慄。

所謂「高雄事件」就是一九七九年十二月十日於高雄發生的暴動。在蔣介石逃到台灣的一九四九年，全島發佈戒嚴令，一直未解嚴，所以公平的選舉、示威遊行和罷工都是不可能的。然而，從一九七七年左右，黨外人士的活動變得活潑，一九七九年八月發行了機關雜誌《美麗島》。四月曾以雜誌名「聖國」申請，但不被許可，後來便以《美麗島》創刊。這份雜誌成為每期銷售十萬份❼的大暢銷，而於台北以外的各地設立事務局。每當設立新事務局，就舉行紀念集會，一定辦理演講會等，成為黨外人士活動的地盤。每逢集會就從全島聚集多達五萬人衆。和國民黨的對立也越來越嚴重。這時雜誌《美麗島》才僅只發行第四期而已。

傳聞十二月十日，美國的宗教家要來台灣祈禱。這才得知那一天就是世界人權日的《美麗島》關係者，便計劃於那一天在高雄召開集會。十二月八日，台北的黨外人士向高雄聚集，十日，在向場地集會的路上，以未獲准許的理由，和命令停止集會的政府當局之間發生衝突。由政府引入的警察隊，二百名以上包括十四名黨外人士被逮捕。八名被視為主謀者受軍事裁判，被判處無期徒刑到十年之刑，全部都是《美麗島》有關人員。還有三十三名受司法審判，被判六年到九個月的徒刑，兩名判無罪，其他人獲得釋放。受司法審判者之中，有作家王拓（六年徒刑）和楊青矗（四年兩個月徒刑）。楊青矗於一九八三年十月開釋，直到最後為人所擔心的王拓也於八四年九月，終於被釋放。

王拓在獄中也繼續執筆，於八四年九月十三日的《聯合報》副刊發表〈牛肚港的故事〉為題的小說。其繼續，報上寫著將在新近將創刊的雜誌《聯合文學》刊出，我曾期待著，但於十一月一日創刊的《聯合文學》上，卻看不到他的作品。由於在現在的台灣不能發表，好像要自費出版，不，好像要在美國發表，各種風聲流傳著，而到了今年，才出現其答案，就是在美國發行的叫《台灣與世界》的中文雜誌，從第十八期(一九八五年二月號)開始連載。於其開頭的〈我們的苦難是有價值的〉一文中，陳述著不能在台灣發表的經緯。

這小說原本已答應在聯合報系辦的《聯合文學》月刊上分三期連載，但據說由於受到國民黨文工會的壓力，無法踐約，文工會的壓力對聯合報來說是無法抗拒的，所以我對《聯合文學》不抱任何怨懟，毋寧是深感同情的。

且說，到了一九八三年，對陳映眞來說，有兩件意外的事件。

其一就是他的小說〈山路〉獲得《中國時報》的「文學小說類推薦獎」。他自己如是說著：

「我們這一代的作家，從來沒有渴望得個什麼獎的念頭。我們從來沒有計算過自己的小說，能經由什麼途徑或標準換算成金錢，這不是什麼『品德』、『風格』的問題，而是我們成長在一個文學作品根本沒有市場價值的時代，生長在一個所謂文學獎其實是一小撮人內部分贓的時代。

在這個背景下，再加上我在台灣屬於政治上「麻煩」的一個人。一般而言，我的名字和作品，在報上是成為禁忌的。(中略)所以，這次得獎，對我是極大的意外❽。」

在這篇〈山路〉上所處理的題材，也是他感到意外的原因之一吧。

另外一件是自八月到十一月，他受到愛奧華大學的邀請參加「國際寫作計畫」。

陳映眞在此之前申請過幾次出國護照，但都未能獲准。對於那樣的他竟然給予護照，讓他在美國得以和來自中國大陸的三位作家吳祖光、茹志鵑及其女兒王安憶交流。

## 4 許南村的〈試論陳映眞〉

陳映眞以評論家的筆名許南村寫了〈試論陳映眞〉。其中，他如此地把自己的作品予以分期：

從一九五九年到一九六五年是一個時期。在這個時期裡，他顯得憂悒、感傷、蒼白而苦悶。(中略)從一九六五年到一九六八年，他暫時息筆，是另一個時期。這個時期的特點是他的感傷主義結束，而呈現出一種比較明快而又理智的諷刺色彩。

像這種初期作品的挫折感、虛無感、感傷主義是從哪裡產生出來的呢？根據陳映眞自己的分析：

陳映真是市鎮小知識分子作家。

在現代社會的層級結構中，一個市鎮小知識分子是處於一種中間的地位。當景氣良好、出路很多的時候，這些小知識分子很容易向上爬昇，從社會的上層得到不薄的利益。但是當社會的景氣阻滯、出路很少的時候，他們不得不向社會的下層淪落。於是當其昇進之路順暢，則意氣昂揚、神采飛舞；而當其向下淪落，則又往往顯得沮喪、悲憤和徬徨。陳映真的早期作品，便表現出這種苦悶的市鎮小知識分子濃重的感傷情緒。他的父親一代出身於農村的敗落家庭，因著刻苦自修，成為知識分子而向市鎮游移。一九五八年，他的養父去世，家道遽爾中落。這個中落的悲哀，在他易感的青少年時代留下很深的烙印。這種由淪落而來的灰黯的記憶，以及因之而來的挫折、敗北和困辱的情緒，是他早期作品中那種蒼白慘綠的色調的一個主要根源❾。

陳映眞把初期作品再分爲兩個時期評論著，但在這裡，我把自一九五九年到繫獄的一九六八年認爲他的第一期。因爲這個時期的作品以感傷主義貫通著，主題也相似。而在七年的空白之後，七十年代轉移到現實主義文學。

第一期的作品十八篇，收錄於由香港出版的《陳映眞選集》裡❿。這十八個短篇小說裡，除了兩篇，全都描寫著「死」。沒有描寫「死」本身的〈麵攤〉和〈最後的夏日〉兩篇也暗示著沒有逃脫之路的死之前奏曲，是幽暗的。其他的十六篇就是〈我的弟弟康雄〉、〈家〉、〈鄉村的教師〉、〈故鄉〉、

陳映眞以許南村之筆名寫作的文學評論集《知識人的偏執》初版本，遠行出版社，1976年12月，收錄著〈試論陳映眞〉。

〈死者〉、〈祖父和傘〉、〈那麼衰老的眼淚〉、〈加略人猶大的故事〉、〈文書〉、〈將軍族〉、〈淒慘的無言的嘴〉、〈一綠色之候鳥〉、〈兀自照耀的太陽〉、〈唐倩的喜劇〉、〈第一件差事〉、〈六月裏的玫瑰花〉。

這一時期的陳映眞，可以說陶醉於虛無主義裡，愛描寫「死」，但卻作爲追求一種理想的結果，要面臨不可避免之「死」。也就是說，他是面對著採取：理想→虛無→絕望→死（自殺）這種形態之「死」。

〈鄉村的教師〉[11]的吳錦翔，經過戰後將近一年，才從南方的戰地回歸故鄉。錦翔的母親由於兒子平安歸來，又被擢升爲小學教師，覺得高興，內心也得意。他自己當初以類似宗教的心情，要以他能出盡的力量努力貢獻故鄉。然而，過了一段時日，對於自己做著的事看不出力量和希望，又和起因於戰爭中吃了人肉的絕望交織在一起，放棄一切，終於自殺。

〈故鄉〉裡的哥哥，在日本學醫而回到故鄉。他全然無視於賺錢，在炭礦就任保健醫師，晚上也在教會裡工作著。然而父親破產、得病死去的事情，把哥哥改變得像另外一個人。哥哥開賭場，自己也變成賭徒，被人輕視著，落得像活屍般無為地打發著日子。忍受不了那樣的哥哥，「——我不要回家，我沒有家呀！」我說著，選擇了流浪的人生。

在〈鄉村的教師〉裡，宗教性的意義頗為濃厚，要怎樣把罪惡的意識昇華這件事也成為主題。錦翔的自殺也是可以理解的。不過在〈故鄉〉裡，情節的組織不合情理。父親破產、患病、死亡這麼體驗下去，哥哥對突然的變化之驚愕是可以理解的，卻不能讓人感到非得淪落為賭徒不可的必然性。

陳映眞也一直描寫著在台灣的外省人和本省人之間產生的各種問題。他說：

他們在那個渺遙阻絕的故鄉，有過妻子、有過戀人；有魂牽夢縈的親人故舊；有故鄉的山河底記憶；有過動亂的、流亡的、苦難的經歷；有過廣袤的地產、高大的門戶；有過去的光榮和現在的精神底或物質底沉落。交織著侵略和革命的二十世紀的中國，在她從歷史的近代向著歷史的現代過渡時所引起的激烈的胎動，怎樣地影響著遊寄台灣的大陸人——這毋寧才是陳映真對於這些傳奇懷抱著傳奇以上的興味的一個原因吧。⑫

〈將軍族〉裡退伍的外省人軍人三角臉和台灣姑娘小瘦丫頭的故事，即其一例。老退伍軍人和在台灣的鄉村裡長大被賣來私娼寮的少女相識。當上被雇的樂隊員在做著婚喪喜慶的工作中，變得會互訴身世的兩個人，最後，同情互相身世的不幸而殉情。

在〈第一件差事〉裡登場的外省人胡心保，於地位、名聲、圓滿的家庭，沒有一樣是欠缺的。他和本省人而中產階級以上的有錢女性林碧珍有染。雖然從一般社會來看兩人是背倫關係的，可是對於尋找不出生命之意義的他來說，她的存在是安慰，是能打發寂寞的。然而，連那也不過是曇花一現的慰藉，他自殺了。這無可理解的「死」，不是虛無是什麼？

發生在外省人和本省人之間的問題，現在仍根深蒂固，好像不能簡單地解決的。二二八事件以來，本省人對外省人的不信任越發嚴重，事實上存在著；如果自己的女兒說要跟外省人的男性（有很多已經是台灣出生的第二代）結婚，本省人的父母還會反對說：「倒不如嫁給外國人。」退伍軍人的問題也是深刻的，即使在故鄉有妻子、有家庭，但這一輩子能相會的希望是沒有的。於是在台灣結婚，又有了家庭，但生活習慣和價值觀不同猶有話說，還有由於語言不通，連意思的溝通都不如意的。

陳映眞把這些問題作爲外省人的祖國和本省人的祖國都同爲「一個祖國」來把握而想解決的。可是，問題卻不那麼單純。在言論的自由、公平的選舉都不准許的國民黨統治下的台灣，非提倡「一個祖國」不可的必然性是少而又少的。

中國和台灣之間的統一問題暫且不談，台灣的政治、文化、思想，在今後對中國大陸能提供出自中國文化內部的新可能性，想來，中國也會相應地變得多樣化的。然而，雖爲中國人卻是台灣人的意識根深蒂固，也是眞實的。

七年之間的沉默後，六十年代末的明快而又理智的諷刺色彩成爲基礎，產生出七十年代的現實主義文學，是他第二期的來臨。

接連發表〈夜行貨車〉[13]、〈賀大哥〉[14]、〈上班族的一日〉[15]的是一九七八年的事。〈夜行貨車〉的林榮平、詹奕宏、劉小玲三人是在一家外資公司工作的同事。他們卑屈而又阿諛著洋人的社長日復一日地工作著。糾纏著離過婚的劉小玲的社長，她訴之於情人的林榮平（已婚），但他卻顧慮自己的前途，拿不出勇氣來。兩人之間漸漸變得疏遠，她接近詹奕宏（獨身）。不久劉小玲和詹奕宏變得親密，但當他一知道她過去離過婚，就無法原諒她，即使在她懷了他的孩子之後，也沒法融洽。苦惱的劉小玲決心要離開台灣。在她的送別會上，社長說：「我們外資公司是拯救台灣的神，台灣的命運如同在我們的掌心裡。」

聽到這個，詹奕宏的憤怒終於爆發，逼近社長，決意自己辭職。以此爲契機，也就是說，當個人的尊嚴、國家和民族被侮辱時，詹奕宏和劉小玲領悟了兩人該負的共同的命運，心連結了心。兩人坐夜車向南方去，但那裡隱約可見明亮的希望。

包括其他兩篇〈賀大哥〉和〈上班族的一日〉，七十年代的他的作品，那始終閃現於初期作品中的「死」之陰影消失，走向現實主義文學。不像初期似地要描寫幻滅和絕望，而要積極地描寫希望和新生了。

對他初期的一系列虛無的作品，有如下的批評：

那是浪漫主義的色彩濃厚，不把現實的問題在現實之中解決，由於絕望就要自殺，是無法使人理解的。⑯

而且對這個七十年代的作品傾向，又有這種批評：

這些小說，有著共同的現象，就是將美國人和台灣青年的關聯拿到正面，而把台灣人和中國人的關係降到次要地位，看得出，顯然要避免政治壓力的顧慮。這點，對於知道在禁忌的邊緣以台灣人和中國人複雜的心情之瓜葛為主題的過去的陳映真之勇氣的人來說，難免讓人有所失望。⑰

然而，他寫初期作品的六十年代，正是黑暗的時代。很多有前途的年輕人都想只有向海外逃脫才有光明的未來之希望而出走台灣。其傾向直到現在，每年都有數不清的年輕人當留學生或尋求工作離開台灣，而回歸的是少數人，越優秀的越不回台灣，都想在新天地尋找出活路。在那樣的境遇裡，陳映眞凝視著台灣的現實，提倡著無政府主義、人道主義，寫著洋溢著浪漫精神的文章，但越逼視現實，對台灣社會的前途不能不悲觀，面對著自己的內心，無法不走向虛無、走向幻滅的吧。

還有，把美國人和台灣青年的關聯拿到正面，而把本省人和外省人的關係降到次要地位，說是顯然要避開政治壓力等等，這種說法是片面的看法吧。發生於本省人和外省人之間的種種摩擦，是多麼想避免都避免不了的，何況對認眞地憂慮著台灣(對他來說，也包含著大陸)之將來的陳映眞來說，是無懼於政治壓力的。他倒是想把在跨國企業中工作著的台灣人問題，以《華盛頓大樓——雲》⑱作爲連作的第一部，要深深挖掘下去，而正開始充滿熱情地執起筆來的。

在日本談到聞名的現代台灣作家，可以舉出在《莎喲娜啦!再見》裡充滿諷刺地描寫了日本觀光客的黃春明。不過，陳映眞也有對台灣作爲觀光地賺取外滙，以及由於跨國企業(美國和日本為最)造成的消費社會問題的批判。

現在走在台北街上，要發現和東京不同之點是困難的。商品充斥於市，行走街上的人們都盛裝著，年輕人都想從美國和日本的服飾雜誌上的照片採取流行。

進入七十年代，台灣的經濟急速成長。然而那是由於跨國公司進入台灣促成的，在那背地裡，台灣的人們沒有失去的東西嗎？在物質方面變得豐富，就能說我們是眞的幸福嗎？陳映眞如此質問著。

且說，到了八十年代，說到陳映眞的最新作品，可以舉出〈鈴璫花〉⑲和〈山路〉。關於〈山路〉已經談過，而〈鈴璫花〉其實也描寫著五十年代的混亂時代，二者都有意要重新凝視那時代的吧。只是叫人憂慮的是：從七十年代的他作品裡消失的「死」之陰影，重又出現了。這兩篇作品裡有著在二二八事件被處死的人，在那以後的整肅被殺的、死在獄中的人們，還有到了八十年代的現代，猶有拖著戰後的後遺症，如同自殺一般死去的人出現，讓人深深感覺那是多麼苦難的戰後。

香港決定於一九九七年要正式還給中國的現在，接著會不會是台灣？這種不安存在於台灣的人們之心中。另外，急速成長起來的台灣經濟，進入八十年代開始顯出陰暗面了。自退出聯合國爲時已久，由於從國際外交上看來處於孤立狀態的小國台灣的混沌的未來之不安，陳映眞自身之中，是否又萌生起無可言喻的虛無感了嗎？

或者，對於一直期望來自革命的社會主義社會的他，眼看著中國的墮落(?)，連對自我的反省也包括在內，不能不又走向虛無？

雖然除了關切今後的陳映眞之外，別無他途，但即使有著盤結於內心裡的不安和絕望，我殷切盼望著他將那些昇華，創作出如非現在的台灣就不能產生的作品。

## 5 「第三世界文學論」和「台灣文學本土化論」

發生於一九七七、七八年的「鄉土文學論爭」，仍爲八十年代現在的台灣文學之爭論點。一個是「台灣文學本土化論」，另一個是「第三世界文學論」，前者之代表爲李喬，後者之代表無他，就是陳映眞。首先來談陳映眞。

下面，我想用陳映眞自己的話現身說法。

進入七十年代，台灣的經濟急速成長，但陳映眞卻憂慮其繁榮乃是跨國公司進軍台灣，經濟上受支配有以致之的。雖然經濟獲得發展，台灣卻有著類似第三世界的一面。他論說：台灣的問題即中國大陸的問題，雙方的文學也要把握在第三世界文學之中。

談到中國和台灣的分離，過去和現在都有客觀的重要因素。其一就是外來的干涉。日本時代無可奈何分離了長達五十年。其後，美國的干涉——即爲要從其他的體系（指共產主義）防衛世界的資本主義體制——當然作爲國內問題是有共產黨和國民黨難以解決的對立的，不過那也很難說沒有國際政治的重要因素，終於強被分離而固定化的是在第二次世界大戰。結果，形成兩種體系的對立，一切都是外來的主要因素，不是自然的分離。那麼現在怎樣呢？在日本統治時期根據帝國主義、殖民地主義的統治方法，是最最苛酷的。因而被統治者起而抵抗，敵人爲誰總是一清二楚的。這種情況在現在卻難以看出敵人。自稱爲中國人的國民黨，當著美國的——雖則看不見總督和文官的身影——買辦而統治著台灣。美國的目的就是要讓台灣當反共的先鋒。像這樣完全分離的中國和台灣，戰後四十一年之間，各自走了怎樣的路，現在有什麼樣的問題呢？

戰後，新中國不受美國和日本的污染，雖然也許貧窮，卻建立紮實的社會，過著中國人自己的生活方式。誕生了新的國家的行政、新的民衆，帶著堅強的信念實踐社會主義。不，陳映眞是這麼相信著的。然而由於對於那以後的文化大革命的期待和幻滅，以及四人幫的問題等，明白了並不是那樣理想的。問題意料之外的多，不過，中國的過錯，並非單純得將一切錯誤推諉給四人幫而佯裝不知即可的。國家、知識分子和人民，一切都有著責任。和陳映眞同一個想法的人們之中，有些人是一直擁抱著對共產主義的理想而被殺的。一想到這個，中國的墮落就令人倍感痛楚。實際上，他是懷著對中國的期待、希望而入獄的。然而，在中國也有懷著同樣的理想而被殺的人們，所以這個苦惱不只是台灣的，也是全中國的。目前在鄧小平的治理下，表面上是沒有人挨餓的，農民也變得有點富裕，但從理想看來，仍有距離，問題如山。然而正因中國革命初期性的失敗，台灣有革新精神的知識分子和人民，不是產生把它當作一切中國人共同的問題，一起來摸索的可能性的嗎?他關心:今後長期地看來,中國會變成什麼樣的國家?中國的基礎工業和科學比台灣穩固前進,又保持著巨大的經濟力量。中國如果想轉變爲台灣一般的加工出口地區,是能夠比台灣更迅速而且容易實現的。只是解放前在中國的資本主義是小規模的,因而到底對戰後的美國和日本的企業的國際之規模,爲獲得市場的組織力量有多少認識,這點是讓人感到不安的。因而中國應該追求:中國自己認爲必要的,自己設計的現代化,亦即物質上沒有匱乏,而在精神上更有人性的現代化。如果中國採取民主化,把文化能夠實用性地應用,不用說是第三世界,全世界都會受到影響,而對於追求著國家獨立、民族解放的各國一定也會成爲巨大的支持力量的。

他方面,台灣的戰後,由於台灣人大都認爲日本撤回去,中國一來,一切都會好起來,因而嚐到極大的失望。於是本來就存在於台灣的深厚的資產階級,便和因大陸的革命之結果被共產黨趕出大陸的人們,這些恐懼共產黨的具有基礎的人們在一起提倡反共了。日據時代,以抗拒日本帝國主義和殖民地主義的目的形成的左翼運動的人們,在二·二八事件發生後,發行了很多書籍和雜誌。其內容是:不可認爲國民黨代表中國,由於是少數派,所以才被趕走的。國民黨在大陸也迫害著人民,幹了對台灣人加以迫害的同樣事情,不,國民黨在大陸虐殺人民的規模比二·二八事件更加悲慘而又殘酷。然而,因那以後的國民黨的整肅,左翼運動的人們被捕,出版物也被沒收了。國民黨得力於美國支持反共,就大大地高唱了反共。

陳映眞自己的見解是：台灣獨立運動和批判國民黨之勢力的黨外人士的想法，都和國民黨大同小異，是無法接受的，乍然一看，獨立運動、黨外勢力就是反體制，而國民黨即爲體制，可是在以下兩點，卻是相同的：一爲反共，二爲政治理念是右派，都競相要接近美國。那麼看一看資產階級如何呢？是完全和體制結合在一起的。台灣的資本主義在最近約二十年之間顯著地發達起來，隨之資產階級和中產階級也出現。他們雖然沒有政權，因爲和沒有工會活動、示威、罷工權的工人也沒有對立，財富便累積起來。社會、經濟的發展越發使他們離不開政府。亦即政府和資產階級的利益完全是一致的。

台灣現在堆積著的問題，由於上述的重要因素頗爲複雜而又歧路多端。和香港、韓國、新加坡、泰國、馬來西亞、菲律賓等別的第三世界的國家一比，從世界的中心經濟來看，台灣也同爲第三世界。台灣依靠中心國家，在所有的方面都沒有獨立。如果有朝一日，日本突然說不要台灣的東西，而美國的市場封鎖起來，馬上就垮了。從技術、國際的分工來看，台灣不是自己設計、靠自己的推銷網來銷售商品，而是由美國和日本給予規格來製造的。價格也由別人決定，台灣是不能決定的。可是，在國民所得、工業、農業的發達和經濟等方面，和別的第三世界是顯著地不同的。台灣並非眞正有錢，卻造成有錢的「毛錢」。瞧不起別的貧窮國家的人們，用三、四十年前先進國家的人們形容台灣一樣的話來說：「那裡是絕望的，盡是乞丐而又貧困之極。」也就是說虛有其表的大衆消費社會已經形成，它造成文化的貧困。它當然也影響到文學。台灣的人們沒有像別的第三世界的人們有強烈的意識，例如要抗拒新殖民地主義、外來文化、外來政治等的意識。在日本時代裡可以說是有著清楚地抵抗著的東西的，但現在它已模糊而走上物質主義。隨著富裕的社會之發展產生出通俗小說。在中國、菲律賓、新加坡等地是能夠把自己最關心的、煩惱著的問題的解決求之文學，而確保走入消費社會和電視文化影響下以前的文學地位的。

在台灣興起通俗文學，也有其他原因。戰後，是要創造新生的台灣文學最重要的時期，卻不能接觸大陸一九三〇至四〇年代的文學作品。自一九四五年到發生二二八事件的一九四七年之極短暫期間，採納中國近代文學，想要學習它，卻因馬上禁止發行和閱讀，衆多的台灣人沒有閱讀它的機會。不知道魯迅說了什麼？不知道巴金寫了什麼？因而和大陸之間造成歷史的、政治的、思想的斷層。還有戰後四十年來，因為國民黨不但對哲學、社會科學、人文科學，連對教育、文化和出版各方面都加以壓制的緣故，普通話教育尚未十分普及，在一九五〇至六〇年代裡西化大進，充滿貧瘠的翻譯文學。在高度的產業化之中，進行著語言的庸俗化。不管文學是語言的藝術，連那語言都遭到破壞。以上就是通俗文學無可避免地產生的重要因素。於是乎，通俗文學和純文學的辨別也變得困難了。也許那是純文學的水平不高也有問題，雖然不是要全面否定通俗文學，但陳映眞認爲：人要怎樣活著，這種對人生的認眞的態度，最低限度是必要的。

處於第三世界卻迷失於自我認同的台灣今後的課題，就是不要淨追隨美國和日本，而有必要把眼光朝向整個亞洲，應該思考在亞洲的台灣之位置，亞洲其他國家的作家思索著什麼？怎樣看著台灣？台灣和中國的關係怎樣？

以上，根據陳映眞自己的話，整理了他有關台灣和中國的想法，而把台灣文學定位於包含著中國近現代文學的第三世界文學之中，在新的歷史裡面，想要確立把台灣納入中國的所謂「國家意識」，這不就是陳映眞的「第三世界文學論」之意義嗎？

李喬提倡「台灣文學本土化論」，而它和「第三世界文學論」的爭論點，可歸入下列兩點：其一是要把台灣目爲獨立國家，亦即要認識作爲一個單位成立著的現狀，抑或要肯定台灣是中國的一部分的國際之了解；其二想來就是要重視台灣文學擁有的本土性、獨特性，抑或將其定位於整個中國的近現代文學之中？陳映眞顯然認爲台灣是中國的一部分，而要把台灣文學定位於中國文學之中的。

那麼被認爲鄉土文學作家的代表之一的李喬怎樣呢？以其筆名壹闡提寫的〈我看「台灣文學[20]」〉一文如是說著，我認爲頗能闡釋其想法，所以提出來討論：

**所謂「台灣文學」是因為四百年來，台灣這個特定的生活空間，由於它特有的歷史經驗，**

和此地廣大民衆所獨有的處境、苦難、希望，以及奮鬥的目標，於是形成了「台灣文學」這一特異的文學面貌。「台灣文學」終究是中國文學的一部分；正如「中國文學」畢竟也只是人類文學的一部分一樣。（中略）

我們知道成功的文學作品，必然具備其獨有的個性與人類的共通性兩者在。（中略）不朽的作品常常先屬於一個地方，然後才屬於一個國家，進而才屬於世界。（中略）「屬於」的涵義，就是這個時空裡大多數人的悲歡經驗、苦樂寫照、愛恨記錄等。（中略）

至於一個作家，終生所見所懷，所寫的作品都偏於一隅，而又不能由特殊性進入人類的普遍性，那是作家個人的境界問題、智慧問題，與某某地域意識無關。（中略）

所以生活在台灣此地的作家（不分省籍），擁有為人類而文學的胸襟也好，懷著建設「中國文學」的抱負也罷，應自關愛此時此地的社會大衆做起，應自真誠地生活、思想做起，應在「台灣文學」上著力；也就是創作富有「台灣文學」特殊風貌的作品。

像這樣地，他陳述台灣文學終究爲中國文學的一部分。乍看之下，似乎與陳映眞不是相反的想法。還有，李喬好像想說：要論台灣文學，用不著提出政治，說什麼分離主義啦，什麼兩種體制對立啦，這些勞什子來牽強附會。也就是說他是純粹從文學者的立場，要來陳述文學與社會、世界的關係的。只抓住他的話尾巴，就下判斷說李喬本身認爲台灣文學終究涵括在中國文學之中，我想是值得商榷的。李喬的本意倒是在於：

> 青少年時代都生活在台灣中部山村的「我」，「我」的作品必然從「台灣中部山村的生活」出發。「我」是生活在台灣的作者，我的作品必然屬於「台灣」的。因為「我」瞭解本島過去的悲苦血淚歷史嘛！「我」看清此地人間的不平不義嘛！（當然任何時空都有不義不平。但「我」只看清此地啊！）因為「我」愛身邊的大眾嘛！因為「我」就是此地大眾之一嘛！那麼「我」的作品必然充滿「台灣意識」。然則有何不可？

李喬認爲不用說台灣文學，台灣從中國本土於地理上、政治（社會）的境遇上都已被分離，歷經四百年漫長的歲月，建立起獨自的歷史這種意識，不是無可爭辯地存在於他的精神裡嗎？他在開場白裡說：「這在台灣是不許開口的。」之後，堅決地說：「從文學的立場而言，我是台灣主義者，我可以爲台灣人民而寫，也可以爲台灣人民而死！」

對中國大陸，他有著異於陳映眞的見解。李喬對大陸的人們心懷同情；他說台灣還有希望，而大陸卻沒有。戰後，大陸的文化也進入台灣，但它只有作爲素材的價值，如今卻完全喪失了。

任何作家都有理想，拋棄理想，小說就無法寫了。然而要認知事實和理想主義是兩碼子事。對大陸雖然也同情著，卻也感覺著恐怖。像製作陶器時使用的轆轤一般，中國已然不是素材，而要把原來的形式帶進台灣時，說不定一切東西都會在一瞬間被捲進去、被吸收下去的。大陸和台灣的歷史，在中世紀時早就完全不同性質了。隘勇線、大租戶和小租戶，大陸上是沒有的，也沒有墾戶制度。在台灣的械鬥的背景裡有著墾戶的存在㉑。也就是說歷經幾代在殖民地制度下生活的人們的困難，和大陸的困難根本就不同。

李喬認為就是台灣也並非沒有問題，與其關懷大陸，倒不如把眼光朝向自己的生活範圍。他說：由於台灣人在漫長的歷史中，受到大陸、日本、歐美和種種外來的影響，多有「西瓜倚大邊」的心理。到二十一世紀時，台灣將走出什麼路？是令人不安的。

作為結論，李喬為鵠的的所謂台灣文學，可以說本來就是源自生活和本土的，擁有台灣獨自的主體性之文學。即使說的語言是北京話、閩南語、廣東話、客家話、阿美話、排灣話，即使民族也個個不同，只要不是特定的一小撮人的文學，而是要從紮根於住在「台灣」一千九百萬人一切生活的文學來出發。台灣堆積著的問題雖然大，不，正因為又大又嚴重，所以才要正視現實和過去的事實。擺好架勢要從自己的脚下跨出一步。李喬讓人感覺他就是這樣。然後由自己立足的土地出發，要向現代的、普遍的世界文學振翅飛翔。

換言之，不論在日本統治下，在國民黨支配下，台灣作家以之爲鵠的的，不是前近代的傳統文學，而是民主的現代文學。我認爲那不是要把台灣文學僅只定位於中國文學之中，而有必要把它當作除去前近代的要素的，走向擁有普遍性的世界文學的嘗試。

## 【註】

❶ 刊載於《文季》第一卷第三期，一九八三年八月，其日文的拙譯收錄於《三脚馬——台灣現代小說選III》，研文出版社，一九八五年四月。

❷ 五十年代繫獄的政治犯，以一九八四年爲最後，全部獲假釋。

❸ 請參閱復刻版《台灣社會運動史》，龍溪書舍，一九七三年五月，頁七七七到七八〇。

❹ 警備總司令部拘留所約兩年，台東泰源監獄（現已廢棄）約兩年。

❺ 一九八四年於台北，一直未被公開的獄中生活，陳氏告訴了筆者。

❻ 日譯題目《蔣介石祕錄》共十五卷，自一九七五年至七七年四月，由サンケイ（產經）出版。

❼ 引自一九八四年九月十五日，於東京代代木全理連大樓，楊青矗氏以台語題爲「高雄事件給與台灣文學的影響」的演講。

❽ 〈陳映眞的自白〉，《七十年代》一六八期，一九八四年一月。

❾ 《第一件差事》及《將軍族》序文，遠景出版事業公司，一九七五年十月。

❿劉紹銘編，小草出版社，一九七二年。

⓫《筆滙》二卷一期，一九六〇年八月。

⓬〈試論陳映眞〉。

⓭《台灣文藝》革新五號，五八期，一九七八年三月。

⓮《雄獅美術》第八五期，一九七八年三月。

⓯《雄獅美術》第九一期，一九七八年九月。

⓰〈從浪漫的理想到冷靜的諷刺〉，《台灣文藝》革新十二號，六五期，一九七九年十二月的頁一八二。

⓱王育德著《台灣海峽》，日中出版，一九八三年一月，載於頁四十六。

⓲遠景出版事業公司，一九八三年二月。

⓳《文季》第一卷第一期，一九八三年四月。

⓴《台灣文藝》革新二〇號，一九八一年七月。陳正醍日譯〈我看台灣文學〉收錄於《終戰的賠償——台灣現代小說選II》，研文出版，一九八四年七月。這裡引用自李喬原文。

㉑李喬敍述的這裡的史實有誤。例如：存在於台灣的由大小租戶構成的一田兩主制之土地政策，稱呼雖異，卻也廣泛地存在於華中、華南是爲人所知的。

# 陳映眞著作目錄（只列出單行本）

## 一、短篇小說集

1.《將軍族》，遠景出版事業公司，一九七五年十月，後來被勒令禁止發行。
2.《第一件差事》，遠景出版事業公司，一九七五年十月。
3.《夜行貨車》，遠景出版事業公司，一九七九年十一月。
4.《華盛頓大樓・第一部　雲》，遠景出版事業公司，一九八三年二月。
5.《山路》，遠景出版事業公司，一九八四年九月。
6.《趙南棟及陳映眞短文選》，人間出版社，一九八七年六月。

二、選集

1.《陳映眞選集》，香港，小草出版社，一九七二年。
2.《陳映眞選集》，香港，一山書店，一九七九年。
3.《唐倩的喜劇——中國新文學叢書》，香港，香港文學研究社，一九八二年。
4.《陳映眞小說選——台灣文學叢書》，福建，福建人民出版社，一九八三年十一月。
5.《陳映眞作品集》，共十五卷，人間出版社，一九八八年四月至五月。
6.《將軍族——台灣當代名家作品精選集》，北京，人民文學出版社，一九九二年二月。

三、文學評論集

1.《知識人的偏執》，遠行出版社，一九七六年十二月。
2.《孤兒的歷史歷史的孤兒》，遠景出版事業公司，一九八四年九月。

四、隨筆集

1.《曲扭的鏡子：關於台灣基督教會的若干隨想——雅歌文學系列②》，雅歌出版社，一九八七年七月。

第四章／葉笛譯

# 劉大任

## 求新天地於美國的知識分子作家

## 1 流浪的身世

談劉大任的評論等於絕無僅有。在這裡想根據一九八九年八月於台北，筆者採訪劉大任時的錄音帶，介紹他的前半生、文學觀和政治思想，把它定位在當時的文化和政治之中。

劉大任在一九三九年二月五日生於江西省永新縣縣城。他是土木工程師的父親劉定志和母親胡怡之間所生的三男四女的長子。小學到三年級就讀於南昌市實驗小學，四年級上天后宮國民小學。第二次世界大戰後，工作於聯合國機關的「戰後救濟復興總署」江西分署的父親，由於戰後的處理大約已完畢而失業的是一九四七年，劉大任八歲的時候。他父親到南京去，向大學時代的恩師拜託爲其再找工作，結果，老師給他介紹四川和台灣的兩個工作。返回江西，跟妻子商量，「當然台灣呀。大家都從四川逃來，還去四川幹嘛？台灣是新領土，說是寶島哪，趁便玩兒去吧。」就這麼決定，以爲隨時都能夠回來，就把生下來六、七個月的么妹託給親戚，四八年七月到台灣。父親在水利局工作，劉大任編入東門國民小學五年級。然而其後繼續的結果，敗給共產黨的蔣介石率領的國民黨於一九四九年到台灣發佈戒嚴令，禁止和中國大陸往來的緣故，無法再回大陸，和么妹的音信也斷絕了。得以實現與其么妹見面的，卻是二十六年後的一九七四年，在美國工作於聯合國的劉大任利用兩年一次的省親制度，以「愛國華僑」這種身分去大陸時的事情。

六年級時轉到女子師範學院附屬小學。小學畢業後，進入台灣省立師範學院（現為師範大學）附屬小學。當時實驗性地實施著初級中學（等於日本的中學校）四年、高級中學（相當於日本的高等學校）兩年的制度，可以不考試就入學的。在那學校裡認識《浮游群落》的主角之一，像胡浩的革命遺族子弟學校的學生們，也有了朋友。革命遺族子弟學校，原本在南京，隸屬國民黨軍隊及其他機關的人，因戰爭犧牲或殉職時，其子弟得以入學的學校，該校隨著一九四九年國民黨撤退移轉到台灣來。雖然遷移卻沒有校舍，由於政府也沒有建設校舍的資金，就和劉大任的師範學院附屬初級中學合併。學生的年齡好像從初一到高二，參差不齊，但四九、五十年入學的人一畢業，這個革命遺族子弟學校也自然消滅了。

劉大任於一九五六年進入台灣大學法律系，開始對寫作感覺到興趣。當初是寫詩的，朋友也多為詩人和畫家。那些朋友大都洋里洋氣的，也不太有社會意識。其後，他逐漸對中國近代史有了關心，等到讀中國三十年代的文學作品，就認為文學應該負起社會的使命。一九五八年他十九歲時編入台灣大學哲學系。大學三年級時，小說處女作〈逃亡〉發表於《筆滙》革新號一卷十期（一九六〇年二月）為開頭，也寫起散文和詩。

大學畢業後，有將近兩年的兵役，其後約半年在美國系統的企業幹翻譯工作，但應徵美國國務院設在夏威夷的東西方中心獎學金學生，及格，從六二年起兩年之間就讀夏威夷大學。在那裡，主要選修哲學和政治學課目卻未取學位。

六四年先回到台灣，但六六年又告別，這回留學於加里福尼亞大學柏克萊。決心要出走台灣的兩年之間，雖然參加各種活動，卻和陶柱國一樣痛苦著。他曾在美國機關的亞洲學會中文研究資料中心工作，在補習班教過英語，跟伙伴出版過叫做《劇場》的雜誌。其他，也曾投入電影的攝影記錄工作。關係著《劇場》時，也和陳映眞認識。哪一種都不是不快樂的，要學的也不少，但自己眞正要學的是中國近代史，並且很淸楚那是這三、四十年來的歷史。共產黨和國民黨分裂後，大陸怎樣地發展，共產主義是否成功了？這些是他最關心的。爲要學這個，認爲非去美國不可，當然，無疑是要離開台灣的重要因素，可是，如何發展自己，將來有什麼出路，這樣認眞苦惱的結果，才不得不拋棄台灣的吧？出版雜誌也沒有資金，把脚踏車、手錶、西裝等都典當，不絕如縷地維持著的狀態，而那麼辛苦繼續著的雜誌，社會上也不見得重視它，連大學生都不表示關心。設若只不過是孤立的、寂寞的小集團，也沒有信心，只能描畫暗澹的未來。那麼，把希望繫在外面世界也是不足爲怪的。

在這裡，飛往美國的劉大任和留在台灣的陳映眞，有著通往陶柱國和林盛隆的命運之差異。這不是哪種好或壞的單純問題，失去中華民國國籍的劉大任有十七年之久回不得台灣，但在其間也到過中國大陸，看見社會主義國家的現實。他方面，陳映眞於一九六八年被逮捕，身陷囹圄七年，但總之卻從台灣裡面凝視著其變化。我想，這個經驗也就是後來表現在兩人的思想之差異，象徵著台灣知識分子的生活方式似的。只是要到美國之前的劉大任，雖曾出版過雜誌，和互相信任的朋友認眞談論過政治，卻沒有像陳映眞一樣舉行學習毛澤東思想的讀書會，或做過具體的政治活動的樣子。

且說，進入加里福尼亞大學柏克萊碩士課程的劉大任主要學習了政治學。從一般政治學到近代中國的政治，學於查瑪滋・約翰遜、約瑟夫・烈班生、法郎滋・謝曼、羅拔特・斯卡拉比諾等，獲得碩士學位，六八年就進入博士課程。那一年和遼寧出身的李傑英結婚。李傑英從台灣大學社會系畢業後，留學紐約大學，學習電腦獲得碩士，現在擔任銀行的電腦顧問。

進入博士課程不久，圍繞著釣魚台列島(日本稱為尖閣列島)發生政治運動，他成爲在美國的領導人，把學業拋棄一邊，全身投入運動。釣魚台列島保衛運動開始於一九七〇年末，但在那以前圍繞著釣魚台列島的主權，日本和台灣之間成爲問題。由於七〇年九月，美國政府要歸還沖繩給日本時，發出把釣魚台列島也包括在內的聲明，因而在美國的台灣留學生便開始反對運動。其運動於翌年也波及台灣和香港，學生們進行示威遊行。劉大任已獲得博士課程學分，論文只要提出去就行了，但全身投入這個運動後，忙得不可開交，惹毛了指導教授查瑪滋・約翰遜，於七一年被開除學籍。博士論文選擇新中國成立以後的政治結社「民主同盟」爲主題。這個結社在中國近代史上爲知識分子參與政治的罕見之例，其想法也是嶄新的，但結果卻只能在國共兩黨的鬥爭中消滅，他已開始蒐集著有關「民主同盟」的資料卻沒提出博士論文。

丟掉大學學籍的他束手無策了。一九六九年出生的長子曉柏之外，是時次子曉陽（一九七二年出生）正在妻子的肚子裡，還有他在大學裡有學籍時，在大學內的中國研究中心也打著短工，可是隨著開除學籍也失掉其工作，在經濟上也處在苦境裡。就在那時，得知聯合國招募翻譯人員，就去應徵了。錄取決定，從柏克萊遷到紐約是一九七二年九月的事情。於聯合國祕書處中文翻譯服務中心獲得職位的他，首先被派到同步翻譯部門，可是不習慣在狹窄而又黑暗的房間裡工作，後來，希望轉到現在的翻譯部門而獲准改派。這時，由於聯合國不把中華民國認爲正式的國家，擁有其護照的全部要改爲中華人民共和國護照。現在，大陸認他爲華僑，在台灣被視爲流浪者，可是包括台灣在內，要去海外時，因爲攜帶聯合國的通行證，所以沒有問題。

從西海岸搬到東邊的紐約，生活雖然安定下來，卻有麻煩的問題等著他。七〇、七一年旺盛的釣魚台列島保衛運動，在他去紐約時，已經衰微了。紐約也有運動的團體，也有朋友，不過那時卻只剩下積極分子，連日單只論戰，得不到任何結論，互相批評，反覆著衝突，問題一籮筐。而在運動將終結時，積極分子差不多都轉向左派，由於在中國大陸是文化大革命時期，效法文革的政治鬥爭的方法，運動的內部也呈現出政治鬥爭的模樣來了。運動達到這樣的階段，劉大任認爲知識分子在某種意識型態掌控下，把政治運動展開下去是大有問題的，於是逐漸對他們開始批判起來，而他們也對劉大任心懷不滿了。

於是在聯合國工作兩年後，利用兩年一次的省親制度，一九七四年，他飛往中國。在台灣已經沒有籍，因釣魚台運動關係，在台灣名列黑名單，所以就決定到中國了。幼小時，和家族到台灣的是一九四八年，所以眞是睽違二十六年了。

## 2 在中國目睹的理想和現實

在中國轉了廣州、桂林、南昌、杭州、上海、蘇州、南京、深圳等地，街上到處都看得見大字報（壁報之一），住留南昌期間也遭遇到流血事件。林彪雖然已歿，四人幫卻還健在，是文革的鬥爭還很激烈的時期。在美國親自參與釣魚台運動，將其自始至終看過來的他，從走上衰退的內部模樣，對左派和共產主義本身變得懷疑了。而實際上到中國，目睹社會主義國家的模樣，懷疑變成了失望。不只是失望，這十多年來，連自己幹過的到底是什麼？這種自我否定都浮了上來。

要通過表誌著走向中國第一步的機場海關時，已經禁不住失望的念頭了。要如何回應旅客盼望的安全而又舒服的空中旅行的基本要求，這種觀念簡直付之闕如，海關對海關的職員們來說，只認爲是把守的關卡，或防止國家祕密洩漏的場所而已。因而把旅客全都視之爲犯罪者，其態度和對待方式也都是蠻橫的，怎麼也談不上是近代國家。

接著，劉大任相信：在社會主義國家，最基本的原則是平等，卻明白了喜歡將人分成等級。他雖爲華僑，卻以聯合國職員身分踏上祖國大地的，總之受到格外的待遇。拿美國護照的都受到好待遇，可是一輪到香港、澳門爲首的海外華僑就有點差了，受到最苛酷待遇的是住在中國斯土的本國人。那種現象不限於海關，其後到處都看到了。在桂林參觀一個名勝時，那裡是八點開放的，可是在那時間以前，好像來自遠地的一般人都排著長龍。他們一到達那裡，引導他們來的共產黨幹部就把一般人簡直像賤民一般趕開，把他們請進裡面。他感覺：在以社會主義爲立國精神的國家存在著嚴格的等級制度這件事，正是傳統的封建社會的殘餘，不是社會主義精神。他以之爲理想的社會主義國家應該比資本主義平等、合理而又人道的，結果卻不是那樣。不！倒是相反的。

其他，也參觀過工廠和商店，可是看著那管理方法和經營，想到這百年來生產力、經濟發展方面落伍是理所當然的。譬如在工廠裡有一項單純的工程作業，初中學歷程度的人一個就能勝任愉快的工作，在中國卻以十個以上的人來做它。這可以說是長期嚴重的失業問題。設若一個人幹得了的工作派上十一個人，這十個人就像在搶奪一人能儲蓄之財，和失業沒有兩樣。表面上看不見失業者，可是其隱藏著的部分，問題是深刻的。從生產方面看，哪是進步？倒明白在衰退的情況了。

還有在上海參觀過所謂的「少年文化宮」，兒童、學生在課外爲要做科學、娛樂、體育等活動的教育中心，只聽事前的說明讓人覺得卓越極了。歐美的孩子們從學校裡一回家，就只有死盯著電視，誰都清楚，那是會給孩子們壞影響的，但卻不知如何是好。相較之下，中國的少年宮既可完成做爲教育之一環的角色，又是個能滿足娛樂的要求之制度。然而，實在進去裡面，走到一個房間的時候，在那裡孩子們下著圍棋。可是看了棋盤上的棋子兒卻嚇了一跳，劉大任也喜歡圍棋，因而懷著興趣探視了一下，但排著的棋子亂七八糟，連只懂得基本的人都絕對不會那樣排的。換句話說，那只是爲了要讓外部的人們看的設施而已，當他明白這個道理時，受到衝擊。

有過這樣的事，是在故鄉江西省南昌。那裡現在仍有親戚，有一天受到叔叔（父親之弟）工作機關的上司招待。下午四點起，令人難以想像的直到夜晚十點，宴會繼續了六個鐘頭，還端出十八道菜。那宴會之間，叔叔每逢喝酒，就向上司「敬酒」，並不停大喊「毛主席萬歲！如果沒有毛主席英明的領導，就不可能在今天叔叔和侄子再相會了」等的口號。窗戶上從貼著好幾十個孩子們，當他們在吃飯之間，以眼饞的模樣瞧著，讓人覺得心痛。他和那老喊著政治口號的叔叔，有一次去了植物園，窺視四下無人，叔叔暗地裡對他說的是援助金錢啦、想要那種東西啦、替我想個什麼辦法啦，表面上擺出漂亮的，骨子裡卻執著於物質和消費生活。眞正關心的是物質文明，這是昭然若揭的。他發覺：中國是個不能不帶著雙重性生活下去的社會。

以上的事是極少的一部分，其他所見所聞頗多，對中國感到了幻滅。話雖如此，並不是馬上就變得批判的，當初他想：問題不在中國而是在自己，照馬克思的理論說存在是會接近意識的，如果自己的意識是資本主義社會所形成的，那麼自己的意識型態和精神也都完全浸淫在資本主義裡，而以其意識來測量社會主義的社會眞是不公平的。同時，由於自己長久住在美國，也許和中國人本來擁有的傳統的民族感情發生了隔閡，變得難以理解等等，他在自我內心中的鬥爭、糾葛繼續了一段時期，自己折騰著。

和那時得以見面的公妹，那以後也照常來往著書信，經濟方面的援助至今還繼續著。

回到美國，向親友投擲了在中國的經驗和對社會主義思想的疑問，可是在釣魚台運動裡一起走過來的朋友等，由於仍對左傾思想懷著希望，便不同意他。別說是贊同，他還被貼上修正主義者的標籤。因為他在自己長年傾注心血、描畫理想的社會主義社會之中看出矛盾，所以苦悶著今後該如何活下去才好？可是還受到來自朋友的批判，怎麼受得了呢？

那時候，聯合國要在非洲的肯尼亞設立環境計畫署，招募中國語人材。他知道那件事，馬上應徵，和妻及兩個兒子一起遠赴肯尼亞的首都內羅畢，時在一九七六年三月。就在那裡過了兩年半，從政治污染逃開，精神也變得舒適。蘭花的栽培等，對其他趣味也發生了興趣。同時，一點一滴變得能客觀地自我反省也包括在內，將直到現在的事情加以凝視了。孩子們都上了在肯尼亞的國際學校。

在內羅畢的七六、七七年陸續發表對中國批判的文章。接受香港雜誌《七十年代》的「自由神下」專欄，以金延湘的筆名寫評論。他覺得使用本名還危險，寫評論主要就用金延湘。就這樣，對文學的興趣又抬起頭來，《浮游群落》的構想成熟了。在非洲生活著，鄉愁之念漸深，特別六〇年代在台灣的朋友，他活過來的人生令人懷念，想把它寫下來。

費了心血寫好，卻沒有出版的希望。在台灣要出版這種小說危險還是太大；可是，在台灣以外之地出版也沒有意義。既然不能在台灣出版，他就決意先在能出版的地方出版，將來再在台灣出版。於是決定先於香港的《七十年代》連載，自一九八一年十月（第一四一期）連載到八二年九月（第一五二期）之後，由臻善文化事業公司於八三年出版單行本。其後，在台灣也開始受到注意，可是在台灣幾經周折決定出版的是一九八五年六月（遠景出版社）的事情。自從動手寫足足經過七、八年歲月，好不容易才能讓自己心願的台灣讀者欣賞它了。據說是心懷悸怖出版的，卻沒有特別發生問題。在香港出版的一九八三年，就是到美國足足睽違十七年才暫時回台的，值得紀念的日子。台灣有雙親、兩個弟弟、兩個妹妹，是比出生的故鄉更可懷戀的地方。同時他也想親眼確認：經濟、社會、政治的發展是否像大衆傳播所報導的，不過黑名單上有名之身是危險的。於是，向駐美國民黨政府官員提出：自己的歸台不要在報上報導，不跟國民黨談判等的條件，等對方答應這些才開始辦理到台灣的手續。他拿聯合國護照渡台，不過對方遵守約定，未曾干涉一切。

台灣的變化，尤其經濟發展方面，有令人刮目相看的地方，但與此相反，社會和政治的落伍，卻令人想起六〇年代的景象。這次約待了兩個星期，但後來就以每兩年一次的比例回台。八五年約逗留一個月，他把這將近二十年的思念以及在台灣感覺到的事情等，寫成〈台北一月〉❶。他在文中嚴正地警告著：物質慾望、聚財術、新興宗教、風水、占卜等橫行的社會所暗示著的，到底是什麼？占人口一半以上的一九四九年以降出生的新世代的台北人應該認眞思索。當然，即使政治落伍，卻也有成立反對黨的徵兆等，朝著健全的方向一點點在發展著，各種社會、消費者團體也在成立。報紙爲首，大衆傳播禁忌也正在消失，政府容忍的程度也緩和許多，像六〇年代被壓抑的感覺逐漸在淡化。然而劉大任擔憂：比之其他的，看著單只突出經濟發展的台灣社會，無論如何總叫人覺得缺少了什麼！拿文學來看，現在的年輕人和六〇年代比較，也許的確頭腦是好的。他們對爲一個概念、一種理想拋棄自己的一切的世代等，好像嗤之以鼻，而把文學當作成名的手段。一有文學作品的有獎徵募，就看審查員的成員，檢討他們喜歡什麼傾向，然後去寫迎合其傾向的。如果那樣做，被選上的可能性也就高。如被選上，也就是成名的機會，賺錢也就變得容易。事實上，擔任文學作品的審查就能看出這種傾向。

## 3 《浮游群落》及其時代

劉大任的代表作《浮游群落》是以一九六〇年前半的台北爲舞台的。從其周遭的政治情況介紹，從劉大任進入台灣大學的一九五六年到離台的一九六六年之十年間，對年輕的知識分子來說，台灣正是令人窒息的黑闇世界。由於國民黨進行嚴厲的言論統制，報紙和出版物不消說，連大學的講議內容，一切知的活動行爲都被限制著。不只是發言的自由，連能學習的都被限制著。在那種環境中，對於憂慮中國的將來的探求心旺盛的年輕人來說，充其量瞞著當局的監視創設研究會，偷偷閱讀被禁止的共產主義關係的書籍，或做討論而已。就是對台灣失望，想到海外留學都是不如意的。台灣經濟以農業和來自美國的援助爲基盤，但國民所得和歐美先進國家離得太遠，所以留學之路，除了富裕家庭的子弟，要是拿不到留學國家的獎學金等資金援助，對一般人來說是可望不可及的。同時，要做留學生離開台灣，還有台灣方面嚴格的學力測驗，能夠突破這些難關的人占全部知識分子數目的比例極少。和現在誰都能到海外留學的時代有雲壤之差。

在中國大陸和共產黨打內戰敗北，一九四九年撤退到台灣的國民黨，雖然把中華民國政府遷移到台灣，卻對來自人民解放軍的「解放台灣」深懷危機感。翌年六月爆發的韓戰，對國民黨成爲拯救之神。因爲美國讓第七艦隊出動到台灣海峽，對中華民國重新開始大規模的援助，以建設對中共的前線基地為目標。在蔓延世界的東西冷戰中，台灣被組織到美國一邊，兩個中國，亦即中共的中國大陸和國民黨的台灣之對峙呈現長期化。於是，為繼續獲得美國支持，對外宣傳為「自由中國」，其實內部政治是和民主主義無緣的，道地的獨裁體制。

被趕到台灣的國民黨有名正言順的大義：我們中華民國是由選舉被選的代表中國的正統政府，是繼承中國文化傳統的唯一政權，以武力稱霸中國的共產黨不過是賊而已。為要「反共復國」，在台灣建設巨大的軍事基地，並且誇下海口說：不久就要奪回大陸。這個政治的正統性是根據一九四七年制定的「中華民國憲法」以及照其憲法於四七、四八年選出的議員構成的政府。在「中華民國憲法」裡，雖然保證著「民主憲政」，可是在和中共內戰激化裡，於四八年四月第一屆國民代表大會上，對中華民國總統已然授予不被憲法規定拘束，可發佈防備非常狀態的「緊急處分令」的權柄。越四九年五月二十日，於台灣施行戒嚴令，足足到八七年七月十五日解除，繼續了三十八個年頭。這一段期間，不承認新黨的結社，對共產主義的共鳴，報紙增加頁數等，統御政治和言論。同時，為要實施戒嚴令，台灣省警備總司令部及其他情治機關張開了監視國民的政治活動之網。如果對國民黨提倡政治異議，就會在戒嚴令的名目下被送去軍事裁判，其行動目的被斷定為要推翻政府，被處叛亂罪的。這就是蔣介石、蔣經國父子獨裁體制的根據，也變成大大制約台灣的思想和文化的規定。

一九四九年一度退出總統地位的蔣介石，五〇年三月一日又就任總統，即時命令其長子蔣經國就任統括特務的重要職務——國防部總政治部主任兼總統府資料組長。蔣介石一方面以與自己合作的軍人和親信爲中心，重新整編國民黨內部權力，另一方面，讓其長子進行自情報和治安到國民黨及軍隊的掌控，培養新體制的基盤。同時，

《浮游群落》在台灣的初版本，遠景出版事業公司，1958年6月，其裝幀象徵著暗無生路的60年代。

蔣父子又巧妙地利用戒嚴令，一掃反對勢力提高了新體制的威信，樹立了若林正丈所說的「權威主義體制」❷。國民黨本來就不是團結得堅如磐石的。從在大陸的時代，國民黨裡面就存在著自右至左各色各樣的政治人物，但遷移到台灣以後，蔣介石就把左派和反對他的一夥人扼殺了。始自一九四九年五月繼續到五十三年末的清共，清除了台灣島內的共產勢力，通過五〇年代，把認爲有威脅的軍人和國民黨員構罪陷害，逮捕了認爲可疑的一般市民。台灣眞的變成了恐怖之島。

在《浮游群落》裡，這種政治氣氛醞釀得頗爲逼眞，對蔣父子獨裁體制進行批評的雷震等的逮捕，即所謂「自由中國事件」也登場著。雷震呼籲五四新文化運動推動者之一的胡適，於一九四九年創刊雜誌《自由中國》。他們經由這個雜誌主張憲政的確立、言論的自由、司法的獨立、地方自

治的確立、反對黨的成立等。而六〇年八月二十七日，終於發表要結成反對黨的中國民主黨，可是以窩藏中共間諜的罪嫌，雷震被逮捕，新黨的創立挫折了。這對於包括劉大任在內的知識分子一定是巨大的衝擊。

然而，雖然在這篇小說裡沒有提到，可是政治課題還有別的。那就是占台灣人口大多數的本省人所處的境遇。本省人就是第二次世界大戰結束的一九四五年以前遷居台灣的漢族，四五年以後，從中國大陸新搬來的人們叫外省人。這兩個漢族集團之間，以四七年二月二十八日爆發的出自本省人反國民黨的暴動，所謂二二八事件為界產生了深溝，它一直存在到現在。原因是鎮壓這個「暴動」的國民黨軍隊，不分皂白殺死了多數的本省人，而又在後來的鎮壓裡，毫不容情地把日本殖民地時代受過高等教育的本省人主要的菁英消滅了。台灣在從日本的殖民地變為中華民國領土的一九四五年以後，國民黨不讓本省人菁英擔任重要職位，在二二八事件裡由於失踪、暗殺，或亡命島外，其菁英的數目顯著地減少了。殘存的在一九五〇至六〇年代裡被恐怖威脅著，不得不沉默。因此要提倡本省人的立場不會成為公開的政治課題。在五〇至六〇年代裡，主張本省人的政治要求的，只有在海外微弱地舉起小旗的台灣獨立運動而已。《浮游群落》裡雖然也看得見「台灣獨立」、「二・二八」這些詞句，但也僅止於此。

因之，劉大任小說的框架、構思上，未曾反映本省人的政治處境這一點，可以說詳細地表現著他做為外省人的知的環境。劉大任並非不明白本省人和外省人的不和睦。小說的登場人物都個個給予像個本省人和外省人的名字，動作和服裝，本省人和外省人也都描寫得讓人一看便知道的。然而，在劉大任的描寫裡，外省人和本省人都一起憂慮著中國的將來，參加著同樣的政治運動。像這樣的，雙方都不拘泥省籍，進行著知性的活動現象，可以說先於現在的台灣外省人和本省人的年輕知識分子都在一起參加黨外運動和獨立運動的現象，令人覺得興味無窮。

原題《浮游群落》說的是浮游生物，plankton之意。因胃潰瘍住院的陶柱國，出院後，獨自經花蓮南下東海岸，途中，從大客車的窗戶眺望太平洋的情景。起初看來只是廣大無涯而缺少變化的汪洋，可是一經注視著便知道色調有濃淡，他發覺那是浮游生物造出來的顏色變化，便想像著：在海面下靜靜而又激烈地發生著食物連鎖。陶柱國想：將自己換進去看，人的社會也同樣反覆著弱肉強食。

換句話說，劉大任想說的是：把當時的整個台灣社會看成食物連鎖的話，所謂知識分子是不足取，沒有價值的，成為犧牲都無所謂的，像浮游生物一般的存在。

從各章的題目，各個六〇年代的台灣就會浮彫出來。〈夜鶯〉是有模特兒存在的。台北新公園旁邊，現在還有的「田園」音樂咖啡茶室就是。只是如今卻變得像情侶茶室，古典音樂還能聽到，但不復有昔日的面目。夜鶯說的是夜晚以美妙的聲音鳴叫的nightingale，象徵夜夜聚集著暗地裡活動的年輕人。其意含有雖是祕密的，但做著相信是正道的事情，和夜鶯的歌聲一樣美好。《同溫層》當然指著大氣圈中溫度一定之層的詞語，但含有思想和要走的路相同的近乎同志之伙伴互相取暖的意義。聚集到胡浩家的年輕人未必全是志同道合的，有時也會激烈吵架，但能夠那樣，還是以心相許的朋友才能那樣的吧。同時，也讓人感到我們就是知識分子，跟別的畫線爲界的自負。

〈小白船〉是五〇年代在大陸流行的童謠，但劉大任說：唱它對外省人胡浩、楊浦、洛加、圖騰、葉羽、方曉雲等來說是鄉愁，對本省人林盛隆、呂聰明等來說，有著對國民黨抵抗的意義。〈銀色聖誕〉如象徵著美國回來的羅雲星一般，對當時年輕的知識分子來說，我們可以明白：西洋文化是一件大有關心的問題。《浮游群落》通篇充滿著歐美的畫家、音樂家、哲學家之名。那裡顯露出從一九六一年末熱鬧過台灣文化界的，圍繞著中國傳統文化和西洋文化的論爭。播遷台灣的中華民國政府做爲代表中國唯一的政府之正統性，主張我們才是「中華」傳統文化的繼承者。本省人在日本殖民地時代濃厚地受過異民族教育，爲要消除它，政府透過教育強調中國的傳統文化，島內文化界裡它也占著強勢。就在這樣的情況裡，六一年十一月在台北舉行的國際會議演講席上，胡適講解：「對現在的中國來說，否定古老的東洋文明，接受來自科學和技術的近代西洋文明及在其根底的精神價值才是必要的。」該發言成爲契機，台灣島內湧起贊成與否定❸。

〈子夜彌撒〉含有自己的信仰（也可以說是理想）在台灣這個社會裡絕對不被接受的人，對於在社會的保障和保護下的人之信仰心懷反感之意。

〈串串紅〉的紅象徵著共產主義，〈藍色的燈罩〉的藍象徵著國民黨。デイゴ（deigo）中文叫「刺桐」，日本名叫「ハリギリ」或「シトウ」，讀作「梯枯」（deigo），是琉球方言，也是琉球的縣花。高達十五米，開緋紅串狀花，葉子爲心型。「串串紅」是劉大任命名的。在〈同溫層〉裡，主人的胡浩和林盛隆、余廣立認眞談論著政治。菸草的烟濛濛地昇騰著宛如小原子彈的蕈狀雲，他們的話也孕育著炸彈一般的危險性。不過，呼地一吹，烟倏忽就消失得無影無踪。最後上升的烟全都被藍色的燈罩吸進去，無法逃走別處。其意含有不管反動分子怎樣挑起騷動，結果還是在國民黨手中被壓制。眞的，就在三人中的一個就是國民黨的奸細。

〈夢的製造廠〉指美國的好萊塢，由於製作電影就像製造夢的工廠，其中意含台灣知識分子對實現夢想的希望。

〈春暖鞋街〉是在台南的地名。一到春天，布鞋底也會感到暖意，可是在這一章裡是羅雲星從來自美國的小姐蘭西對台灣的舊東西表示興趣的事情獲得啓示，終於發現和陶柱國及林盛隆完全不同的在台灣的活路。

〈壓箱底的旗〉說的是五・二四事件時，林盛隆也在襲擊美國大使館的人們之中，大家撕破了拉下來的星條旗，那時把旗的一顆星偷偷帶回家，收藏在箱子裡。陶杜國想起那話，偷偷地在心裡發誓：自己雖然就要離開台灣，可是和林盛隆心的交流，以及他的旗子之事，要收藏在自己的箱子裡去美國。這與劉大任自身有關，自己去美國，像不久便投身釣魚台列島保衛運動一般，打算要寫《浮游群落》的第二部，他想在這裡作為陶杜國深入政治運動的過程預設伏線。

〈閃著金光的遠方〉是前面〈小白船〉之歌的一節，它含有兩個意義。閃著金光的遠方即指美國，有著陶杜國現在就要動身往美國之意，另一個是指著革命的結果，完成了解放人民這件偉大事業的輝煌燦爛之祖國。

《浮游群落》裡主要描寫著六○年代中葉在台灣的知識分子的思想和行動，但主要人物可以舉胡浩、陶杜國、林盛隆。胡浩是外省人，十三、四歲時，隨著革命遺族子弟學校從南京來到台灣，孑然一身，現在是大學助教，比出現在小說裡的伙伴大一、二歲，約二十五、六歲。陶杜國是外省人，父親是大學教授，本人在大學裡學哲學，畢業後服完兩年兵役，也沒有固定的工作。林盛隆是本省人，中學教員，已有家庭。三個人都是同人雜誌《布穀》的伙伴。「布穀」有播種之意，原因是杜鵑的叫聲，有著在春天告訴農民播種時期的傳說，這裡想來是含有散播革命種子之意命名的。雖說是同人雜誌的伙伴，卻並非擁有同樣思想的同志。和《布穀》要對立的模樣的，還有個叫《新潮》的同人雜誌。其中有外省人楊浦、洛加、本省人的柯因、許英才等。而分不清屬於哪個雜誌的，還有兩邊都露臉的外省人超現實派詩人圖騰，和同爲外省人的葉羽、本省人的呂聰明。這兩種雜誌乍見似乎對立，其實不然。當時大部分的知識分子對於「組織一個團體，具體地要推動什麼」這種意識不高，只是想法和年齡相似，時常在一起行動的伙伴，其中有人說「我們是布穀」、「我們是新潮」而結成組織的，卻也有雖然有那樣的組織，哪邊的活動都不參加的。同時，即使組織起來，並不就有正式的會員制，不過出入自由的聚會而已。

所以胡浩、陶杜國、林盛隆，當然是重要的柱子，投影著劉大任本身的無疑的就是這三個人。然而，把後來經歷的命運和登場人物分開來一看，成爲故事中心的三角關係的胡浩、陶杜國、何燕青就會浮上來。他們也就是六〇年代中葉，台灣的年輕人所經歷的命運之代表和典型。看來六〇年代的台灣社會是停滯著的，煞像無可救藥，但對年輕人來說卻有著突然會蠢動起來的預感。正當面臨經濟要起飛，不知道社會將會怎樣變化，但年輕人卻有什麼東西會有所變化的預感。其一是《布穀》和《新潮》，自然《新潮》比《布穀》是眼光轉向西洋的，但兩者共同的即自己是繼承中國五四運動的傳統，士大夫傳統的知識分子這種意識，陶杜國代表著它。他在最後求新天地於美國，離開了台灣。

另一個是對中國共產黨抱著理想的林盛隆的地下組織，不只是讀書會，還潛入勞動者之中煽動，要進行罷工，但結果卻被逮捕繫獄。這個組織裡有外省人吳大姐，本省人呂聰明、蘇鴻動、王燦雄等。胡浩起初並不積極，可是結果被拖入組織，落得和他們同一命運。

第三個集團是以羅雲星為中心聚集的，其目的是趁將來的台灣經濟發展，想要振興事業。能利用的，能準備的，連國民黨的黑後台都讓他上台。就國民黨來說，年輕人要在這方面發展是大為歡迎的，所以不惜支援。這個集團把台灣將來要發展的方向抓得最正確，也許可以說他們是勝利者。羅雲星帶著扣緊現實的目的，認為所謂文化，不是像向來一般知識分子們議論著、出雜誌的，他把自我變成一種商品，毫不介意地出賣其商品。可以說是現實的新型人物。《新潮》的代表楊浦也加入那個集團，何燕青也受到強大的影響，不久便走向那個方向。羅雲星和何燕青都是外省人。

最初只是聚集在一起議論和研討的伙伴，可是走的路和命運卻一點點分歧了。於是就走向三種不同的發展，而它就降臨到處於三角關係的胡浩、陶杜國和何燕青各人身上。

在這裡，雖然逐一寫了「這個人物是外省人」、「他是本省人」，可是在這篇小說裡那是不太有關係的。對劉大任所想的當時的年輕人來說，因為外省人，所以思想一樣，因為本省人，所以背負著相同的命運，這些似乎是不怎麼放在心上的。只是一想到台灣獨立的思想、原住民的事情不太出現，也許可以說：小說裡所描寫的，是徹底地從一個外省的年輕人所看的台灣。

不過，登場人物的名字、動作和服裝，個個都表現出外省人、本省人的特徵，讓人佩服其觀察的周詳。但圖騰不是姓名而是totem pole的totem的中文譯名，由於是超現實派詩人，所以用筆名通用的吧。還有小說中，六〇年代的氣氛很濃烈地磅礴著，令人懷念。譬如〈藍色的燈罩〉中，出現「猛K英文」這句話。這是學生用語，意爲「拚命用功英文」，「K」就是「啃書Ken shu（用功讀書）」的「K」。筆者留學的七〇年代初，台灣大學附近也有幾家掛出「K書中心」的舖子。那是只要一杯咖啡，讀幾個小時都無所謂的咖啡店，沒有大聲吵鬧的人，那是一個累了就睡它一個小時、再起來靜靜用功的地方，各桌枱上都還裝著桌燈呢。

## 4 和陳映眞的爭執

「我不把自己認爲專業作家、公務員、政治家，或社會活動家。那是好是壞，另當別論，我一向把自己認爲是知識分子。如果是知識分子就不能不堅持兩件事。一件是任何場合都要站在民間這一邊，另一件是自己絕對不當政客。我想，由於這樣，可以做社會批評家，要寫作時，可以恆常保持客觀的心情。但是，陳映眞是不一樣吧。他把自己當做政治人物、社會革命家，所以假如他要去中國，就考慮能否和那邊高階層的重要地位人物見面這一點，一定要腐心於使將來在台灣自己的政治立場變得有利。知識分子怎樣？農民和勞動者怎樣？這些事他並不想知道吧？我想，這就是兩個人不同之處。」

這是筆者採訪劉大任時他說的，在六〇年代裡，一起對共產主義抱著理想的兩個人，二十年後會做這種批判性論評，正像暗示著兩個人走過來的命運。

出現在他話裡的陳映眞是代表台灣的作家之一，著作有十五卷的《陳映眞作品集》❹同時也是自一九八五年十一月到八九年九月的四年間，編輯和發行報導雜誌《人間》月刊共四十七號的人物。在《人間》雜誌上用很多照片，從眞正面專心致志於社會問題。在台灣那種雜誌是等於絕無僅有的，所以現在停刊，委實叫人覺得可惜。

居住於紐約的劉大任，有時會歸省台北的母親住處，筆者1989年8月攝於台北。

曾把自己說成「不過是城鎮的知識分子」的陳映眞，恰如上面劉大任所預測的，一九九〇年二月以台灣「中國統一聯盟主席」這種簡直像政治家的頭銜訪問了中國。和中央總書記江澤民在人民大會堂見面爲首，實際上，始終從事著政治性活動，也被大陸的報紙報導過。這些事情在大陸發行的月刊雜誌《台聲》一九九〇年第四期（總第六十六期）有詳細的報導。

《浮游群落》中的林盛隆，雖然不說是陳映眞，但這作品抽掉劉大任和陳映眞的交流就差不多不能談似的，兩個人有深厚的關係也好像事實。我想多少談談如今已不再親密地交談的他們倆的過去。

兩人相識的是一九六五年，攜手編輯同人雜誌《劇場》的時候，陳映眞多兩歲，是二十八歲。那以前頂多在《浮游群落》的夜鶯咖啡店的模特兒「田園」確曾見過，卻不是熟稔的。互相認識之後，變成文字以外也談政治的朋友。要無忌憚的談政治，若不是互相完全信賴，沒有作爲同志的心情，在當時是不可能的。兩人雖然這樣以心相許，劉大任卻沒有參加陳映眞參加著的學習毛澤東的書籍和共產主義思想的讀書會。劉大任當然知道那種讀書會的存在，也許陳映眞有勸誘劉大任的意思，但結果卻沒有向他打招呼。

後來，六六年劉大任去美國留學，陳映眞於六八年以叛亂罪被捕。不過，陳映眞被捕，其實劉大任說不定也有關聯的，劉大任自己這樣回想著。在他留學的加里福尼亞大學柏克萊有比較文學的陳世驤教授。他愛護年輕人，也對劉大任很好。六七年的聖誕節，受招待到他家裡一看，愛奧華大學的聶華苓也在場。當時聶華苓擔任著主持在愛奧華大學每年舉辦國際作家講習會(International Writers Workshop)的保羅・恩格爾教授的助手，那時偶然向劉大任提起：「明年要招待台灣作家，給我推薦人好嗎？」劉大任即時舉出陳映眞的名字。那以後，保羅・恩格爾對他說想要讀譯成英文的陳映眞作品，因之劉大任就把《蘋果樹》❺譯成英文郵寄給他。恩格爾一讀就即時決定明年要邀請的就是這位作家。

於是助手聶華苓開始直接和陳映眞連絡。聶華苓不知是不熟台灣的事情呢？大意地開始給陳映眞郵寄歐美左派的書籍。那時候，陳映眞在一家美國系統的製藥廠工作，當局命令那裡的司機要把有關陳映眞之事逐一報告。司機將這件事向陳映眞傳達，所以他已感到危機感。就在那種時刻，卻從美國給他寄來左傾的書籍，所以使他慌了起來。他經由在台北的美國學校之朋友隆・黑頓給劉大任寫信。美國學校有時可以行使外交特權，可以不受郵件檢查，向外國寄信，因而就依靠了這個方法。內容是希望聶華苓立即停止寄書來。曾經有過這樣的事，所以劉大任自己有著：陳映眞處在危險環境的預感。那年，一九六八年的七、八月預定去美國的陳映眞在給劉大任寫信不到兩、三個月的六月被捕，落得要在獄中足足打發七年歲月。知道這件事的劉大任連絡保羅・恩格爾，恩格爾拜託已經退休的著名政治家黑爾曼・阿維兒，阿維兒在國務院著手想辦法。可是國務院認爲這將成爲干涉內政，不伸出救援的手。於是恩格爾拿定主意，如果那樣就從美國送律師到台灣，要求公開審判，因爲陳映眞已應允愛奧華大學聘請，可以說就是我們的人。結果報上也報導出來，雖然審判拖長了時間，如果在五〇年代就要死刑的，由於也有來自美國的壓力，判決了十年有期徒刑。

陳映眞在獄中的期間，劉大任如已說過的在加里福尼亞大學研究政治學，投身於釣魚台運動，也親眼確認了中國的現實。在大學裡，特地學習中國近代史，但學校裡右傾的、左傾的教授也都有，對中國近代史和馬克思主義也都會做不同的詮釋。不知學問上的那種訓練是否也影響了劉大任，結果他的思想大爲改變；但未曾獲得那種機會的陳映眞，不知是否僅能以本來他接觸而相信的方法來看各種問題呢，看不到他的想法有很大的變化。

一九七五年蔣介石死亡，被判十年徒刑的陳映眞因大赦出獄，以政治犯繫獄七年的他卻由於蔣介石死亡的特赦被釋放，說來眞是諷刺。聽到陳映眞出獄之消息的劉大任，作爲曾懷抱過同樣理想的朋友，對其理想帶著很大的幻滅和疑問的目前之心情，自己有責任第一個告訴這個在獄中不知思索著什麼，如今又怎麼想的朋友。

於是劉大任決定把陳映眞的小說〈我的弟弟康雄〉那以後寫成小說來獻給他。這樣寫出來的就是〈長廊三號——一九七四〉。在〈我的弟弟康雄〉裡，陳映眞描寫的主角是以十八歲自殺的安那其主義者康雄，藉著姐姐說的話，寫著自殺的情況和康雄的思想。姐姐原本有個畫家的情人，結果她嫁給有錢的男人，那位畫家絕望的故事。繼續了這個故事的劉大任的〈長廊三號——一九七四〉裡，那位畫家離開台灣到巴黎，後來轉到紐約。他在巴西的聖保羅舉行的國際美術展入選，看來好像前途未可限量，卻逐漸淪落，終至於自殺。題爲長廊一號、長廊二號描畫長廊的作品，獲得很高的評價，可是在死後被發現的長廊三號裡，不知是否由於精神變得異常，畫著好幾百隻蟑螂。並不是命名著長廊三號的中文畫題，而是畫布後面用英文寫著「Chang Lang──No,3」。「長廊」和「蟑螂」，在韋特式羅馬拼音裡是以同音標記的。

在這篇小說裡，劉大任想告訴陳映眞的是兩個人一起描畫在心上認爲美的〈長廊〉，其實是誤解而已，眞實的情況是醜惡的〈蟑螂〉，它當然指的是共產主義。副標題是「獻給一別以來十年的然而君」。「然而」就是陳映眞把〈我的弟弟康雄〉發表於《筆滙》(一卷九期，一九六〇年一月)時所用的筆名。劉大任把〈長廊三號──一九七四〉以屠藤的筆名發表於《現代文學》(復刊號第四期)的是一九七八年。看了〈長廊三號──一九七四〉，陳映眞的反應只是經由朋友告訴劉大任「太悲觀了」這一句話而已。

他們兩個人睽違十六、七年在台北見面的是一九八三年。在劉大任短暫的逗留期間內見了兩次面，最初互相擁抱著流了眼淚，但聽著劉大任說一九七四年和七七年訪問中國大陸的印象，聽著聽著，陳映眞表示不愉快就離席走了。第二次除了陳映眞之外，黃春明、尉天驄、王禎和、唐文標、楚戈、商禽等都在座。劉大任說，在那些朋友之前，心裡相當複雜，但也只好告訴他們自己親眼看到的大陸眞相。

由上面的敍述可知，劉大任和陳映眞的交流，不但是要知道六〇年代台灣年輕一代的意識、思想、行動的可貴資料，同時還和小說《浮游群落》的誕生大有關係。

要出版《浮游群落》日譯本，約譯完三分之二時，我在台北和作者劉大任見面的是一九八九年八月二十九日。他預定七月初從紐約飛北京，約逗留一個月後到台灣，所以我打算配合他到台灣。那是五月三十日的信函，接著接到信的日期是七月十日，其間發生了「天安門事件」。信裡寫著：

> 北京的大屠殺也傳到國外，叫人無限痛心，看來好像面臨著有希望的情勢，卻像這樣蹂躪了人命。對中國人的政治見解，現在我非常懷疑。

結果，他取消大陸之行，從七月末到九月初，住在台北母親的地方。

我和劉大任見了四、五次面，從小說裡的語句到六〇年代的台灣的事情，老纏著他問，可是他卻一點也不顯出討厭的臉色，熱心地替我解答。後來，我又以書信質問了一大堆問題，他也一一懇切爲我回答。對此，我是衷心感激，要向他道謝的。

長篇《浮游群落》的日譯名字是《デイゴ燃ゆ——台灣現代小說選別卷》，一九九一年一月由研文出版刊行的。

【註】

❶《中國時報》的「人間」副刊，載於一九八五年十月二十五日和三十日。後來收入圓神出版社一九八六年一月出版的《走出神話國》裡。

❷有關箇中問題，若林正丈編著《台灣——轉換期の政治と經濟》的第一章有詳細的敍述。該書爲田畑書店一九八七年九月出版。

❸請參照松永正義「中國意識と台灣意識」，該文收❷的同一書第四章，二九七～三〇四頁。

❹人間出版社，一九八八年四月出版。

❺第一次刊載於《筆滙》二卷第十一、十二期合併號，一九六一年十一月。

# 劉大任著作目錄(只列出單行本)

一、長篇小說

1.《浮游群落》，香港・臻善文化事業公司，一九八三年三月。
(同書，遠景出版事業公司，一九八五年六月再版)。
(同書，三三書房，遠流出版社，一九九〇年八月同時再版)。

二、短篇小說集

1.《紅土印象》，志文出版社，一九七〇年十月，後來被禁止發行。
2.《杜鵑啼血》，遠景出版事業公司，一九八四年十月。

3.《秋陽似酒》，洪範書店，一九八六年一月。

4.《晚風習習》，洪範書店，一九九〇年一月。

三、散文集

1《薩伐旅》，麥田出版有限公司，一九九二年九月。

2.《走過蛻變的中國》，麥田出版有限公司，一九九三年七月。

3.《強悍與美麗——劉大任運動文集》，麥田出版有限公司，一九九五年一月。

四、評論集

1.《走出神話國》，圓神出版社，一九八六年一月。

2.《神話的破滅》，洪範書店，一九九二年九月。

五、翻譯

1.《等待果陀》，Samuel Becket著，仙人掌出版社，一九六六年（原題《Waiting for Gordot》，與邱剛健合譯）。

# 第五章／鄭清文譯

# 鄭清文

## 爲台灣文學啓開創作童話的新頁

## 1 日據時代的童年

鄭清文在台灣文壇是屬於「中堅」的知名小說家。他的小說，和台灣現代文學常見的以政治爲主題的，有所不同，是以表現一般民衆的日常生活和感情爲主，屬於純文學作家。他在小說顯示的創造性，在童話中也濃烈地表現出來。

台灣並不是創作童話興盛的地方。教育家和父母最關心的是，把中華文化的精深，以及儒教中孝順父母的重要性，傳授給子女。因此，兒童讀物，就把中國歷史上的人物和故事，單調地再現出來，教示人生應走的路。和這相較，鄭清文的童話可說是大異其趣的。鄭清文童話的出發點是，先考量兒童的人格形成，並啓發兒童的想像力。所以，他雖然寫得像民間故事，卻超越了民間故事的領域，而把創造性完全發揮出來。重視培養兒童的想像力這一點，正是鄭清文童話的特徵。

他的取材是多方面的，包括動物、鳥類、魚蝦，以及台灣農村的各色人物。有時也暗藏著政治批判和環境問題的揶揄，有可能已超越兒童的理解力。但是，這些作品都有故事性，不懂那些揶揄也可以暢讀無阻。這些題材很可能是基於鄭清文童年的體驗，我們就先來看看他的成長過程吧。

鄭清文，一九三二年九月十六日，出生於桃園州桃園郡桃園街（現在桃園縣桃園市）鄉下，去年（一九九二年）剛滿一甲子。他是父親李遂田、母親楊柔所生五男二女的屘子，是父親五十歲、母親四十五歲時（都是虛歲）所生，和大哥相差了二十六歲。父親是佃農，生活清貧，農閒時就到金瓜石當礦夫掘金礦。但是，清文懂事的時候，父親已年邁，農耕工作已由哥哥他們繼承下來了。雙親已年老，加上子女多，生活清苦，清文剛滿周歲，就過繼給新莊的母弟，也就是舅父的鄭家做養子。舅父母沒有子女，雖然已收養了兩個養女，卻沒有傳宗接代的男孩。生母不放手，不答應出嗣，還是祖母（應是外祖母）親自到桃園，把他揹回去。當時祖母已七十九歲，因爲怕汽油味，雖然纏著小脚，也不坐車，是從桃園到新莊，走了五個多小時的路揹回去的。

雖然做了養子，因爲生母和養父是親姐弟，清文可以自由來往兩家。實際上，他自小就知道自己是養子，和自己的生身父母。小時候就常聽生母說：「這是我們給內港（指新莊）弟弟的屘子呀。」小時，每逢寒暑假，他就回去桃園的父母家住幾天，所以鄭清文常說：「我有兩個故鄉和兩個童年。」

兩個故鄉和兩個童年，提供他不少經驗。他怕牛，不必使用牛的大小農耕工作，他都幫忙過。養父在新莊開木具店，他也學會了鐵鎚、鋸子的使用方法，也會油漆。他也愛玩，小孩可以玩的遊戲他都玩過。他最喜歡的是釣魚和游水。此外，因爲當時還屬日據時代，他也喜歡玩日本小孩玩的遊戲，像捉迷藏、家家酒、蓋房子、和打仗遊戲。童年時代的愉快回憶，在他的《新莊——失去龍穴的城鎮》(參照附錄著作目錄)中，有生動的描述。

但是，清文在五歲時，養母過世，以後，八歲時外祖母、十二歲時生母、二十三歲時生父、二十六歲時養父過世，陸續遭遇失去親人的不幸。年輕而失去親父母和養父母，實在是一件大不幸。

說不幸，在外國的殖民地時期出生，也可以說是一種不幸。清文於昭和十四年(一九三九年)，七歲入學新莊公學校(畢業時改為新莊東國民學校)，受六年的日語教育。終戰那一年，昭和二十年，他考中五年制的私立台北國民中學校(戰後，改稱台北市立大同中學，同時廢止五年制，改初中、高中各三年)。當時的所謂入學考試，只問問姓名，再叫你掛掛單槓而已。雖然已入中學，實際上每日跑警報，是在停課狀態，學生也受徵召，清文也在士林的日本海軍用地(現總統官邸)幫忙運木材工作，也在那裡聽到所謂「玉音」。

鄭清文。筆者1992年4月攝於台北。

戰爭結束，清文就由日語改學北京話。他先用母語閩南語讀漢文，再用ㄅㄆㄇ讀白話文，依序前進，在移轉北京話的過程，似乎也未發生什麼困難。

談起日語，他和筆者談話使用北京話，寫信時，他用北京話，筆者用日文，他的讀解能力幾近完善。實際上，和銀行工作關係接觸的日本人，似也是用日語對談的。只是，對敬語，或日語特有的委婉言辭，尚感棘手。我不了解他童話中的北京話或閩南語的意義時，他會教我日語譯文。

他十六歲（一九四八年）時，考入省立台北商業職業學校高商部，畢業後（十九歲）參加就業考試，分發到華南銀行，因好學進取，二十二歲時再考入台灣大學法學院商學系。二十六歲（一九五八年）大學畢業後，服役預備軍官。服完一年半的兵役後，復職華南銀行，一直到現在。復職那一年（一九六〇年）和陳淑惠結婚，時鄭清文二十八歲。現在有一男二女，從旁邊也可以看出，他很重視家庭和家人。

他的處女作，是台灣大學畢業那一年（一九五八年），發表在林海音所主編的《聯合報》副刊的短篇小說〈寂寞的心〉。以後，三十多年來，他不斷有作品發表。他用易懂，簡潔的文體，用關愛的心描繪出小市民的小說，是屬於純文學，有很高評價。他以〈門〉一作獲第四屆台灣文學獎（一九六八年），再於一九八七年，因其對台灣文壇的貢獻，獲頒第十屆吳三連文藝獎。「鄭清文」是本名，另有「谷嵐」、「莊園」等筆名。

## 2 台灣民間故事和鄭清文的童話

台灣有許多傳說和民間故事。在漢族還沒從大陸移居台灣的很久以前，台灣已有原住民。其實，原住民並不只是一個民族，現在有排灣、阿美、賽夏等九族（其他也有平埔族），各族的語言和風俗習慣並不相同。最先從民俗學的立場，把由父母口述傳給子女，再由子女傳給孫子的那些原住民的傳說和民間故事，加以採集，並寫成文字的，是日本人。明治二十八年（一八九五年），台灣成爲日本的殖民地以後，一直到昭和二十年（一九四五），由日本人統治了五十年。生活在殖民地下的台灣人民，有不能以言語表達的屈辱感和悲哀，但是，那些沒有文字的原住民的文化遺產，能予以文字化，並留傳到現在，可說是不幸中的大幸。

在原住民的傳說、民間故事中，動物時常登場。他們以接近人類的，或神聖的存在，來描述生息在台灣的各種動物。另外一個特徵就是，用天眞無邪的態度去敍述「性」。

然而，從十六世紀到十九世紀，從大陸移居過來的漢族系台灣人所擁有的傳說和民間故事又如何呢？留存在中國各地的這些傳說，雖然不完整，也流傳到台灣來。最先加以採集的是日本學者。在大正年間，川合眞永、入江曉風、澀澤壽三郎、佐山融合、大西吉壽等人都留下這方面的著作，包括原住民以及漢族系台灣人的傳說和民間故事。

漢族系台灣人的傳說和民間故事的特徵是，在教示儒教的孝悌思想，在思考佛教的因果報應。可見這也是受了中國傳統道德觀的影響。

鄭清文是在昭和一〇年代至二〇年代，度過孩童時代。他進學校所讀的，並非豐富的台灣故事，而是日本的產品。他喜歡日本故事，也愛讀它們。像鄭清文這樣，生於昭和一位數年代的台灣人，多少也受過日本故事的影響吧。鄭清文本人在序文中所寫，他所知道的台灣民間故事，只有「虎姑婆」和「憨子婿」而已。「虎姑婆」是一個機智故事，說老虎化成老姑婆，去瞞騙一對小姐妹。結果妹妹被吃，姐姐用計殺掉老虎。但是台灣不產虎，這應是大陸傳來的。「憨子婿」是一則笑話，類似日本的「落語」。有三個姐妹，上面兩個都順利嫁給理想的丈夫，只有小妹不幸，嫁給一個憨人。這個小女婿接二連三的鬧出笑話，小妹無法忍受，正想投河，卻在河邊遇到一個正想用破竹簍撈針的人，覺得丈夫還比此人略勝一籌，而斷了自盡的念頭，共度好日子。

戰後，依照政府的意向，以宣揚儒教式孝行的「二十四孝」爲首，在大陸流傳幾百年的傳奇，以及西洋童話的翻譯，占據了台灣兒童讀物的主流。自兒童讀物到中小學的教科書，國民黨政府極力排斥台灣二字，用以填塞中國四千年歷史及文學。因此，台灣很難培育出優秀的兒童文學家，創作童話的傳統也幾等於零。

在這種狀況下，像鄭清文這樣的幾個作家認爲：「這樣子怎麼可以呢？台灣的小孩應該多知道，也多疼愛自己所居住的台灣。因此，我們要提供更多有關台灣歷史以及台灣人生活的讀物給這些小孩閱讀。」並積極加入推動兒童文學的行列。其中，尤以鄭清文，在寫小說以外，從一九七○年代開始，腳踏實地陸續寫出孕育在台灣這一塊土地上的優秀童話，爲台灣的兒童文學啓開了新頁。

筆者並無資格談論兒童文學。雖然如此，還敢於嘗試譯出並出版台灣作家的創作童話的目的，是因爲接觸到鄭清文的作品，深受感動，願意和大家共同分享。

我認爲，鄭清文童話的主題是，對於自己以外的人和物的仁慈心，以及不怨天尤人平易承受天命的人的勇氣，用雙手合抱也抱不住的愛和仁慈心。同時，做爲一個人，以及人以外的所有生物，在生存的過程中，存在著一股無法抗拒的巨大力量，決定了自己的宿命，自己完全無能爲力。這似是鄭清文要傳達給我們的信息。因此，以歡喜收場的故事並不多。在台灣，許多人認爲提供給兒童的讀物，應該是健康明朗，最後是「皆大歡喜」的場面。著者反對這種想法。本來，小孩就應該有豐富的想像力和敏銳的感性，而最重要的是如何使這些特質自由伸展出來。這便是鄭清文和其他台灣童話作家最大的差異，也是他的童話的特徵。我們只是一個渺小的存在，雖然背後有一股巨大的力量主宰著，我們卻不能忘記要有一顆思慮他人的心。我想，這是我們從鄭清文的童話可以學到的。

## 3 析賞鄭清文的創作童話

一九九三年五月，翻譯並出版了台灣作家鄭清文的童話集《燕心果》（日譯《阿里山神木——台灣創作童話》，研文出版）。是五月底出版的，到現在只經過兩個半月。其間，從研究者和朋友給我的讀後感，是多端而饒富趣味的。雖然多端，其背後卻明顯有一共同的困惑。

最大的困惑是，雖然標明著「童話」，卻不是完全以小孩爲對象，這可以說是眞正的童話嗎？既然寫明是童話，說童話是不會有疑問的，但是讀完這十五篇故事，常會感受到一些弦外之音。也許，這正是作者鄭清文的意圖。

十五篇之中，有十篇可說是動物寓言，帶有伊索寓言的韻味，之外，卻又隱藏著政治批判和環境問題的揶揄。其中也有些作品描寫到文化的變遷和融合，充滿著幽默，讀後令人發出會心的微笑。但是從整體而言，卻很少有「以後公主和王子幸福結合」的美滿結尾。這是因爲作者相信小孩有豐富的想像力和感性，認爲漢族的傳統思考模式，也就是悲慘結果會給小孩帶來不良影響的想法太過陳舊，必須另闢蹊徑，用新的思考方式來寫童話。

同時，因爲台灣屬海洋文化圈，其中有幾篇童話作品也以棲息於海洋周邊的動物、鳥類或魚蝦做題材。

其餘的五篇作品，是描寫台灣人的民間傳奇故事。〈紅龜粿〉描寫年輕男子在墓地裡分配紅龜粿，一邊和鬼對話，而遇到了自殺身亡的未婚妻的故事。〈蛇婆〉敍述丈夫被毒蛇咬死之後，以捕蛇爲生的妻子，遭人誣陷，說她偷了男人，起而報復的故事。〈捉鬼記〉寫的是兒子思念母親，母親關懷兒子，引起心電感應，爲民除去鱸鰻精的故事。〈鬼妻〉寫鬼妻嫉妒正妻，每晚出現糾纏的故事（漢族屬父系社會，女子夭亡時，其牌位有由名義上的未婚夫，或親戚、朋友來供奉祭拜的習俗，稱「鬼妻」。）〈鬼姑鬼〉寫一個日夜兩體的半人半鬼少女，和一個小孩交流的過程。

關於鄭清文的童話，據說也有朋友告訴過他「有些作品，不適合小孩閱讀」。他回答說：「我們自己小時候，讀浦島太郎，心中也疑惑著爲什麼打開玉手箱（寶盒），從裏面冒出來的煙，會使他變成老人？一直到長大以後，讀了潘朵拉的盒子，才略知玉手箱的含意。」

的確，他的動物童話，還多少有童話的影子，至於其他五篇，可能已超過小孩的理解能力。但是，不理解也可以當做故事讀下去，可能是作者的意圖，讀者實在也不必限於小孩。

貫穿全書的主題，應是：對於自己以外的人和物的仁慈心，以及對於好壞命運這種「宿命」能平易認命的勇氣。而且，還有一點很重要的，故事的背景全屬台灣。

戰後，台灣的學校教育所教授的是中國四千年歷史、中國文學、中國地理，甚至台灣的歷史、文學、地理則完全受到忽視。台灣也有自己的歷史和文學，小孩應多知道、多疼愛自己所居住的台灣。所以鄭清文認爲，應該提供自台灣人民生活產生出來的讀物，給小孩閱讀。要寫孕育在台灣這塊土地上，飄漾著台灣香味的童話，口說很簡單，實際上卻從未產生。如果說，把和自己有不同文化背景的人的不同想法和習慣，原原本本接納過來，便算是了解對方，那麼第一步，就必須先了解，在自己以外，尙有許多異於自己的事物的存在。

譬如說，浦島太郎的玉手箱和潘朶拉的盒子有什麼關聯這個問題，就是大人也感到興趣的。我記得太宰治在他的《浦島御伽草紙》(傳奇故事)中就說過這樣的話：潘朶拉的盒子裡面，自開始就有神的意志，浦島太郎並沒有做過應該受懲罰的壞事，煙卻把他熏成老人了。一般而言，年老就是不幸，這種想法可能有錯，歲月和忘卻使人得到救贖。

不要看裏面，不要打開盒子。這時候，人就更想看，更想打開。英國有一句諺語，說「好奇心會殺死貓」，日本也有許多民間故事，描述人抵不住好奇心的弱點，最有代表性的就是「白鶴報恩」、「浦島太郎」等。偷看的結果，使白鶴妻子在丈夫面前消失了，太郎也立刻成爲老公公。筆者認爲，對於「犯禁就會招來惡報」這一點，太宰卻另有看法。這就意味著，遇到民間故事或童話應如何閱讀這個問題，鄭清文好像在告訴我們，不限方式，要以更自由更有彈性的態度去閱讀它們。他認爲小孩應該有豐富的想像力和敏銳的感性，最重要的就是讓它能自由的發展下去。

但是，漢族卻很難有這種思考方式。在現在的台灣社會中，教育家或父母都想把中華文化的博大精深，把儒教道德所標榜的孝的重要性，傳授給子女做爲修身之道，所以提供給子女的，就必須是明朗而健康、善有善報一類內容的書籍。另外，又因一直施行譴責過去日本窮兵黷武的教育，結果，甚至古人認爲「桃太郎」是侵略他人領土、搶奪他人財寶的軍國主義的童話❶。

在這種狀況下，鄭清文把自己的創作放置在：自己出生在台灣，當時台灣還是日本的殖民地，母語是閩南語，到小學六年級終戰那年在學校裡讀的是日語，那以後必須學習中國話，小時候讀的是日本的童話這些基礎上。說是放置，倒不如說自己出生時就置身在這種文化中，已自然孕育在自己身上。但是，他並未激烈批判日本，也未奉承國民政府，也未支持大陸。他不受這一切的影響，卻能同時將這一些總括在一起，站在更高的視點，用淡淡的筆觸，深刻的含意，有時還添加一些幽默，撰述發生在人世間的事，或天天重覆的人生，以及人的喜悅和哀愁。在台灣，到現在還沒有出現過寫這樣童話的漢族作家。

由以上各點來看，鄭清文的童話不但是台灣文學中的傑出表現，就算在全中國文學，甚至在世界兒童文學的領域中，應獲得崇高的評價。

筆者自按，鄭清文於一九三二年出生台灣桃園，二十六歲時發表第一篇作品以來，三十年從未間斷，繼續寫小說，是一位純文學作家，在台灣文壇上有鞏固的地位。在發表小說以外，自一九七〇年代開始創作童話的寫作，爲台灣兒童文學啓開新頁。

## 【註】

❶ 洪中周〈老少咸宜的三篇寓言〉，(《台灣文藝》總號九十五期，一九八五年七月號)有這樣的敍述：「鄰近日本早期的《桃太郎》一書，國人可說家喻戶曉，早期的日本兒童更是當做教材來研讀，個個滾瓜爛熟，倒背如流。但是，《桃太郎》的內容卻寓含劫掠的思想，主人翁結合狐群狗黨到海的另一端掠奪金銀財寶，是十足的強盜行爲，孩子長大以後，影響所及，竟發展成軍國主義，向鄰邦大肆侵略，地大物博的中國就首當其衝，戰火不絕，橫屍遍野，這種害人害己殘無人道的行徑，有專家研究是《桃太郎》種下的因子。」

# 鄭清文著作目錄（只列出單行本）

一、長篇小說

1.《峽地》，台灣省新聞處，一九七〇年六月。

2.《大火》，時報文化出版公司，一九八六年四月。

二、短篇小說集

1.《簸箕谷》，幼獅書店，一九六五年十月。

2.《故事》，蘭開書局，一九六八年六月。

3.《校園裏的椰子樹》，三民書局，一九七〇年十一月。

4.《現代英雄》，爾雅出版社，一九七六年四月（四版起改書名《龐大的影子》，一九八三年十一月）。
5.《最後的紳士》，純文學出版社，一九八四年二月。
6.《局外人》，學英文化公司，一九八四年九月。
7.《滄桑舊鎮》，時報文化出版公司，一九八七年六月。
8.《報馬仔》，圓神出版公司，一九八七年七月。
9.《春雨》，遠流出版有限公司，一九九一年一月。
10.《相思子花》，麥田出版有限公司，一九九二年七月。

## 三、選集

1.《本省籍作家作品選集③》，文壇社，一九六五年十月（五人合集）。
2.《鄭清文自選集》，黎明文化公司，一九七五年十二月。
3.《不良老人》，香港·文藝風，一九九〇年二月。
4.《合歡》，北京·人民文學出版社，一九九二年二月。
5.《故里人歸》，台北縣立文化中心，一九九三年六月。
6.《檳榔城——台灣當代著名作家代表作大系》，武漢·長江文藝出版社，一九九三年十月。

7.《台灣作家全集・戰後第二代──鄭清文集》，前衛出版社，一九九三年十二月。

四、童話集

1.《燕心果》，號角出版社，一九八五年三月。

（同書，自立晚報社文化出版部，一九九三年二月再版）。

五、兒童讀物

1.《新莊──失去龍穴的城鎮》，台灣省政府教育廳，一九八三年四月。

六、文學評論集

1.《台灣文學的基點》，派色文化出版社，一九九二年七月。

〔資料〕

# 鄭清文童話簡析

(1)〈燕心果〉，初刊《台灣時報》副刊，一九八二年四月二十四日。

台灣是小海島，屬海洋文化圈。海無國界，把地球連在一起，海也把各種物質運送到世界各地。不止是物，人也可以順著海流移動。學者雖然還在爭議中，不過有人主張台灣的原住民是在千年之前，從華南或東南亞遷移過來的馬來波利尼西亞系民族。他們也一起是渡海過來的吧。海洋是寬濶而開放的，有包容萬物的仁慈心，也會孕育生命。在這篇〈燕心果〉所描述的，便是這種仁慈心和強堅的守約意志。

文中有出現烏魚和飛魚。烏魚是冬天爲了走避強烈的北風，大群順台灣海峽南下的魚類，牠的魚卵經過加工便是烏魚子，是酒飯的佳肴。飛魚是住在台灣南邊蘭嶼的原住民之一支雅美族其信仰對象的神聖魚類。飛魚是雅美族最尊敬最愛好的魚類，捕飛魚是該族最重要產業。

台語的飛魚稱「飛烏」，兩種魚又形似，作品中有寓含飛烏就是會飛的烏魚。

(2)〈紅龜粿〉，初刊《民衆日報》副刊，一九七八年十月一、二日。

台語的「紅龜粿」，是用糯米做成的粿，餡以紅豆為主，外皮染紅色，有龜甲花紋。這是用以供奉土地公，或做其他祭拜儀式時使用。台灣人是看情形前往道教的廟或佛教的寺參拜的，所以說台灣的宗教並不明顯分道教或佛教，而是以「現世利益」為優先的民間信仰。

這個故事，把台灣人的生死觀和宗教觀很清楚地表達出來。同時，他也呈現出不久之前的台灣人的生活，而這種生活，現代的小孩卻是無法想像的。也許，只是十幾年以前，台灣還有童養媳的習俗。自小就收養一個女孩子，一方面可以增加工作人手，另一方面將來也可以和兒子成婚。但是，因為養家沒落，為了養家，年僅十五歲就被逼賣春。這些令人愛憐的少女淪落苦海的現狀，是以貧困的原住民少女為多，已形成社會問題。〈紅龜粿〉中的阿腰，就是被賣了兩次。

這個故事最精彩的部分，就是阿和順著十個墳墓分配紅龜粿的描寫。阿和在十個生前熟悉的村人的墓前，回憶著他們生前的行徑和死因。這裡，對阿和的仁慈心有很精緻的描述。因冤情而上吊身亡的鬼魂，露出可怕的模樣，想把阿和拖進墓中；伸長手臂搶紅龜粿的鬼魂，以及無頭鬼一一出現，阿和也一一給予安慰。對他，這不僅是試膽，也是去再會那些親朋好友。最後，村民看到阿腰把阿和拉進自己的墓裡，而嘆息。其實，這應是阿和自己所期望的吧。

文章裡面也時常出現台灣常見的植物和鳥類，尤其是經常佇立在水田工作的水牛背上的烏秋，是啄食害蟲的益鳥，構成一幅台灣特有的風情畫。但是，因爲近來農耕機械化，水牛的影子已大爲減少了。

(3)〈鹿角神木〉，初刊《新少年》，一九八〇年五月。

鹿是本島固有的動物，自古就是原住民狩獵的對象。在江戶時代初期，日本就透過荷蘭東印度公司從台灣進口鹿皮，做爲武士製造鎧甲的材料。

台灣名小說家李喬評這一篇作品時說：「這是世界級的傑作……筆者以爲此單篇就必能流傳不朽。」(《首都早報》一九八九年八月三十一日)並加以稱讚不已。筆者完全同感。起先，以中文閱讀時，淚水直流，無法抑止。讀了這篇作品，就一直想把它譯成日文。

這裡所描寫的是大地母親的愛，以及孩子思慕母親的心。從這裡也可以看出，出生不久就離開母親去做人養子的作者本身，對於母親的思慕之情。不僅如此，我們可以感覺到經過一千年、二千年，也無法動搖的更巨大的愛的本質以及哲理藏在其中。同時，作者藉著動物的世界來描述人世間，所想闡述的正是人間愛情中最美妙的「堅忍等待的心」。

台灣最有名的神木在阿里山。那是一棵樹齡逾三千年的紅檜，一九五六年遭到雷擊，枝葉全都枯萎。以後經過接枝，勉強長出一點枝葉。但是，枯萎時的容貌似乎更具神祕性和嚴肅感，更合適神木的稱謂。能從那種樣子看到鹿角耐過千百年的風雪而猶屹立大地的情景，也可見作者有如何豐富的創造力了。譯者將「鹿角神木」日譯成「阿里木神木」，是想將這創造性賦予具體性，也想強調是在台灣的阿里山。

(4)〈泥鰍和溪哥仔〉，初刊《國語周刊》，一九八一年十月二十五日。

大池塘是農人用來儲水和灌溉用的。和溪裏的清水相比，池塘裡的水是混濁而多泥的。但是，以泥巴為養料的泥鰍，池塘是鄉土。雖然有時也會碰到敵人，冬天缺水時也會缺少氧氣，行動受到了限制，但是土生土長，長久居住池塘的泥鰍，卻知道如何躲開敵人。對泥鰍而言，池塘裡的生活便是一切，必須踏實而滿足地過著日子。

颱風來了，溪水高漲，住在溪裏的溪哥仔被水沖進了池塘。喜歡乾淨清水的溪哥仔，討厭池塘裡的生活，一心一意想游回溪裏。牠們不聽泥鰍的忠告，無法習慣池塘的生活，最後就被白鷺鷥吃掉了。

這個故事裡，明顯地，溪哥仔象徵著外省人，泥鰍象徵著台灣人（又稱本省人）。一九四五年，第二次世界大戰以後，從大陸各地來台的稱外省人，那以前來台置籍的漢民族稱台灣人。同為漢民族，兩者之間卻有一條鴻溝。一九四五年以後發生的許多事可說是原因，但是最主要的，是如同〈泥鰍和溪哥仔〉所述，外省人不習慣台灣的生活，一味想念著大陸，無端攪亂台灣人的生活秩序，以後更把自己的想法和秩序強迫台灣人接受，而自己又不想做下賤的工作，以及貪污搾取台灣人、歧視台灣人等等。但是，從這個故事的結尾也可以知道，不接受台灣式的生活，不和台灣人攜手合作，外省人的未來是相當暗淡的。

(5)〈蛇婆〉，初刊《快樂家庭》，一九七七年六月。

飯匙倩、雨傘節、青竹絲是台灣出產的毒蛇。台灣有蛇肉店，夜市有殺蛇行業，把生血和生膽當做強壯劑出售。蛇和台灣人的生活關係是深而密切的。

這篇寫的是一位因蛇而改變了命運的女人的故事。這篇故事的主題就是佛教所說的因果，尤其是惡行（指嫂嫂）必有惡報。

在小村子裡，謠言是非常可怕的，它使人無法居住，甚至可以逼人走上死路。日本也一樣。這篇所寫的，正是前些時候的台灣農村生活。

(6)〈蜂鳥的眼淚〉，初刊《商工日報》副刊，一九八三年八月三十日。

這是一篇讀來令人感到溫馨的作品。

蜂鳥是生長在中南美、身長只有六公分的小鳥，不知台灣是否有出產。因爲牠流出帶有鹹味的眼淚，以及飛向海洋謀求海水這一點，似屬海洋文化圈民族的童話。由於這種行動，蜂鳥能超越失去祖國的悲哀，越來越堅強。

岩菊的花蜜是鹹的，據說這是作者創造出來的，眞希望眞有那種花。

(7)〈松鼠的尾巴〉，初刊《台灣時報》副刊，一九八一年四月六日。

人定勝天，這是人類的傲氣。人建造水壩，破壞了大自然，一旦泥水淤積，水壩失去功能，大自然的報應也就來了。

這個故事描寫飛鼠(暗示人類)剪去松鼠的尾巴這種違反大自然的行爲，自食惡果。各知其分，和大自然共營生，這才是最重要的。

(8)〈白沙灘上的琴聲〉，初刊《幼獅少年》，一九八四年七月。

這篇故事的背景，自然是台灣海岸的白沙海灘，應屬東海岸的中南部。木麻黃、林投、菅芒都是台灣常見的植物。

往昔，台灣的海是綺麗的，沙灘未受汚染，可以發出鏗鏘琴聲。但是現在，汚染嚴重，沙灘垃圾堆積如山。白鯨想再聽那琴聲拚著命清洗沙灘的情景，是非常感動人的。在沙灘嘰嘰叫、隨便汚染的猴子，正是我們人類。一九七五年以來，台灣經濟高度成長後，台灣的河川海洋受到工業廢棄物的汚染，已變成社會問題。現在，看到以地球規模進行的環境汚染，每一個人都要變成白鯨，做出自己該做的行動。這篇作品的精彩處，是不用敎訓的口吻，而是用很完整的故事表達出來。

鄭清文對動物和魚類的習性有相當的研究，從〈松鼠的尾巴〉中的松鼠，利用看來笨大的尾巴做爲逃敵的工具，〈泥鰍和溪哥仔〉中，愛好清水的溪哥仔和住在泥土裡的泥鰍，以及這篇〈白沙灘上的琴聲〉白鯨的描寫，都可以看出來。

鯨魚有單獨或集體衝上海岸自殺的行爲。有一種假定，就是辨認音波的機能故障而起的行動，但是眞正原因尚未確定。〈白沙灘上的琴聲〉中的鯨魚的行動，可說是集體自殺。爲了傾聽琴聲，而拚命清洗沙灘的鯨魚的描寫，是向一步一步走向集體自殺之路的人類提出了警告，這便是本篇作品的主題。

(9)〈捉鬼記〉，初刊《幼獅文藝》、一九七七年十二月。

兒子思念母親之情，和母親關懷兒子之心，超越空間而起感應，因而除去爲害人類的鰻精，是一篇帶有濃厚儒教色彩的故事。化成美麗姑娘的鰻精，在河中露出可怕的形相，想把阿旺溺死水中的描寫，眞是令人直冒冷汗，感到恐怖。鬼被抓，現出原形以後，才知道是以前遭人捕殺的大鱸鰻前來報仇的。令人可怕的鬼，原來是鰻精，帶有一點幽默感。仁慈的阿旺放走了鱸鰻以後，癱瘓在床上的母親突然痊癒，走路來看阿旺。

(10)〈火雞密使〉，初刊《幼獅少年》，一九八一年五月。

(11)〈夜襲火雞城〉，未發表，收入《燕心果》。

這兩篇是姐妹篇，是很愉快的作品。羽毛被燒光的孔雀，互看對方的慘狀，怒責兵士的孔雀的司令官，知道自己的羽毛也被燒光之後的狼狽相，栩栩如生的展現在讀者面前，一想起令人噴飯。把〈火雞密使〉單獨來讀，不如把〈夜襲火雞城〉也一併讀，更會看出故事的趣味性和廣度。但是，不能只單單的笑。根據作者鄭清文的說法，火雞和孔雀的長期戰爭，是想影射到中國共產黨和國民黨的內戰。一九四五年八月，日本戰敗，台灣歸還中華民國，到一九四九年，蔣介石所領導的國民黨打敗內戰，撤退來台灣，蔣介石本人也渡海到台灣來。其後，實施一黨獨裁的政治，完全忽視台灣人的存在，導致台灣人和外省人的對立，台灣人民對於政府的不信任感，已無法完全拭擦掉。這個故事，如從人民的視點，表示一點點的抵抗，描寫國共內戰，就變成了一篇充滿諷刺和揶揄的寓言。但是，即使撇開這一點，這也是一篇趣味十足的作品。

再者，「城」是指中國以城牆圍住的城市，和日本的城不同，翻譯時爲使日本讀者容易了解，加以套上日本城的樣相。

⑿〈鬼妻〉，初刊《台灣時報》副刊，一九八七年二月三日。

漢族是父系社會，認爲女兒總要出嫁，所以女兒夭亡時，也有不留在娘家祭拜的風俗。因此，就把她的牌位送到名義上的未婚夫或親戚朋友的家裡，由其祭拜。因爲，有時由雙方的父母做主，有人連自己都不知道要娶鬼妻。

但是，即使娶了鬼妻，對漢族而言，傳宗接代還是第一要務，所以還要娶一位眞正的新娘。鬼妻嫉妒正妻，不管是人還是鬼，同是女人就會發生。這一點，是帶有眞實味的。

主角阿宗和正妻阿桃，今後如果誠心祭拜鬼妻阿月，阿月的靈魂一定會庇祐他們二人的生活，以及子子孫孫的繁榮。

(13)〈斑馬〉，初刊《國語周刊》，一九八二年六月。

和〈松鼠的尾巴〉，同類型的故事，以文化的變遷、融合爲主題，作者有奇特的想像力，也富有幽默感。

(14)〈石頭王〉，初刊《商工日報》副刊，一九八三年九月二十四日。

故事性略嫌不夠，卻因爲另有寓意，一併把它譯出。

「石頭王」是指台灣的國民黨獨裁者蔣介石。受過日語教育一代的台灣人，在背後用日語叫蔣介石爲「石頭」。正如字面所示，意味著他是個硬石殼的老頑固。蔣介石的腦袋又比較方，也有譏笑他的意味。中國話裡的石頭就是石頭，「石頭王」也不是什麼奇怪的題目，但是以日語讀「石頭」時，就另有含意了。用脚去踢權力者，也是人民洩忿的方式吧。

〈石頭王〉，如不是諷刺蔣介石，會被人誤會是以愛和思念別人做主題。如作者本身意識著獨裁者而寫，故事的結尾卻未免有不夠完整之憾。

⒂〈鬼姑娘〉，初刊《幼獅少年》，一九七八年九月。

這篇故事和〈紅龜粿〉、〈蛇婆〉、〈鬼妻〉相同，所描寫的是台灣農村的光景，和台灣人所熟知的人物。鄭清文的童話裡沒有都市，他所描寫的是台灣經濟起飛以前，令人懷念的鄉土景色。〈鬼姑娘〉所寫的是正義或愛的力量一定勝過惡的勸善懲惡的故事。小孩從內心發出的憂慮和純眞無邪的愛，打動了鬼姑娘的心。

雖然寫的是勸善懲惡的結果，鄭清文所寫的過程卻是大異其趣的。一般的情況是，直接攻擊惡、消滅惡便是正義，這也就是善戰勝的最終和最大目的。在〈鬼姑娘〉裡，作者所強調的是救善勝於除惡，惡的消滅只是附隨的結果。

鄭清文的童話當然是虛構的，所以地名也是虛構的。但是，〈紅龜粿〉、〈鬼妻〉以及這篇〈鬼姑娘〉所出現的「舊莊」、「舊鎭」是新莊，平頂是桃園台地，是林口一帶的風景。頂埔、中埔、下埔是依地形取名的，「埔」是台語，指野地（譯者按，原作者出生地的桃園鄉下，就叫「下埔」）。這些地方都以作者所生長、所熟知的台灣鄉村爲舞台。

登場人物的名字前都加有「阿」字，這不是姓，而是暱稱。

最後，日譯本《阿里山神木》所收錄作品，是根據《燕心果》（號角出版社，一九八五年三月）十九篇作品中選了十二篇，另外再加以後在報紙或雜誌發表的三篇（〈蛇婆〉、〈捉鬼記〉、〈鬼妻〉），重新編輯而成的。選擇的基準是避免教訓性的故事，把重點放在孕育在台灣這塊大地上，飄盪著台灣香味的，描述普遍的愛的作品。

日譯本十五篇之中，從《燕心果》選的十二篇，是以《燕心果》爲底本，其他三篇則是依據「簡析」所示的報紙或雜誌而譯出的。其中，並獲得作者的諒解，加以修改或刪除題名及本文。

第六章／葉笛譯

# 拓拔斯

## 非漢族的台灣文學

## 1 新人的出現

近幾年來在台灣，除了由外省人、本省人作家以北京話創作以外，還提倡著台灣語(閩南語)文學、客家文學和山地文學。我以爲其背景有下面的情況：亦即戰後普通話教育普及，由它培養成共同的社會。文化的認識之結果，自戰後存在著的省籍的對立，因而大爲緩和，變得大家能各自主張台灣語文學、客家文學、山地文學的必要性。同時接收它的知性的環境也形成了起來。

不過，如果站在原住民的立場，漢族內部的閩南、客家和外省人等，由省籍不同而來的芥蒂，和原住民跟漢族之間的種族差異，根本是不同的。因之和台灣語文學、客家文學等同起來論述山地文學，對原住民作家來說，也許是非其所願的。因爲原住民和漢族的對立是歷史性地存在著的，即使現在日常生活上，原住民受歧視的現況還存在著。然而，就原住民作家的作品來看，和漢族在文化與社會背景全然不同的關係，以北京語的表現和思考方法也是不同本質的，在台灣文學中形成一種特色。在這種意義上，稱爲原住民文學的領域確實是可以成立的。在台灣雖然稱爲「山地文學」，可是如同可見於雅美族之例，並不是所有的原住民都居住於「山地」，同時就是下去平地，如果一併考慮他們仍保持著原住民的意識，我想是該稱爲「原住民文學」的。

上面說的是把民族考慮在內的原住民文學的定義。和漢族作家在文化、社會背景、表現、思考方法大相逕庭的所謂原住民文學是什麼？我這篇論稿的目的就是要以布農族作家拓拔斯爲例來檢驗一下的，本來我就覺得沒有必要區別台語文學、客家文學、原住民文學的，將一切總稱爲台灣文學就行了。因爲作家們，不問外省人、本省人和原住民都各有對其出身的認同(identity)，但比之於它，對台灣的社會、政治、文化的環境也擁有共同的認同。他們的創作大多數還是設定著共同的認同，或會共鳴於其感情的讀者爲對象的。所以生息在台灣的作家的創作，到美國已久的白先勇❶和劉大任❷所寫的以及原住民的作品，根據上述的理由，全都稱爲台灣文學就夠了。原住民作家和漢族作家都是台灣文學重要的負責人。

像彗星一般出現於台灣文壇的布農族作家拓拔斯（一九六〇年生，南投縣信義鄉人，漢名田雅各），以《最後的獵人》❸攫取吳濁流文學獎❹是在一九八六年的事情。在那以前，當他還是高雄醫學院學生時著作的〈拓拔斯・塔瑪匹瑪〉，也入選一九八三年度爾雅出版社和前衛出版社的年度小說選，引起注目，非漢族作家的出現毋寧是令人覺得太晚的，但布農族的拓拔斯獲得吳濁流文學獎卻給向來的台灣文壇投下一個波紋。我從一九八四年以來，繼續在台灣做著訪問作家的工作，但第一次從作家口中聽到原住民之話題的是一九八八年十月，在高雄訪問吳錦發❺的時候。七〇年代以後的台灣文壇，雖然以鄉土文學和第三世界文學的論爭、外省人作家和本省人作家的對立等搞得熱鬧❻，卻未曾出現過原住民作家的事情。由鍾理和及鍾肇政等漢族作家以山地和原住民爲題材的作品❼是有的，但如果不是原住民作家出現，自己發言，可以說原住民要被注目、要受到重新認識，還是有艱難的現實屹立在眼前的。這種情況，由於拓拔斯出現而成爲契機，是非另當別論，還出現了「山地文學」這種名稱，所以對台灣文壇來說，無疑的還是新鮮的打擊。關於創作拓拔斯自己說：

寫作的最終目的，仍是想藉文字使不同血統、文化的社會彼此認識，以便達到相處融洽的地步，二來以自己粗淺的著作，引出先住民對創作產生興趣❽。

使「不同血統、文化的社會」互相照原來的樣子認識，和好地攜手共存下去該多好，拓拔斯談著這種終極願望，但在台灣再沒有比要實現這個更困難的啦。只看民族就有九部族的先住民和漢族。先住民的賽夏、泰雅、阿美、布農、鄒族、魯凱、卑南、排灣、雅美九族（其他也有平埔族），其語言、社會體制和風俗習慣都各不相同。漢族也有因遷居台灣的時期，稱爲外省人和本省人，稱爲本省人的人們也因出身地分爲閩南人和客家人，言語和文化背景也有所不同❾。外省人也不是一省的人們，而是從中國所有的省來台的。而一小撮人執台灣政治之牛耳。要是設想其中先住民最受到虐待的歷史，要互相承認其存在絕非易事。更何況要攜手，簡直就像夢裡的故事了。說來拓拔斯是提出最困難、最重要的課程。

另外一點，由於他不斷寫作而能引起其他先住民對創作興趣的契機，他這個願望由筆名也可以看出來的。他布農族的原名叫拓拔斯．塔瑪匹瑪，拓拔斯是名字，塔瑪匹瑪是氏族名，平常只用拓拔斯。由於布農族又分爲八個族，所以只在要和別的支族區別時才使用塔瑪匹瑪。據說塔瑪匹瑪在布農語的意思是「把東西藏起來」。聽說這是久遠的祖先有一天出去出草⑩，當大家把作爲成果帶回來的首級放在前面喝酒時，由於有一個人偷偷藏起那首級，像只是自己的功勞一般吹了牛，所以才被賜與塔瑪匹瑪這種不名譽的族名。它是一種懲罰，因而後來就永遠不能抹掉了。有人偷獵，有人渴欲獲得一點獎金就告密，於是就給告密的人加上「告密者」之意義的布農語名字。子子孫孫都明白那家的祖先是幹了卑鄙無恥的告密勾當的。在布農族告密是比偷獵更卑鄙的行爲。當然是限於特別留在印象裡的事件的。

日本統治時代作爲皇民化運動之一環，以許可制向台灣住民力勸改爲日本姓名。有塔瑪匹瑪之姓的，以其音類似的理由改成「田中」。戰爭結束，戰後來的國民黨政府徹底推行改爲中國姓；但這時犯了錯誤，塔瑪匹瑪都應該改姓「田」，可是某部落的塔瑪匹瑪改姓「陳」或其他的姓。典型的父系社會的布農族，婚姻的規定甚嚴，詳細規定著禁婚的對象。然而因異姓結婚以後，才明白是同族。拓拔斯說他對於毫不在乎地蹂躪先住民的倫理觀念的漢族政府感到憤怒。拓拔斯在雅美族人多的島——台東縣蘭嶼鄉衛生所當醫師工作了三年，而吃驚於那裡的雅美族的姓多為客家系，據說那是戰後改姓時的村長是客家人，隨便加以命名的緣故。總之，拓拔斯．塔瑪匹瑪漢名叫田雅各，身分證及其他正式的文件一切都非寫「田雅各」不可。話又回到前面說的筆名，他的處女作〈拓拔斯．塔瑪匹瑪〉是以田雅各的筆名發表的。可是在第一本短篇小說集《最後的獵人》序文裡，由於希望自己的存在能成為引起別的先住民對創作興趣的契機，所以我們可以看出他把筆名改為拓拔斯的心情。

當拓拔斯開始發表一連串的作品，就陸續出現開始注意他的作家。首先，說是自己也流著幾分之一的先住民之血的吳錦發，取材於山地寫過作品的鍾肇政、李喬等客家人作家，都異口同聲地讚美說：「這才是真正的台灣文學。」從十七世紀驟然大增的中國大陸的漢族移民台灣，由於先到台灣的閩南系漢族把平地定為居住地區域，於是慢來的客家人便在先住民居住地域接觸點的山麓地帶構築了住宅。對先住民來說，客家人無疑的也是侵略者，但要開墾不毛的丘陵地的客家人之辛苦是筆墨難盡的，李喬的大作《寒夜三部曲》裡有詳細的描寫。由於貼身地感到先住民的存在，自己也親自嘗過少數民族辛酸的客家作家，所以也許本身是無意識的，卻對拓拔斯的作品很快地反映著，感到共鳴的吧。

那麼，他作品的哪一點值得注目呢？我想透過他的作品和採訪談一談自己的想法。

一九九一年一月十三日，在南部高雄叫「御書房」，文化人常聚集在一起的茶藝館，我第一次和拓拔斯見面。那是麻煩了幾位朋友才得以見面的，他那一天從蘭嶼坐飛機到台東，從台東坐車特地來到高雄。吳錦發告訴我，布農族人皮膚褐色、臉的輪廓清楚、眼睛大而有特徵，一看拓拔斯即可明白是先住民，可是我在幾位在座者之中，哪位是拓拔斯，起初是無法識別的。被介紹一看，確實膚色是褐色的，但除了殘留著像學生的好青年以外，我卻沒感到過去在埔里看到的孩子們的異樣之感覺（可能是認識不夠）。對我的質問，他用和漢族的普通話表現不同的說法，訥訥的然而誠實地給我回答。他作品的第一特色就潛在他那說法之中。生在布農族部落的他在學校教育上學習國語（北京話），但自從懂事以後，就養成以母語布農語思考的習慣。據吳錦發說，拓拔斯自從開始寫作，首先腦子裡會浮上順著布農語語法的文章，然後反覆把它譯成北京話成為文字的作業。所以從所謂標準北京話的結構來看，就會出現讓人感到不順暢的表現。最初，好像每寫一篇就由吳錦發稍加潤飾，但訂正得合於漢族的思考，就會失去原有的獨特的芳香，所以就不加修改了。我對用布農語思考的文章，怎樣在腦子裡組成北京話有興趣，因而就問了拓拔斯本人，他說：「不，差不多都以也許是不標準的北京話思考著寫的。要費心的是會話部分，為了要把會話描寫得生動活潑，就把部落的人們，尤其老人說的布農語獨特的卻正在消失的表現想起來，辛苦地摸索怎麼寫才能成為北京話。」據說為要寫一篇文章要三番兩次改寫是家常便飯。在〈拓拔斯．塔瑪匹瑪〉

裡出現「哈卡西（大學生）」的詞語，我以爲它一定是日語，而一問，他就口齒清晰地發出「哈卡西（hakase）」，而且知道原本是日語的博士之意。日語不是單純的外來語，而作爲自己的語言留著語形的是泰雅族，據說有三分之一使用著日語，可是在布農族卻是原本布農語沒有的從外邊進來時，採用日語及其他語言，所以外來語並不多。其他，由於布農語沒有文字，無論如何都想要用布農語寫的文句和詞語，或要寫北京話沒有的詞語時，就以音譯用漢字書寫，加以注釋了。例如「笛娜」是「媽媽」，「塔瑪」是「父親」，「卡飛阿日」是「朋友」，「撒布爾伊斯昂」是夜晚活動的鳥名等，多得數也數不清。就是人名，實際上與其用漢字，羅馬字拼音或日語的片假名，還是比較接近原音的。拓拔斯・塔瑪匹瑪的北京音和片假名的「トパス・タナピア」一比，還是片假名較近於原音。

第二是各部族遵循的傳統和制度也將逐漸成爲過去的東西，部落生活本身處在要解體之中，拓拔斯所描寫的自然極爲卓越地把溫柔和嚴峻都包融在一起。拓拔斯對於即將消失的自然和先住民的部落也懷著危機感，因而好像也有意寫成文章把它保存下來。

凌晨，雲霧漸漸逃離山谷，向四周擴散，好像害怕人們知道是它們造成冰凍的夜晚似的，公雞叫聲此起彼落，男人劈柴的聲音與獵狗吠聲，也趁太陽未出來同時奏起，此時已有幾戶人家點起柴火，煙囱上吐著黑煙，在這裡從來沒有人想到黑煙會造成空氣污染，因為部落的

人相信黑煙會隨著雲升上天空。（《最後的獵人》）

此外，經他一寫，森林的衆樹和動物，土地和水，月亮和太陽都成爲有生命的東西會向我們訴說的。還有很多打獵的人們自古以來的各種傳說：「射殺紅鳩會破壞獵人的運氣」（《最後的獵人》）、「白而大的飛鼠有靈魂」（〈拓拔斯・塔瑪匹瑪〉），叫〈侏儒族〉的作品裡，出現名爲卡斯・卡斯的鳥，據說布農族是拿這鳥來占卜凶吉的。這種鳥在眼前自右向左橫穿過去，或在右邊不斷地鳴叫的時候，那人是不可以再前進的，如果無視於這個就會發生不吉利的事情。「出去打獵時不可以打噴嚏」、「收割粟米要從左邊。打哈欠、放屁、講話都在嚴禁之列。要是在收割時有人犯了罪，就要停止收割」等等，這些是我從拓拔斯那裡聽來的。這些傳說和迷信，也許原本有什麼合乎道理的原因或理由，而他們現在仍信守著那些生活著。

《最後的獵人》初版本，晨星出版社，1987年9月。

其他，流傳在部落裡的神話、傳說也都在他的小說裡登場，基督教也出現的。據說拓拔斯本身也是個新教徒。在這種傳說和迷信等部族傳統的環境裡長大，新教徒拓拔斯卻以需要最進步的科學知識的醫生爲職業，確實是一件饒有趣味的事情。而他被觸動心靈要寫的就是正在消失的自然和可愛的部落。

第三，根據以上的事情，自己是先住民布農族的拓拔斯，當醫生赴任到雅美族居住的蘭嶼，抒寫在那裡生活的散文〈蘭嶼行醫記〉⑪裡的雅美族和體驗，使他的文學成爲優異而又有特徵。被派遣到蘭嶼衛生所的漢族醫生，也有一個月就躲藏起來不見的，衛生所的風評也是：一、醫生總是不在；二、醫生胡亂看病；三、給病人劣藥。因而人們不太指望醫生。就在這情況下，拓拔斯就任，對雅美族來說，政府派來的醫生是不足信的，如果拓拔斯說明自己是布農族，恐怕更不會相信他就是醫生了。由於這種情況，拓拔斯就體驗到和漢人醫生一樣的感受，而他所感到的，和雅美族接觸的方法，當初還是不出外鄉人的領域的。他對會出現蟑螂的宿舍寫著：「這算宿舍嗎？這是省府對待偏遠離島醫生的禮遇嗎？」當他鄭重其事地費時間診察看病時，等得累了的雅美族老人對他說：「你看病怎麼那麼慢？到底會不會看病？」「我不知如何解答這些問題？仔細看病難道錯了嗎？剛剛有個病人因我的細心找到了病源，我才正爲此事感到自傲哩！」這麼想著就垂頭喪氣了。有一次老婦人抱著小孩子來了。孩子因感冒發燒到四〇度。給她說服讓孩子住院治療比較好，老婦人就大聲哭了起來。這時突然出現了三個老人，和婦人用雅美語談了些什麼，老人就抽出短刀揮動著在病房裡走來走去，口中念念有詞。也許短刀是指著自己的，緊張得心臟快崩潰的他趕緊叫來會翻譯的人。當他明白一切病都是叫哈尼肚邪靈在作怪，雅美族風俗習慣用短刀可以驅逐邪靈，這才放了心。「他們要求陪同小孩住院，我看著他們的短刀，立刻答應他們。」有這麼一截妙文。

布農族醫師拓拔斯醫生和雅美族的會話，有人翻譯的時候，就把雅美語譯成北京話。翻譯不在時，拓拔斯就驅使著雅美族懂得的北京話和日本話來講，除此以外就要比手劃脚了。爲診斷病情和生活需要逼迫著，他一點點地記住雅美語，同時也融合在雅美族之中。有一次，開巡迴車去看病的日子，有位老婦人拄著拐杖臉上露出痛苦的模樣。一問，據說昨天她去海邊採紫菜，脚碰到岩石流了好多血，可是塗上煙草灰止住了血。別的雅美族女性說：這位老婦人有幾個孩子，但都往台灣跑，一去不回。年老的她不能工作，一日兩餐都得靠親戚接濟。「我要她坐上巡迴車回衛生所治療，她紅著臉拒絕免費治療，她只希望得到巡迴車簡單的治療。我深知勸說不可能成功，只好垂頭治療她的傷口。」拓拔斯這樣寫著。說不定她以爲如果去衛生所會被敲詐一大筆治療費。

又有一天，騎摩托車去部落出診，走進一戶庭院，看見他們正在剝著叫女人魚的魚。他喜歡吃魚，請他們賣給他幾條，他們卻說不行。沒辦法，又走到另一家，拜託了同樣的事才好不容易明白了被拒絕的理由。「賣給姑衣尙(醫生)是可以，萬一被參加撈魚的朋友知道後，不但受責罵，以後就分不到魚。」那個人說。「習慣以金錢取得任何事物的我，此時此地發現金錢的無能。」好像第一次踏進未開化之地的文明人拓拔斯這句話實在饒有趣味。匆匆告別了那一戶人家的拓拔斯，進去本來就要往診的家戶，一心一意地診斷。於是那個病人說：「姑衣尙，你想吃魚嗎？」就叫他兒子拿來兩條魚。這件事情後，他的說明很有意思：「走出野銀部落，我慢慢覺悟，誠懇原來比金錢有用。」

我們可以看出他爲人的誠實和做爲醫生精確的治病方法，逐漸獲得雅美族人們信賴的過程。布農族和雅美族的部族雖然不同，可是醫生拓拔斯凝視著雅美族的眼神是溫柔的。而它也成爲他的文學閃爍著光芒的原因。上帝一定給予他先住民、醫生和文學這三種卓越的天職的。

拓拔斯的小說並不是會發生什麼大事件，也不是會有戲劇性的故事的開展，不過當你看完，卻會讓你感覺到有分量和對作者的共鳴。此外還有他獨特的表現和文體。

最後，我想談點不限於拓拔斯，而是先住民作者都面臨著的語言和表現法的問題。除了老人，先住民在部族內的日常生活上常用母語，而在教育場所和工作以及對漢族關係上使用著北京話。它引起大部分場合，對同族就用母語傳達自己的感情和想法，而要表現借自漢族的或被強迫的事情的時候，就使用北京話的不平衡的表現現象。因爲先住民作家沒有自己的文字，所以沒有辦法用母語把自己的感情和思考寫好，再將它譯成北京話。它使靠母語的自我表現能力停止在低水平，又因不能以母語創作文學而不能不以北京話創作，這就使先住民作家硬受著任何漢族作家都未曾有的痛苦。即使是羅馬字拼音也好，實施先住民母語的語言教育的眞諦在於保存文化，同時也在提高用母語的自我表現。

## 2 瀕臨崩潰的原住民部落

「我和我的祖先想法一樣，希望任何民族都能共存。我們的祖先不排斥外來人，他們想土地這樣廣大，所以能和好地生活。然而我們土地很快地被掠奪，被限定居住在保留地。而現在呢？連保留地也快要待不下去了。」（拓拔斯語）國民黨政府進行的不承認土地的所有，也禁止遷移的保留地政策，隨著人口遞增，物質文明發展，造成了先住民向平地流出，連其意義都快喪失了。從小孩的時候在學校裡被教的都盡是漢人的事情，為什麼不會出現自己的事情呢？拓拔斯說他感到不公平。隨著成長，逐漸理解自己是未開化民族，被稱為生番，有過獵人首級的野蠻習性，即使是現在，漢族看先住民的目光還是沒有改變。當他是高中生的時候，有一次想叫要好的朋友到家裡，據說朋友的父親送到車站，對拓拔斯說：「你們倆是好朋友，要注意可別讓部落的人殺我兒子去吃呀。」這句話深深地傷害了他。國立台灣大學在學時，於一九八四年創刊叫《高山青》的處理先住民問題之雜誌，現在幹著「台灣原住民權利促進會」會長的阿美族的夷將・拔路兒（漢名劉文雄）也在〈他們為什麼叫我番人？〉⑫一文中寫著：從小孩時候就一直被人叫做番人，對於隱瞞自己是阿美族通著書信的女性懷著淡淡的戀情，但被女性的雙親識破是先住民，兩人的關係一下子就完了。有個朋友問他說，想去花蓮玩，但先住民有捕人首級的陋習，不是危險嗎？為什麼會體驗如此相似的經驗呢？

據說拓拔斯由於親身的經驗，為了要消除這樣的不公平和歧視，曾認真思量過要當政治家，不過判斷自己的性格當不了政治家，因此想到用文章把先住民的問題顯示出來也不失為一種方法。「存在於台灣的，不僅是漢族內部的外省人和本省人的問題，我們先住民也存在著，不，原本台灣是先住民的，我們從來未曾對漢族系的人們說過他們是外來的人，可是他們看著我們，聽著我們的話，卻要質問：你們是不是來自菲律賓的勞動者？或者馬來西亞人？相反的，據說先住民裡面，也有一味地隱瞞著自己是先住民，使用漢名，偽稱華僑的人。」

拓拔斯的話裡，說是本來自己是未開化民族被叫做生番，可是先住民被叫做生番是在清朝統治下的一六八三年以後的事情。清朝的官民把居住於清朝統治下的平地番人稱為「熟番」，居留於山地間未漢化的先住民稱為「生番」，毫無疑問的都是蔑視的對象。

迨至日本統治時代，初期仍襲用清朝時代的稱呼（但日語稱為生蕃），可是一九二三年（大正十二年）當時為攝政的昭和天皇將行幸台灣，天皇的赤子怎麼可以是生番？因而就改為高砂族了。

隨著日本戰敗，日本撤回去，蔣介石率領的國民黨來了。中華民國政府將他們改稱為「高山族」，一般都稱為「山地同胞」。

以上，每當統治者一換，先住民的稱呼也就改變，山地同胞比生番不帶蔑視之意，看來像是有所改善。可是，把日本時代作爲理番政策的「番人保留地」沿襲著，國民黨政府實施「山地保留地制度」，雖然整備了保護的形式，結果卻由於要急速將落後的山地經濟納入漢族的經濟體系，山地經濟便只得瓦解了。其結局是向平地流失人口，亦即爲要確保生計出外就業的先住民增加，部落本身瀕臨崩潰的危險。

今年一月在台灣高雄，我看了一部電影的錄影帶，受到從未有過的衝擊。黃明川導演題名爲《西部來的人》，是世界上初次以台灣的泰雅族爲主角的電影。首先讓我吃驚的就是語言。泰雅語、日語、北京話、閩南語都出現，泰雅族要以自己的語言說話時，令人覺得三分之一是日語似的，對我來說是耳熟能詳的詞語在交飛著。超越外來語的範圍「你頭腦，壞了」、「那傷，重呀」、「我，關係完蛋啦」、「你，偷別人的車呀」等，有時句子使用的全是日語。以三個泰雅族人爲中心，美麗的山之風景爲背景描寫著悲劇。電影沒有像故事之類的，生在平地，長大後回到山上的年輕人；從山地下山到平地賣春，而逃回山上的年輕女郎；從來都沒下過山的老人（雅美族詩人施努來在熱演），以和漢族同化的程度不同的三個人爲軸，淡淡地描寫著泰雅族的日常生活，逼近的商業文明的浪濤，也暗示著那以後將會確實來到的部落之崩潰。我對於在台灣能拍攝這樣的電影的事實表示歡迎之意，但台灣的年輕人似乎是不屑一顧的。吳錦發嘆息：向少數看了這部電影的年輕人打聽其感想，卻都說：「好像看著哪個外國電影一般，無聊。」大部分的反應如此。

不久的將來，要是九族的部落完全消失，他們傳統的物質文化也會永遠消失的，而一旦消失就再也不會出現於我們之前。這不只限於台灣先住民的事情，如今也許是整個地球的問題。在熱帶雨林和環境的破壞越發深刻之中，在日本愛奴族(Ainu)培養的歷史和物質文化等，正如風中殘燭的狀況裡，我們已經面臨：每個人都不能不思索哪個民族的文化都一樣，「文化」是沒有先進和後進，也沒有優劣的。這是我們的燃眉之急。

## 3 原住民作家的活力

最後，想看一看現在台灣的其他先住民作家的活動。同時，也想檢討一下，在整個台灣文學裡，這些先住民作家占著什麼位置，擁有什麼意義？

拓拔斯之後，我願介紹排灣族詩人莫那能。他生於一九五六年，台東縣達仁鄉人，漢名曾舜旺。如果給予族名，他就叫莫那能．馬雅亞弗斯。他也積極參加「台灣原住民民族解放運動」，也常加入示威遊行。現年三十五歲的莫那能走過來的人生，簡直就是一首詩。中學一畢業，就離開故鄉阿魯威部落到平地，主要輾轉幹了賣力氣的工作。莫那能說：首先就被職業介紹所的人拿走身分證，不准吭一聲地被迫簽了雇主方便有利的契約，淪爲人家隨便定價的勞動商品。而由於自小長期營養不良，以及後來苛酷的勞動，視力衰弱，四、五年前就完全失明了。不但如此，還患著甲狀腺癌。失明以後才接受要當按摩師的訓練，現今在台北和三年前結婚的妻子經營按摩院。他弟弟也步上和他同樣的路，而妹妹被騙下山，淪落爲接客的娼妓。

原本就喜歡即興，用流傳在排灣族的旋律唱詩的莫那能，正式開始寫詩，據說是在失明以後的事。他是台灣少數寫長篇敍事詩的詩人，處女詩集《美麗的稻穗》⓭也收錄兩篇。那兩篇藝術性都很高，有著讓人一口氣讀到最後的功力。〈來！乾一杯〉是聽到坐上遠洋漁船環繞著世界的青梅竹馬之友卡拉白在南非的開普敦(Cape town)被謀殺而寫的二百七十五行長詩，但歌唱著莫那能本身和他弟弟，不，是先住民全體的命運。

(略)難道這就是我們族人的命運
死亡、流離
賣身、賣力氣
我們的生命比山芋還不如
至少山芋還有一塊泥土
在那裡容身

在那裡生生死死（略）

番薯象徵著台灣人（本省人），本省人也抱怨著被國民黨（外省人）統治的悲慘之命運，但與先住民一比，卻是小巫見大巫。

在〈恢復我們的姓名〉裡：

（略）從「生番」到「山地同胞」
我們的姓名
漸漸地被遺忘在台灣史的角落
從山地到平地
我們的命運，唉，我們的命運
只有在人類學的調查報告裡
受到鄭重的對待與關懷

他控訴著先住民的悲哀：雖然從日本人而漢人，統治者改了，但他們的土地和自然，自由和自尊心，一切都被剝奪得一無所有。

還有，下山的先住民男人只能賣力氣，或坐上遠洋漁船，或幹礦工，而女人不是賣春，就只好形同買賣婚姻一般嫁給退伍的老兵。莫那能自己的妹妹也淪落苦海。莫那能歌唱著：

當老鴇打開營業燈吆喝的時候
我彷彿就聽見教堂的鐘聲
又在禮拜天的早上響起
純潔的陽光從北拉拉到南大武
撒滿了整個阿魯威部落
（略）
當教堂的鐘聲響起時
媽媽，妳知道嗎？
荷爾蒙的針頭提早結束了女兒的童年
當學校的鐘聲響起時
爸爸，你知道嗎？

保鑣的拳頭已經關閉了女兒的笑聲

當鐘聲再度響起時

爸爸、媽媽，你們知道嗎？

我好想好想

請你們把我再重生一次……

（略）

〈鐘聲響起時〉

當了醫生的拓拔斯、畢業於台灣大學，擔任「台灣原住民權利促進會」會長的夷將‧拔路兒等，在先住民裡頭是罕有的知識分子，可是大部分都走向莫那能一般的境遇。我訪問在台北的工作坊兼住所的莫那能家時，他讓我聽了〈鐘聲響起時〉這首詩。第一次聽到的朗誦，但他部落的情景卻浮上眼前，為他妹妹的境遇流了眼淚。這次經驗讓我明白：詩不是用眼睛讀的，是靈魂觸到什麼的時候要歌唱、要聽的。

泰雅族的瓦歷斯‧尤幹（一九六一年生，台中縣和平鄉人，漢名吳俊傑）以柳翱的筆名寫詩和散文，也是處理先住民問題的月刊雜誌《獵人文化》的發行人，也擔任著雙月刊報紙《原報》的主編。那些都有深入追求先住民問題的意志之表現，以《獵人文化》別具特色。

將當前面臨的問題提出的論文題爲「原住民事件記」，從台灣各報的訊息裡摘錄有關先住民和部落的報導加以轉載，把日本統治下日本政府討論先住民同化的論文、流傳在各部落的神話和傳說、文學的創作等，有一股要廣泛地從各種角度親手網羅、探索先住民問題的幹勁，眞是咄咄逼人。我想這種雜誌要繼續下去是有困難的，在經濟上也難以維持，但對這份約有三十到四十頁的小雜誌，我寄予很大的期待。

其他也有雅美族寫詩的施努來、同爲雅美族寫散文的波爾尼特。不斷關心著先住民文學的吳錦發編輯出版的《悲情的山林——台灣山地小說選》⑭和《願嫁山地郎——台灣山地散文選》⑮，將取材於山地的作品，不限定先住民作家，也收錄著漢族作家。只有一點，《悲情的山林》裡刊載著十四張照片，可是它有問題。各部族自古便有物質文明和風俗習慣，那的確是非傳下去不可的寶貴的資料；但像獵人首級的習尙早已消失了的，讓人在這裡再看見它是不值得稱讚的。我認爲先住民自小就因它受夠了毫無理由的歧視和欺凌，如果在文學選集上刊出這種照片，不但人們對先住民的看法永遠不會改變，也無法傳達現在的先住民眞正的境遇。

以上，我敍述了先住民作家的作品，而在整個台灣文學上來看，他們的存在確實占有一定的地位。尤其拓拔斯接連獲得文學獎（今年二月，新設立的賴和獎⑯第一個得獎人決定給予他），雖然他爲先住民這件事給予其文學特徵，可是由於其作品本身具有高度藝術性，其文體具有他獨特的風格才得到這個獎是不爭的事實。

宜蘭縣和彰化縣在學校教育上，作爲新的試驗，要給孩子們教台灣歷史和地理及閩南語，開始著手編著教材。雖然住在台灣，一直到現在學習的淨是中國四千年的歷史和大陸的地理，這不是正常的。不過，提倡著共同的語言和各民族的語言的雙語教育是可以肯定的。只是這兩個縣的縣長都是民進黨籍，所以能夠斷然地進行工作，不過要在全島實現，還是在遙遠的將來。宜蘭縣出身的作家黃春明⑰也加入閩南語教材的編務。

在文學上，使用閩南語的詩和小說⑱已經出現，而用客家語也正在嘗試著創作⑲。我們應該思索：凝視自己的同一性(identity)，而終究人是離不開自己所屬的。這種想法，也許在當前的世界裡是各民族所面對著的問題，愛惜自己所屬的，才是邁向眞正國際化的第一步。

拓拔斯卓越地把他自己所屬的展現在我們面前，以他那芳醇的文體，以他自己的語言。他說他也很想把流傳在布農族的神話和傳說寫下來保存。對這，我滿懷著期待和欣悅。

## 4 作家拓拔斯

布農族作家拓拔斯的處女作，題目叫〈拓拔斯・塔瑪匹瑪〉。所謂塔瑪匹瑪即拓拔斯在其部族的本名，所以說來他是將其本名作爲作品的題目。這時，作家名爲田雅各，亦即以身分證的漢名發表作品的，但其後發表時，就一貫使用「拓拔斯」，這件事表示他執著於本身的認同。

拓拔斯一九六〇年生於南投縣信義鄉，今年三十四歲，他是布農族青年。在台灣自從其處女作就受到注目，迄今出版兩本短篇小說集《最後的獵人》⑳與《情人與妓女》㉑。

在日本已經有他的作品三篇譯成日文被介紹著㉒。在台灣和日本，他是個先住民成爲重要因素而受到注目，這是不爭的事實。我也是被終於出現的先住民作家描寫的世界吸引著，開始讀拓拔斯之小說的一個。於是，無論如何都想見他。如今想來，那是沒有超越對未知事物之興趣的領域的。

我和拓拔斯見過兩次。第一次是一九九一年一月，第二次是九二年四月，但兩次的印象，相異得讓我不能以爲是同一人。我覺得那似乎是大大地被見面的場所、同席的人以及拓拔斯自己的心情左右著的。第一次的成果寫在本章一至三節㉓，而本稿四至五節收錄著第二次見面時的採訪。兩相對照，我想其差異是一目了然的。第一次差不多不清楚的拓拔斯之爲人，在四、五節一定很清楚。其作品固然引人入勝，不過，他作爲人充滿著魅力，生活方式和對事物的看法都擁有獨特的哲學，而他又是個對包含人在內的一切生物都極爲慈祥的卓越的年輕人。

經由兩次和拓拔斯共處的時間之經驗，以及細加吟味他的作品，我越發深刻地感到他所寫的作品就是藝術性很高的純文學。如果說是因其爲先住民出身才獲得肯定，那就像女性以「女作家」這一個詞概括著似的，是令人不快的。我認爲他是個將來大有作爲的作家。

(1)直到會見拓拔斯

再也沒有像拓拔斯登上台灣文壇那樣，像一顆新出現的星備受注目的作家。這在近年來的台灣是罕有的。他於一九八六年以〈最後的獵人〉獲得吳濁流獎，九一年又獲得第一屆賴和獎。

備受注目的理由是：直到現在雖然由漢族作家描寫過先住民的風俗習慣和山地的情況，但先住民自己寫的文學作品，在拓拔斯之前，只有排灣族陳英雄（一九四一～），而陳英雄最近二十年沒有發表作品，可以說拓拔斯的出現是新鮮的衝擊。拓拔斯的初期作品多爲淡淡地描寫著自己所屬的布農族的日常生活，但那卻無所遺留地表現出文明的浪濤不由分說地衝上來，首當其衝的住在山地先住民的生活已瀕臨崩潰的境遇。

第二是拓拔斯特殊的文體和表現爲人們所珍貴，成爲好奇的對象。在表現上，根據他個人的思考來描寫布農族獨特的世界之故，產生獨特的氣氛毋寧是理所當然的。而能夠把它美好地表現出來，可以說那是端賴作家拓拔斯的藝術功夫。

關於文體，一直援助拓拔斯的小說出版的吳錦發說：「他的句型，有時不同於標準中文。他（拓拔斯）曾對我說，首先以（母語的）布農語思考著，而後在腦子裡把它翻譯成中文來寫。」㉔。吳錦發指出：其句型例如形容詞放在動詞後面的，這種標準中文看不到的句型構成的文體，成爲拓拔斯小說的特徵。

關於最初的先住民作家出現這一點，與進入八〇年代後的社會運動有關。一直屬於少數派而不斷地遭受歧視和偏見的先住民，一入八〇年代，就產生自己要摸索自立之路，以及追求回復認同（identity）的意識之覺醒，這種覺醒連動著社會運動，可以說就在那種風潮裡必然地出現了像拓拔斯這樣的作家。

對於指出拓拔斯以布農語思考，而把它在腦子裡譯成中文的「翻譯的苦楚」，再寫成小說這一點，我感到很疑惑。在日本介紹拓拔斯的每篇文章㉕都有著和吳錦發一樣的說法。但果眞如此嗎？我卻納悶著。

爲什麼我會如此納悶呢？因爲我想起：在日本統治下長達五十年，有著被強迫使用日語長大的台灣人，戰後在國民黨政府之下，又非從基礎學習中文不可，以日語來思考、用日語寫作已習慣的作家們，有的折筆不寫，有的經由「翻譯的苦楚」拚命努力著存在下來的事實之故。首先用日語來思索，而在腦子裡將它譯成中國語寫成文字，最後才能以中國語來思考，寫成中文，不過要達到創作文學作品就要費上十幾年的歲月㉖。

然而，戰後出生的漢族系台灣人，即使母語是閩南語和客家語，還是能用在學校學的北京話恰到好處地寫文章的。主要住在山地的先住民的孩子們，和漢族比較起來，說是沒有受到充分的學校教育之機會，但義務教育和漢族一樣是九年。更何況拓拔斯是成績優異當上醫生的知識分子，是一九六〇年代出生的年輕的世代。

於是，我想和拓拔斯見面確認這一件事情，就搭飛機到台灣。那是一九九一年一月的事情。

### (2)由第二次採訪明白的事

從台北到高雄，坐「自強號」不用五個小時，我經由朋友向拓拔斯致意要採訪。他從蘭嶼島搭飛機，再坐車子，輾轉來到高雄。那次採訪的成果，如前面所說的，所以這裡不再重提，不過在座的拓拔斯的文學伙伴（漢族）談得比拓拔斯多，連我對拓拔斯的詢問，伙伴們都替他回答，因而我沒有機會深入其內問他我想問的重要問題。和拓拔斯第一次見面的地方是高雄的文化人常聚集的叫「御書房」的茶藝館。拓拔斯始終像是心情不很舒適似的，加以寡默無言，偶爾回答我的問題，也是嘰嘰喳喳地說得不清楚，說眞的，叫我爲難。假如就此一次，不再和拓拔斯見面的話，也許我就隨便自以爲：「他還是因爲是先住民，所以說不好北京話。以布農語思考，然後把它在腦子裡譯成北京話才來寫，這是眞的。」

不過，不知怎地，在我心裡要獨自和拓拔斯對談的心情一直未曾消失地存在著。於是自第一次採訪約一年後的九二年三月，我藉在台北舉行的行政院文化建設委員會主辦的「中日翻譯界小型訪問座談」被邀請的機會，爲了要和已經從蘭嶼島遷居到花蓮的拓拔斯見面，我等不及開完會就動身往花蓮去了。

到達拓拔斯工作的省立花蓮醫院，在傳達室請求引見，就被帶到正在診治中的田雅各（拓拔斯的漢名）醫生的醫療室去了。拉上帷幔，面熟而表情生硬的拓拔斯就站在那裡，令人吃驚的是躺臥在那裡的病人，像是病情沉重。第二天，和他一見面他就說：「那位病人終於昨晚死了。一有這樣的情況，那衝擊就讓我深深感覺自己是不適合當醫生的。」他這一番話烙印在我的印象裡。

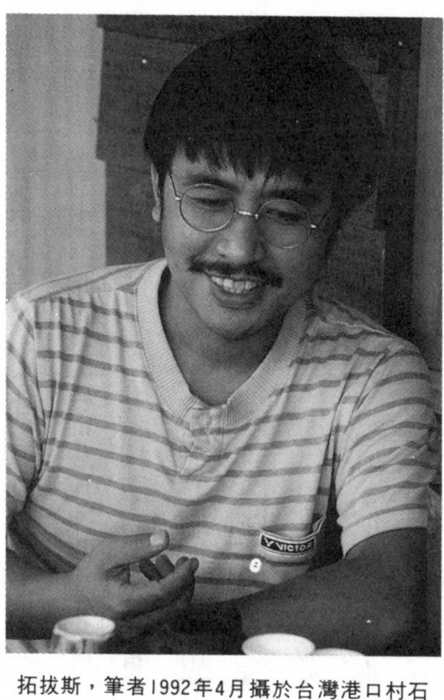

拓拔斯，筆者1992年4月攝於台灣港口村石門。

整個晚上看護著那位病人，幾乎未曾闔眼的拓拔斯，早上到大飯店來接我和丈夫，我們坐在他開的汽車，看著左邊美麗的台灣東海岸，從花蓮南下到港口村的石門。石門有他的朋友王志章先生的農園。王先生以前似乎也關心著反國民黨政府的黨外運動，但現在卻在石門經營著農園，種木瓜、養雞以謀生活，過著和政治無關的日子。王先生出來打個招呼，在院子裡的桌子上準備好茶就不見了。眼前，太平洋浩瀚無涯地展現著，浴著和煦的陽光坐著，令人覺得連心靈都從什麼被解放了似的。來到這裡，我好不容易才瞭解拓拔斯的心情。在城市的茶藝館裡，在很多人的注視下，向著錄音機要回答初次見面的人詢問，對他來說，除了痛苦之外，沒有別的。對於不想理解自己的人，用不著諂媚，也沒有必要讓他理解，所以乍見之下就顯得生硬了。在朋友的農園裡，拓拔斯既明朗又快活又多話。委身於悠緩的時間之流，他為我談了好多他自己的事。把那時他給我講的，整理成口頭式的，便是寫在本章第五節的文章。

那是要知道一個布農族的年輕人，誕生於怎樣的環境而成長起來，經過怎樣的體驗和心靈之軌跡成為醫生，開始走上作家之路的寶貴記錄。同時由這次採訪明白了一件事實：那就是要寫小說的拓拔斯，並不以布農語思考，而是自始就以北京話思考，把它寫成文字的。只是在小說裡布農族老人的會話出現時，要把它寫成中文就得費一番功夫。不過，那不是和漢族系台灣作家，雖然母語是閩南語和客家語，卻以北京話來創作的情況相近的嗎？宮尾登美子說過這樣的話：「表現一個動作的詞語，在標準語（即日本標準語）是明白的，可是在土佐方言怎麼說？有時卻怎麼也想不出來。那樣的時候，為了那一個詞語就要折騰好多天。」當然，日語裡頭的標準語和方言之間的差異，以及中國語裡頭語法體系相異的方言之間的差異，我是知道的，更何況布農語是被認爲屬於馬來玻里尼西亞(Malay Polynesia)系的台灣先住民語言，因而其差異之大是可得而知的。不過，從拓拔斯長大的環境來想，目爲用北京話思考著寫小說較爲自然，我不以爲他和閩南人和客家人，不，和宮尾登美子也不會有很大差異的。我認爲：倒是拓拔斯的文化背景和漢族不同之故，用北京話的思考方法和漢族有著顯著的差異也是不足怪的。

換言之，爲要強調先住民作家誕生，臚列出不會有的事實來宣傳，這才是眞相吧。對拓拔斯來說，不用加上「先住民作家」，他已具有作爲純文學作家的力量。迄今從先住民裡頭沒有出現文學作品，因之知道拓拔斯和漢族不同的身世和經歷，在要談他的文學上是重要的因素。我這樣想著，的確是件事實，而本文的目的也在這點。不過，拓拔斯的作品本身，我肯定它是屬於純文學的。

說來，從文學的出發來看，拓拔斯的情況是頗爲特殊的。首先，他並不是一個文學少年。他不是個從小就愛讀文學書，夢想將來要成爲作家的。他長在布農族社會，卻在十一歲時突然被拋進漢族社會裡。身處不習慣的環境中，他以身感覺著什麼，不斷地思索著什麼，而將他所感覺的、所思索的寫在日記裡。那所謂「什麼」，就是同樣住在台灣卻有著漢族社會及那以外的社會，亦即叫漢族的社會存在於台灣的現實，他明白了它，就在這件事上有著拓拔斯的文學出發點。因而他以「寫」這一行為表現的是映照在非漢族拓拔斯眼中的台灣之漢族社會，以及在那裡面的經驗。取材於先住民，也寫一直被虐待的歷史。然而，因爲那是事實才要寫的，終究是他的文學表現之一。由於他的心是道地的先住民的，所以也就取它爲題材，可是完成的作品是純文學的。這一點就是和經由六〇年代、七〇年代產生的政治小說，有著決定性的不同。搞政治運動者有其大目的，而有的做爲要達成其目的的一手段來寫小說。尤有甚者，只爲要傳達一句話而出之以小說這種體裁的。那一類的東西，往往只落得理性的控訴，作爲文學是二流的。

然而，拓拔斯截然不同。他把從小自己所體驗的，在心裡讓它成熟。將其心靈所經歷的軌跡，通過作家之眼把它提升到更高的層次，經過辛苦的作業之後，做爲作品記錄下來的。同時他也是個實踐者。那是從列舉於第五節，以及拓拔斯自己的話，作品和他的行動都可以了然的。他當醫生遠赴沒人想去的孤島蘭嶼，爲了多少也好，要改善住在島上的雅美族的醫療情況，和政府交涉，想要把自己融入雅美族而努力奮鬥著。就是從蘭嶼遷到花蓮，一碰上現場上的醫療矛盾，他就有著無法忍受邪惡的個性。他就是把那些昇華爲作品這種有形的存在。

上面就是把拓拔斯的作品看做純文學的理由。

採訪將結束時，王先生又出現，就在農園附近的海鮮菜館吃午餐，拓拔斯請客。之後，拓拔斯說要開車送我們到台東，雖然覺得很不好意思，但我心裡還想和他長聚一些時間，也就卻之不恭地接受了他的一番好意。我和拓拔斯在台東分手，可是，在花蓮就已經說好，我還要訪問拓拔斯誕生的村落，和拓拔斯的家人見面。在花蓮和拓拔斯見面時，我交給他拙作〈非漢族的台灣文學——拓拔斯——〉，而他接受它後，第一句話就是：「我祖父會日語，所以看到這篇文章會高興的。要不要到我祖父住著的布農族村落去看一看？」我和丈夫二話不說就答應了。

### (3) 拓拔斯誕生的村落

「我們將在祢面前用餐。用這一餐，請賜給我們健康、平安，做好今天一天的工作。在用餐前，我們向祢感謝。阿門。」

坐上飯桌，想拿筷子時，忽然開始流暢的禱告，叫我著了慌。拓拔斯的祖父（布農族是繼承祖父之名的），直到一九九一年的三十年之間，當了人和村人倫教會的牧師。他是個虔誠的基督教徒。

從台東到高雄坐汽車將近三個小時，換車到台中兩個半小時。從台中又在汽車上顛簸兩個小時才到達水里。從水里到布農族居住的人和村，坐車約十分鐘，但拓拔斯最小的妹妹來迎接我們。

人和村是在海拔約五百米之山中的布農族村落。目前有三家生產叫「高山茶」的烏龍茶工廠。

祖父拓拔斯是一九一八年生的，日本名叫田中武男，戰後擁有田文統的漢名。在拓拔斯的小說裡有一篇題爲〈尋找名字〉[27]，小說中出現的主人翁就是祖父拓拔斯。祖父拓拔斯的日語，不只是

拓拔斯出生的南投縣信義鄉人和村。濁水溪流經的人和村是布農族的村落，人口約一千多人，筆者1995年3月25日攝影。

正確，還有高尚的格調。據說他在日本時代，當頭目統理村落，一直到終戰的一年半還擔任警察。戰後歷任警官、村長、牧師，不斷地爲村落作出貢獻。他是村落裡頂尖的知識分子，集村人的信賴於一身的長老。

托祖父拓拔斯之福，雖然只是兩天一夜的短時間，我卻在這個人和村獲得了寶貴的體驗。首先實現了和拓拔斯一家人見面的願望。祖父、祖母（一九二四年生，種族名叫阿佩・蘇克爾嫚，日本名園田八重子，漢名田菊花）、父親（一九四〇年生，種族名拉翁・塔瑪匹瑪，漢名田良典）、母親（一九四一年生，種族名拉哥伊・塔克符南，漢名全阿靦），四個妹妹中的大妹阿佩（漢名田錦秀）、二妹拉哥施（漢名田秀巒）、三妹阿波斯（漢名田秀英）、四妹薩密卡茲（漢名田秀琴），初中一年級最小的弟弟摩滋（漢名田克偉），以上就是其家人。我傾聽其家族的歷史以及拓拔斯的事情。其中就祖父拓拔斯的生涯，可以說是波瀾萬丈，饒有趣味。家人互相體貼，以沫相濡地過著日子的模樣，叫人感動，那是一幅令人心靈感到溫暖的心象風景。儘量不讓臥病不能動的祖母躺在床上，讓她坐上輪椅，把她帶到外面走動，常常跟她談話，每個家人都悉心看護著她，拓拔斯的母親說：「孩子們小的時候，丈夫和我日夜幹著田地裡的工作，我婆婆眞是照顧了孩子們哩。現在，要悉心看護婆婆是應該的。」還有，當護士的四妹薩密卡茲跟我講了沒人知道的拓拔斯的另一個面貌。說是透過以社會福利爲目的的叫做「世界展望會」團體，拓拔斯給一個貧窮的布農族小孩援助著經濟。據說其制度是自那小孩進入小學到完成義務教育初中畢業之期間，每月要滙寄固定的金額，可是那孩子好像不是拓拔斯直接認識的。「金錢會改變一個人，所以我不願執著於它。」我想起拓拔斯說過這樣的話。認爲眞是正如其人的用錢方法，也許拓拔斯自己願意過著沒有錢的生活方式吧。說是祖父母居住的人和村的家屋也是拓拔斯建築的，那家屋也有像日式客廳的房間，是木造漂亮而又摩登的房屋，從庭院的亭榭可以俯瞰濁水溪的流水。

　住了一夜，第二天是禮拜天，祖父拓拔斯邀我們無論如何一起去教會做禮拜。人和村在山坡上形成村落，而人倫教會剛好位於村落中心。一進入說是創立於一九五三年的教會裡，百名以上的布農族村人早已到達，熱鬧得很。從上午十點開始做禮拜，牧師用布農語說教，繼而聖歌班用

拓拔斯家族，自左母親、父親、么弟、三妹、四妹、祖父，筆者攝於1992年4月5日。

布農語唱讚美歌，我陶醉於那歌聲的優美裡。一九八四年完成新約聖經的布農語譯，他們使用它做禱告，據說現在也進行著舊約聖經的翻譯。說教裡有時摻雜著日語，而我爲「上帝」這個詞語竟然是日語吃了一驚。

約一個小時，做完禮拜，我們就和牧師以及村落的長老在教會的一個房間喝茶。其中有兩個以前當過日本兵的，跟我談了各自的戰爭體驗。他們說現在仍保持著帝國日本軍人的精神，託我是否能爲他們和日本人的戰友取得聯絡。

再和祖父回到家時，又有一個人在等著我們。說是聽到人和村裡來了日本人，特地跑來見面的。那是個五十一歲的女性，她請我爲她打聽當上第五梯次「高砂義勇隊」被派遣到南方的摩羅泰島(Morotai)，杳無行踪的父親之消息。說她母親以爲父親已戰死，而於戰後再婚，但其繼父也於最近亡故。五十一歲的女性因爲自己沒有孩子，所以領了一個養子，可是那養子也於五年前死去。她流著眼淚訴說：由於她父親總是像口頭禪似地說要把妻子和女兒帶去日本，所以說不定獨自住在日本。像這種話和從前當日本兵的人說的話，聽著實在叫人難過。

回到日本之後，想辦法，雖然完成了我和兩個原日本兵之約，但那五十一歲女性之父的下落也弄明白了。她父親在新幾內亞島東部的邦克，一九四五年九月二日病歿。雖然厚生省戰死者名簿上有記錄，據說遺族卻沒接到死亡通知。和原日本兵這一方面，出現了願意互相通信的日本人。我馬上給予介紹了。這件事令我重新思索：不分日本人或台灣人，戰爭仍未結束。

人和村的歷史、祖父拓拔斯的經歷、原日本兵的體驗等，不論哪一件都有著和日本深厚關係的歷史。在這個人和村的經驗，對我來說是忘不了的，烙印在心版上的大事，小小的旅行。

關於拓拔斯和宗教的關係，稍提一下。他雖然是個新教徒，現在卻不到教會。其理由是進入大學和朋友們搞社會運動時，認爲如不從宗教的框框逃開，眞正意義的運動是搞不了的。於是，據說最後去教會，在上帝面前報告：「上帝，我已學習人之道，所以再也不到教會了。」雖然這樣，在蘭嶼卻出席於雅美族要去的教會。還有，據說拓拔斯的漢名雅各是緣由出現在聖經上的「雅各」而命名的。和拓拔斯相處的兩天裡，他說過如下的留在印象裡的話。有一件是說：「現在我是抽煙的，但您到人和村見了我祖父，希望別說出這件事。因我不願意讓祖父失望。」另外一件是送我們夫婦到台東時，我丈夫動手要搬他的行李時，他說：「沒問題，這是自己搬得動的。行李自己搬動不了時，人家幫忙，我是很高興的；可是自己拿得了時，我願意自己來拿。」還有，在台東他有個經營大飯店的朋友，他坐飛機往來於蘭嶼與台東的時候，常利用那家大飯店。因此他朋友說要給他打折的優待券，可是他怎麼也不接受。說是「自己有付錢的能力時，願意付錢，不要優待券」等等。這些都是讓人感受拓拔斯之哲學的話，至今仍有餘韻繚繞在我的心裡。

我之所以冗長地寫了關於人和村與拓拔斯家族，是認爲與漢民族不同的拓拔斯出生長大的環境，少許也好但能讓讀者有所認識，就沒有枉費了。我明白了拓拔斯是集住在人和村的布農族人們的衆望於一身的望族出身。還確認了他們家族的會話，當然說的是布農語，可是年輕的拓拔斯的弟妹們不用說，包括祖父在內全家人都能以北京話交談。我認爲這對於要思索作家拓拔斯的思考語言，是一件極爲重要的事情。既爲代表村落的望族，當然也會有迎接和招待來自村外的客人吧。事實上，據說拓拔斯還是小學生時，曾經有漢族的學校老師住宿過他家。也就是說，拓拔斯置身於布農族社會的風俗習慣中，學校以外，還生活在能接觸北京語的環境裡。此外加上前面列舉的其他理由，當拓拔斯要創作時，他的北京語能力並非低得非持布農語思考的文章在腦子裡再翻譯成北京語不可的，這是件確鑿的事實。

我得先聲明：以下的文章是根據一九九二年四月三日對拓拔斯的採訪，而後自己寫的，並非照採訪直譯的。通過第四節和第五節，登場人物的年齡和事情的年數等，均以一九九二年當時爲準。還有在第五節裡面，由於採取拓拔斯現身說法的形式，沒用先住民，而使用著原住民這個詞。台灣的先住民把自己的稱呼決定爲「原住民」，據說是創立「台灣原住民權利促進會」的一九八四年。「原住民」這一詞有台灣原來的住民，也就是說有著我們自己才是道地的台灣人之意識。

## 5 拓拔斯的心路歷程

### (1)從出生開始到挫折

我一直到十一歲生活在山上，那裡的日子是最快樂而又光輝的時期。我於一九六〇年六月二十七日，出生在南投縣信義鄉人和村。

父母親都衷心愛著我。父親是個非常勤勉的工作者，整座山都種植著香蕉。那時候，日本還向我們進口香蕉，而由於父親拚命工作，我們一家人生活並不匱乏。

我記得小時候，父親給我買了一雙皮鞋。可是我不穿，因爲村落裡的孩子們都赤足，連鞋子都沒穿，我怎能只有自己穿呢？我想自己曾是個不能領會父親心情的孩子。結果，那雙皮鞋一次也沒穿，孩子的脚很快就長大，所以最後不能穿了，就送給表弟。

我下面有四個妹妹，而在我二十歲時，誕生了弟弟，可是，由於布農族是父系社會，所以長子的我就像獨生子一樣受到疼愛。加以在學校的成績也很好，因而學校的老師、村人都對我另眼看待。這麼一來，我就變成天不怕地不怕的孩子王，口出可憎之語，像是無可奈何的孩子似的。

記得是人和國民小學四年級的時候，一位漢族學校的教師住在我家。那位老師看著我，對我家人說：「這孩子成績也很好，如果爲這個孩子的將來著想，照樣在山上的話，將來是沒有希望的，只能嬌生慣養，越來越壞而已。」

這是住在平地的漢族的想法。「你看看隣家某某吧，很會讀書呀！」「某某因爲用功，所以考上好的大學哩！」他們從小就受到如上面的教育。他們相信用功念書就會保證安定的將來。然而，布農族是不同的。我們所謂的將來就是勤勉地耕作田地生活下去，只要能活下去，就不企求更多的東西。因而我也從小就想：將來要像父親耕耘山上的田地，收穫以資生活。這樣的想法就是我成爲高中學生也是沒有改變的。

然而，因爲從一位漢族老師聽到孩子將來怎樣怎樣的話，我父母親好像困惑起來啦。就算如此，只要那是爲孩子好，這麼一想就決定把我送到平地的學校去了。

就這樣，小學五年級時，第一次離開家，下山，轉校到埔里的大成國小。這對我來說，是我誕生以來頭一次迎接的轉折點。對於只知道山上生活的我，埔里是個城市。因爲能到城市去，欣喜充滿了我心裡。母親送我到埔里，我淸楚地記得那一天下著大雨。可是當我明白獨自要留在埔里，母親要回去山上，就覺得難以離開母親，在屋簷下一直看著母親和雨。對於年幼的我來說，覺得母親要離開我不在身邊，無論如何是毫無道理的。

後來，我和母親也發生爭執了。原因是我二十歲時，母親生了弟弟，和日本一樣是父系社會的布農族村落裡，做爲長子把雙親的疼愛集在一身長大的我，感到連自己都不能相信的衝擊。由於衝擊太大，雖然我已經二十歲，卻離家出走，幹著賣力的工作，輾轉各地。如今想來，也許因爲弟弟誕生，我感到向來絕對的自己的地位將會遭受到威脅吧。

話又拉回頭。母親一回去山上，我生平第一次變成孤獨一人了，我的眼前屹立著不理解我的語言的人們。埔里對我來說雖是城市，可是在台灣之中卻是鄉下，所以不以北京話而以閩南語爲日常用語。我的母語是布農語，學校教的是北京話，因而我是完全不懂閩南語的。在學校裡，誰都不和我說話，還用我不懂的語言，時常捉弄我。這樣的日子繼續下去，我就越發變成自閉於自我殼中的孩子，不跟人講話，一人獨處的時間變得多起來。在山上活潑、淘氣而明朗的我，簡直像被剪掉舌頭，變得不能說話了。

加以環境改變而無法適應也是事實。例如在山上，每天早晨都在雞叫聲、搗米的聲音裡醒來，這已經變成習慣，可是在埔里卻沒有這種布農的聲音，聽到的都是近鄰不懂意義的閩南話。還有，不止於語言，我的皮膚比他們黑，光頭，這些都成為被欺負的原因。日據時代的習慣還存留在山上，山上的孩子都是光頭的。

不久，我逐漸明白：就是喜歡欺負人的淘氣鬼，還是不會欺負成績好的孩子的。當時我不懂自己為什麼要在平地念書，但自從弄明白只要成績好，就不會受欺負，便拚命用功了。而我的成績變得比好欺負人的傢伙好，確實就少受到欺負，也有反而要接近我的孩子了。

我從國小進入埔里的大成國中、台中第一高中。其間，雖然也交過幾個朋友，但大概獨自一人的時間居多，沒有學習閩南語的機會，時間就那樣過去了。就是高中，只要成績好，就不會被人說是漢族啦、原住民啦，而會受到尊敬，所以我總是獨自用功。習慣於一人獨處，不知不覺變得沒有辦法接納他人了。我第一次有戀人，也是在二十六歲的時候。

高中是升學的學校，但當時我還沒有考慮要上大學。我心裡一直存在著：有一天回到山上去，要和父親耕種山田。然而，環顧四圍，淨是為要上大學拚命在用功的學生，因而不知不覺自己也變得會想到大學的事情了。

### (2)文學的開眼

一九七八年，我十八歲時，被選上以「山地同胞」爲對象的公費生。學費、生活費決定全都由政府給予的，我考上高雄醫學院，這成爲我第二次轉折點。我有了卓越的朋友。自從小學五年級離開山地以來，我記著日記打發沒有朋友的寂寞，進入大學幸運地得到好朋友，而寫日記成爲基礎；由寫這件事使我向文學開了眼。

一直沒有朋友的我，一入大學卻一下子得到了五個朋友。他們是王浩威、楊明敏、蔡榮裕、李勝肱、夏宇德。五個人都是漢族，只有我是原住民。他們在當時來說是擁有前衛思想的，所以我們六人總是在一起做社會運動和文藝活動。看了電影就討論，找出受過政治迫害的人物聽他講話，到社會運動比南部旺盛的台北，和吶喊民主化的人們議論。

「民主化」、「民主主義」，是的，當時我爲「民主」發著高燒。不，對「民主」的覺醒，我想好像從小時候就有的。也許那不是叫「民主」這一詞語和意識，但在心靈深處老是記罣著什麼，卻是眞確的。該怎麼說好呢？……例如我們原住民的事情，我們爲什麼被漢族唾棄？何以不受重視？當我們困苦時，爲什麼不給我們伸出手？諸如此類的思索，雖然是模糊不清的，卻一直成爲心上的疙瘩。

可以說那些問題，在我有了親密的朋友，而在和他們談論各種話題的過程中，潛藏於我心底的東西變成可認識的形式表現出來的吧。我對朋友以布農族爲例談著原住民，朋友也藉著書籍裡資料認識了：在台灣不僅僅是漢族，也存在著原住民的事實。國民政府大肆宣傳著台灣人民很富裕，而瓊瑤㉘的小說裡，寫著每一家都有佣人，如想去美國留學的話，任何人都能簡單地出國，其小說中有錢人有的是，但那些都是誑人的。被虐待著在痛苦的原住民就在眼前，我變得能打開心扉向朋友談論這些事情了。我漸漸變得不自閉於自己的殼中，也能在別人面前說話啦。

連我在內的六個人，從一年級到七年級（第七年是實習醫生）都在一起，也都一起加入大學裡叫「阿米巴詩社」的小團體。那詩社是一九六四年創立的大學的小團體，出版著叫《阿米巴詩刊》的地下出版物，所以我也寫了幾首詩。雖說是大學的小團體，但參加的學生少，加以直到戒嚴令解除，出版刊物還是被大學禁止的，所以偷偷地作爲地下刊物，並由我們自己出版。可是，詩後來就不寫，逐漸寫起小說來了。因爲我想採取小說形式比較能描寫原住民的生活。

對於「寫」這件事，我一直有興趣的。自十二歲離開家族和我出生的山地住在城市以來，寫日記就成爲習慣了。在城市裡，由於孤獨一人，就向著日記談著話啦。到高中時代，變得寫著小說似的東西了。可是，我從未把它投稿就丟棄了。我的處女作是〈拓拔斯・塔瑪匹瑪〉，所以看過它的幾個人對我說：「一般說來，作家的處女作，多的是傾訴自己內心感情的，你卻不一樣。」事實並非如此，我在高中時代已經寫著傾訴自己內心的作品，只是從未把它投稿和發表，所以沒有機會讓人家看到而已。

且說，發自岡崎女士的有關我文學上的幾個問題：㈠吳錦發有沒有修改我的原稿？如若修改過，是哪個部分？㈡以布農語為母語的我，拿國語來寫小說時，有什麼困難？㈢我描寫布農族的生活較多，可是拿家庭背景、社會背景完全不同的漢族的語言來寫，能表現到什麼程度？還有以國語來寫，是否有損我的心情和想要表現之虞？我想逐一答覆這些問題。

首先，是對我的原稿，吳錦發有沒有修改這一點，我的處女作〈拓拔斯・塔瑪匹瑪〉是大學四年級時，參加校內南杏社主辦的南杏文學獎徵文，入選第二名（沒有第一名），由於刊載在《南杏》，吳錦發自然是未曾看過的。後來，陸續發表〈最後的巫婆〉、〈夕陽蟬〉、〈最後的獵人〉、〈侏儒族〉、〈馬難明白了〉等作品。我先把原稿寄給吳錦發，因為他幫我在各地的報紙和雜誌上把它們發表，所以好像也看過原稿的。而對最初的兩三篇作品，實際上好像想要加以修改的。我想是誤寫落字之類，以及和漢族寫的國語的差異太大、意思模糊的部分。然而那些問題，有時是來自吳錦發對布農族社會認識不足的誤解，以及他判斷那種異於漢族寫的文章之文體才是突出我特徵的，結果，他尊重我的文章，修改的只是誤字落字而已。

還有，關於我的作品內容，我和吳錦發之間有過如下的事情。大學七年級，也就是實習醫生時期，我寫了叫〈安魂之夜〉的短篇。其內容是一個布農族的年輕人在當兵所在地台南的部隊裡自殺的通知送到家中，故事就圍繞著他的死展開，但誕生這篇作品的經緯是：來自當時的我，爲了實習結束之後，即將來臨的一年十個月的兵役而忐忑不安。之所以如此，就因爲我在剛成立的「台灣原住民權利促進會」（簡稱「原權會」）㉙做著各種活動，那是在戒嚴令被解除以前，因而在台灣警備總司令部的黑名單上列上了名。加以台灣的兵役，從過去就有風聲說：不服從長官，被目爲不良份子盯住的人是會被殺的。當然不會發表「被謀殺」，而一切都以「爲國犧牲」的名目保持體面的。

離開話題了，但我在這篇作品中寫了人死掉時，留下來的人們將會如何看待其死亡，死後將要怎麼埋葬，然後要怎樣安慰死人的家族和親戚之心等等事情。看了這篇〈安魂之夜〉的吳錦發說：「這個場面讓人感到不自然。」那是人死的時候，漢族是爲了要安慰死人之靈魂才舉行喪禮的，說不自然的好像是從那樣的緣由來的。然而我們布農族的想法是：與其爲死人，毋寧該安慰存在於這個世上的，死者的親人。

以上僅爲一例。不過，單靠字面來理解，如果不明白那背後的布農族的社會背景和事情的想法，我想，要理解是不容易的。其他，如〈最後的巫婆〉等，相關內容也受到來自吳錦發的批評㉚，但不管哪篇作品都反映著我的內在和外在的世界、社會，經由我這個人的思想產生的，所以即使被批評，我也不想改寫。

接著要談的是：關於用非母語的語言來寫文章的困難，在表現上會不會受到制約的問題。基本上那樣的事情是全然沒有的。母語雖爲布農語，但在學校學的是國語，接受十多年學校教育，十一歲就離開故鄉在城市生活的話，理所當然的，思考也養成以國語來做的習慣了。所以寫文章的時候，是不會以布農語來思考，再把它在腦子裡翻譯成國語來寫成文字的，而是從一開始就以國語來思考的。只有作品裡頭要出現布農族老人的會話時是另當別論的。布農族的老人由於不會國語，會話當然是用布農語的。如果將那會話照樣寫成文字，變成音譯，就叫人摸不著頭腦了。於是，只有會話，某部分把布農語留下來，在腦子裡翻譯成國語寫成文字，這作業就不可缺了。我不否定我的文章裡，反映著濃厚的布農語表現和布農族社會的思考，不過，連那些都包括在一起，可以說就是我的文體，成爲我的特色。

我談到和吳錦發的經緯，並不是對他的批評。他爲我的恩師是不變的，對他我是感謝著的。

### ⑶在蘭嶼島上的醫療活動和雅美族的事情

#### Ⓐ決心赴任蘭嶼島的經緯

完成實習醫生的工作，在台中憲兵隊一年十個月的少尉醫官的兵役也順利完成。我於一九八七年七月，當醫師走馬上任到蘭嶼島的衛生所。

接受獎學金攻讀醫學的公費生，畢業後，負有當十年醫生服務的義務。服務地點，先聽當事人的希望，沒有特別要求的時候，就由政府來決定服務地點。我從大學六、七年級時，就開始在想要赴任的地點。那是因爲我自己是原住民，所以哪個部落都行，我願意到原住民住著的地方。我以爲那才算是光榮的。

我們原住民確實是貧困的，然而即使在貧困中，小孩子還是在成長著的，在那過程裡也有不能不藉漢族幫忙的。不過，我想：本來不依靠他人，如果我們原住民能以自己的力量生活下去，還是那樣較理想的。醫療也一樣。所謂幸福或者快樂這東西，是要看心靈處之如何，而不是絕對的。住在平地比較幸福，台灣的多數人好像是那麼想的，但對我來說，那樣的想法本來就沒有的。

就在這麼著那麼著當中，我知道了蘭嶼島上沒有醫生，就想去蘭嶼了。大部分的醫生只要聽到蘭嶼就顯出一副苦臉，如果被勸說當醫生去服務怎樣，就會在背地裡想辦法搞得可以不去的。就算不是醫生，一般人對蘭嶼的印象是「非常落後的孤島」、「沒有開化的雅美族住著的島」，只有這種程度的認識而已。當時我有情人，不過當我一說要去蘭嶼，就嚇得要癱軟似地說：「要是去那樣的地方，生活不方便，我怎麼都無法想像能生活下去的。」

大家都錯了。蘭嶼是個非常美麗的島，我想住在那裡的人是最幸福的，就像天國一般的地方。

且說，服完兵役，將要去蘭嶼，途中，順路到高雄。跟吳錦發和幾個搞文學的朋友聚集起來喝咖啡，那時有人問：「要去哪裡？」本來我是不願說的，可是大家都是好朋友，沒辦法沉默，就說要去蘭嶼。這麼一來，他們都大吃一驚，但在報社工作的友人起鬨說：「原住民醫師要在雅美族住的島上，爲原住民做醫療工作，這是有新聞價値，所以要立即報導。」因而使我大爲困惑了，那正是我不願告訴大家的理由。「這點絕對不要做啊！」我懇請大家。第一，我還沒赴任到蘭嶼，說不定發生什麼突發性的事情，而不會去。第二，就算去，也許會忍受不了，馬上就回來的。雖然我還在服兵役時就決心要去蘭嶼，但我和一般的台灣學生一樣，蘭嶼的事和雅美族的事都不是詳細認識的。如說我知道的，就只有那裡需要醫生這點而已。於是我到東海大學的圖書館，找出有關雅美族的資料來研究。要是不熟悉我們的外人來，拿外來人的想法來治療我們，我想即使我也會覺得反感的，因而當然不僅止於從書本和資料，雖然不是完全的，我想多認識一些雅美族的生活和風俗習慣。還有，我心裡決定要留在蘭嶼五年，不過，想來這若是不去的話就是未知數了。五年這個年數，我也沒有對朋友說。

第三，即論能留在蘭嶼兩三年，融化在雅美族的人群裡，但治療他們的病能否獲得一定的成果，是無法保證的。

舉出以上理由，我對朋友們說希望不要報導。一報導，它就變成對我的壓力了。萬一不能長期居留，放棄了工作，我就變成壞人了。最後，我對朋友說：「我去蘭嶼，獲得輝煌的成果，你們判斷由於報導它，可以喚起社會人們的意識，希望只有在這樣的情況下才報導。」

去蘭嶼，要從台東搭螺旋槳飛機去，那時，我興奮極了。有生以來第一次脚要離開土地，這種不可思議的心情。一直到那時，我覺得脚立在地上是理所當然的。我以爲特別是沒有穿過鞋子這東西的小孩子時候，和土地的關係是非常密切的。然而，它卻由於坐上飛機，突然脚離開了大地，領略到不可言喻的心情。

飛了不久，螺旋槳的對面，開始看得見蘭嶼了。俯瞰著浮在海上的美麗的島，我強有力地對自己說：自己不可在蘭嶼變成像來到台灣的時候的日本人！統治著台灣時的日本人臭美得令人討厭地擺著架子，喜歡台灣人阿諛讚美，拿自以爲自己和台灣人是階級不同的態度跟我們接觸。而在過去，聽說到蘭嶼工作的漢族醫生，宛如日本人一般瞧不起雅美族的人們，表現出傲慢的態度。我是討厭那樣的。不論總統、大富翁和窮人，大家同樣都是人。更何況住在蘭嶼的人們是沒有社會生活所謂的階級這種觀念的，所以我想那種無價值的觀念是絕對不可養成的。我也和他們一樣是一個人，只是比他們多少認識有關醫療的事而已。

向來被派到蘭嶼的漢族醫生，據當地人說：第一總是不在，第二不好好地給他們看病，第三給他們亂七八糟的藥。獲得這種惡劣評價的人多，好像是事實。我到蘭嶼工作時，我以外還有一個醫生，但他不常露臉，終於消失，剩下我一個人，這就是台灣的公務員。本來就不願去，卻因命令不能不去，所以只能馬馬虎虎地工作。這不是說醫生或蘭嶼才會有這樣的問題，而是政府機關和公務員一般的態度。因而以前發生的社會運動大多是抗議那樣的政府機關和公務員的。在台灣，公務員是被人討厭的存在，誰都不願當公務員。人們暗地裡都叫他們爲穀象蟲(吃米的害蟲)。雖則如今，我也是個公務員了。

**(B)夾在雅美族和當局之間左右爲難**

蘭嶼島上，軍人和囚犯爲中心的漢族約二百名，以及不到三千的雅美族生活著，可是另外，一天有著一百到五百的觀光客，以唯我獨尊的樣子昂頭濶步著。

要治療雅美族的人們，開頭有困難。他們不但不相信醫學，還不相信醫生。不相信現代科學，不是他們的責任。如果患病，就想用雅美族相傳幾千年的治療法醫治。譬如被蛇咬到時，把那被咬部分泡在海水裡，假定偶然痊癒，這麼一來，就相信如被蛇咬到海水便有效果，它就留傳下來。諸如此類的方法有的是。對此，只學了七年醫學的人就是說：「那是迷信，所以要相信我的治療法」，要改變他們的想法幾乎是不可能的，他們自有他們的想法和方法。加以又不太清楚我的事情，又警戒著外來人，因而當初糟透了。不過，根據書上，雅美族是以愛待人爲信條的，所以我就努力要同樣對待他們。

然而，有時候他們對自己的想法和方法也會懷抱不安和恐懼。生病或發生壞事情時，就認爲那是「阿尼特(雅美族語,惡靈之意)」作祟,而請巫師禱告,可是有時病還是好不了,而至於死亡,這麼一來,自己的方法也不完全,這樣想著,信心就動搖起來。在那樣的時候,我就說:「別的方法也一起來試試看吧。」就加以治療。在那樣的時節,如果對他們說:「你們的方法是迷信,所以沒有科學根據。」那麼現代科學不論多久也進不了雅美族的社會了。還有,我自己也認爲西洋醫學中心的現代醫療也不是萬能的。如若我有現代醫療才是絕對的這種想法,想來他們也許會萌生抵抗它的心情的。

就這樣,雅美族的人們也逐漸變得信賴我了。但還存在著要來衛生所時,醫療費和交通工具的問題。於是,首先我拿經費的事情和當局交涉。雖然雅美人撈魚,種著番薯、芋頭過日子,卻沒有獲得現款的經濟活動,所以是沒有辦法付醫藥費的。因此,我就到台北和政府交涉,請他們創立雅美族和台灣本島的一切原住民能享受的「全民健康保險」制度。如果沒法創立那種制度,我建議番薯、芋頭也是道地的農作物,一定有貨幣價值,因而拿那些農作物來付醫藥費,將它送去縣政府如何?我訴說:台灣的漢族不論什麼東西都可以換成貨幣,連人的女性都在換成金錢,農作物當然也可以。於是政府機關裡頭也有明白事理的官吏,雖然費了好多時間,保險制度的創立還不可能,但看感冒五十塊錢,生孩子和割盲腸也都五十塊錢,決定不論什麼病和受傷都一律付五十塊錢。因此雅美族的負擔也減輕了一些,可是我還是無法滿意。一九九四年的年末,向來只有公教人員、農民和上班族可以享受的保險，好不容易才作爲全民健康保險，國民全部都能參加了。

還有一件事，爲了沒有交通工具而不能來衛生所的人們，我儘可能巡迴雅美族部落出診。即使工作時間以外，只要時間容許就巡迴島內，看病人。要出診，還有別的理由。只要不是重病，人比之住院，還是在自己家裡療養，在精神衛生上是比較好的，因爲這是我的信心。一住院，平常的生活就斷絕，那是違反自然的。人在自己家裡休養是最好的。

巡迴各部落出診，由於跟每個人親近，我越發能理解他們的習慣和想法，他們也越來越能信賴，對我敞開了心扉。除此以外，由於減輕醫藥費爲首，我爲住民奔走，在醫療方面逐漸顯出了改善，兩者的關係就越發能好了起來。

還有，十一歲轉校到埔里的國民小學時，我不想記住周圍的孩子們說著的閩南語，但在蘭嶼，我卻積極地學習了治療時必要的雅美族語言。

像這樣，雖然在蘭嶼的日子是不尋常，卻相對地充實的。我也以蘭嶼爲舞台，寫了幾篇小說㉛。然而，在蘭嶼的生活，三年半就結束了。當初想要挺住五年的，在那樣的意義上來說是半途而廢了。

爲什麼三年半就落得要從蘭嶼撤離的結果呢？關於這一層，我想在下面談。

### (4)從蘭嶼島到花蓮，以及現在的事

從上任到蘭嶼的第二年，報紙和雜誌就開始報導我的事情[32]。「原住民醫師基於人道主義，擔任蘭嶼雅美族的醫療」，差不多都是這種內容，並且寫得我簡直就是個清廉高尚的人似的，但對我來說，人道主義只是狗屁罷了。其實不是那樣的，從台灣整個社會來看，我只不過是把被社會割棄的弱小的雅美族，當做我自己的布農族的事情來攫住而已。因爲我們都同爲原住民。

當那種報導在進行的時候，我一直想著一件事，那是爲什麼醫生不願到蘭嶼去這一個問題。於是想到的一點就是日本的事情。日本的情形，據說對於到無醫生的地方或遠島服務的醫生，除了基本月薪，還有別的加薪，我想問題的癥結就在這裡！即使醫生不願去的蘭嶼，如果薪資高，重賞之下必有勇夫，這麼一想，我就和當局交涉了幾次。只靠人道主義是拯救不了弱者的。

我和當局，總之常議論、談判、協商，有時終至於吵架了。

我到蘭嶼工作時的月薪是四萬台幣，可是要離開蘭嶼的六個月前就提高到二十萬台幣了。這時，我以爲我的任務已經完成，因而提出爲要離開蘭嶼到別的工作地的申請。其理由第一，我並不是爲金錢才去蘭嶼的。如果想賺錢，一開始就希望要在平地了。第二，我之所以向當局咆哮，一定是對薪資有所不滿，由於好像有一部分人這麼想，所以我要表示：我只是希望讓好醫生願意

到蘭嶼去而已，我意不在月薪的多寡。據說我辭職後，希望到蘭嶼服務的醫生蜂擁而至。

就這樣，一年兩個月前（一九九一年三月）我自己希望著來到了花蓮省立醫院。月薪比辭掉蘭嶼時減少，不過金錢這東西，會使一個人墮落，或者瘋狂，所以我平時就認爲不要執著於金錢，因而我把月薪的五分之四滙到父母手中。家人說要爲我把那錢儲蓄下來，但我對他們說：家人花掉就行。人一有錢，連想法都會變得奇怪的。

當要離開蘭嶼時，也有感到遺憾的。那時有個臨近產期的孕婦哀求我，無論如何希望我幫她接生，把要回台灣推遲幾天。看著完全信任我的她，應該幫助她，這麼一想，心就動搖了。然而，我又想：我這個醫生的出現，以長遠的雅美族歷史來看，只是一瞬間的事情，現在我爲她把出發推遲幾天是可能的，然而那只是兩人之間微細的關係而已。我認爲現在該從大局來看事情，就是我離去，還會有新的醫生要來的，那時像田雅各一樣足以信任的醫生能來，這才是重要的。誰來都無所謂，只要負責任從事工作，能獲得雅美族人們信賴的醫生就行。我又認爲應該使得變成那樣，而爲此重新評估當局的制度本身才是必要的，因而就決定按照預定離開蘭嶼了。話雖如此，爲他們不是還能做更多的事嗎？這種想法，現在還常在我心上。

說來，作爲接下去的服務工作地選擇花蓮的理由：很單純就因爲從未住過花蓮而已。

這家花蓮省立醫院屬於較大的醫院，所以小醫院應付不了的重病人常被送來。因而我也每天忙於工作，但大醫院的醫療制度會爲害許多人，所以我是不欣賞的。

譬如健康保險。現在的保險制度下，醫院和醫生的收入是和工作量成比例的。如今看十個病人，和看一百個相比，看一百個的收入也就會增加了。因此病人愈多愈好，有時連沒病的也被診斷爲有病了。還有藥越給予高價的，收入也好，所以大多數醫生對於沒有必要的人，也要給他打針、拿藥了。

朋友裡，有個留學英國的，有一天，據說他發了三十八度高燒，就去醫院。醫生給他看了病後說：「暫且看病情吧，回到家裡就多喝開水，安靜地養病。」那個朋友對我詼諧地說：「台灣的醫院更親切吶！如果是台灣的醫生，不論打針或給藥，什麼都會爲病人做的。」

台灣的醫院這種情況，我是無法忍受的。還有，像每天看著人要死去，委實是件痛苦不過的事。那是還當實習醫生第一個星期的事，當我爬著醫院的樓梯，突然想到人的「生老病死」覺得痛苦得很。要是那時逃開，也許就不用當醫生了。不過，已經走上了路，我這麼想著就改變了主意。可是從那以來，心裡一直盤踞著自己可能不適合當醫生這種念頭。有幾個女護士曾對我說過我是不適合當醫生的。因而，自己是否一輩子要當醫生，是不得而知的，說不定將來會就不同的工作的，我想。不過，只要當著醫生，就全力以赴，我是這麼想著，每天過著日子的。

調到花蓮以後，變得忙得透不過氣，要創作的時間也不太多。心情低落時，我就去東海岸，因爲看著無涯而無限靜謐而又美麗的海洋，心情就明朗起來，就又有一種再加油一段時間的意願湧上心頭來。

## 【註】

❶ 一九三七年生，廣西桂林人，作品有《台北人》（晨鐘出版社，一九七三年四月）及其他。

❷ 一九三九年生，江西省永新人。長篇小說《浮游群落》（遠景出版事業公司，一九八五年六月）在拙譯《デイゴ燃ゆ（譯名）》（研文出版，一九九一年一月）。

❸ 晨星出版社，一九八七年九月。

❹ 一九〇〇～一九七六年，新竹人。本名吳建田。代表作有《アジヤの孤兒》（一二三書房，一九五六年，後以《アジアの孤兒》，由新人物往來社於一九七三年再版）及其他。

❺ 一九五四年生，高雄美濃人。近作有《秋菊》（晨星出版社，一九九〇年二月）。

❻ 關於鄉土文學和第三世界文學論之論爭，請參閱拙作〈台灣鄉土文學之芳香——李喬〉（《津田塾大學紀要》第十九號，一九八七年三月），有關外省人作家和台灣人作家的對立，請參閱拙作〈台灣作家所想的「文學」〉（《未名》六號，一九八七年十二月）。

❼ 鍾理和，一九一五～一九六〇年，屏東人。鍾肇政，一九二五年生，桃園人。取材於山地和原住民的作品，鍾理和有〈假黎婆〉，鍾肇政有〈獵熊的人〉及其他，這兩篇收錄在吳錦發編的《悲情的山林——台灣山地小

說選》（晨星出版社，一九八七年一月）。

❽《最後的獵人》序文。

❾所謂本省人就是始自十七世紀到第二次世界大戰結束的一九四五年八月十五日以前，從中國大陸各地遷移到台灣的漢族，外省人就是八月十五日以後遷來的漢族。而本省人之間也分為閩南人和客家人。

❿獵人首之意。對原住民來說，雖然其目的因種族而不同，可是為了報仇、耀武，獵取不同種族之頭的陋習，傳到日據時代以前。

⓫吳錦發編《願嫁山地郎——台灣山地散文選》（晨星出版社，一九八九年三月）收錄其文。

⓬同⓫。

⓭晨星出版社，一九八九年八月。

⓮晨星出版社，一九八七年一月。

⓯晨星出版社，一九八九年三月。

⓰本名賴河（一八九四～一九四三年），彰化人。雖然在日本統治下，卻致力於把大陸的白話新文學移植到台灣，自己也一以貫之的發表漢詩和以白話寫的作品。

⓱一九三九年生，宜蘭人。主要作品有《鑼》一九七四年三月，《小寡婦》一九七五年二月，《我愛瑪莉》一九七九年三月，以上皆由遠景出版事業公司出版。

⓲用台灣話創作的小說有宋澤萊（一九五二年生，雲林人，本名廖偉竣）的〈抗暴个打猫市〉（收入《弱小民族》，前衛出版社，一九八七年七月）及其他。又，宋澤萊身為七十～八十年代鄉土文學代表作家，最近又為《台灣新文學》（一九九五年創刊的季刊）主編。在創刊號、第二號中收錄多數描寫現代化，都市化的台灣。

⓳《台灣文藝》創新五號（一九九一年六月）上，有吳毅的〈暗啞的死〉、秋台的〈年關憶事〉。皆用客家語寫的散文。

⑳ 晨星出版社，一九八七年九月二十日。

㉑ 晨星出版社，一九九二年十二月十五日。

㉒ 吳錦發編，下村作次郎監譯《悲情の山地——台灣原住民小說選》（東京田畑書店，一九九二年十一月十六日），拓拔斯的〈最後的獵人〉、〈馬難明白了〉、〈侏儒族〉三篇被譯成日文收錄在裡面。

㉓ 拙作〈非漢族的台灣文學——拓拔斯〉（《吉備國際大學研究紀要》第二號，一九九二年三月二十五日），亦即本書第六章的一至三節。

㉔ 見於吳錦發寫在《最後的獵人》之序文〈山靈的歌聲〉第四頁。

㉕ 若林正丈、劉進慶、松永正義編著《台灣百科》（大修館書店，一九九〇年七月一日），第二二二～二二三頁上有松永的拓拔斯介紹，其中說：「首先以布農語思考，而把它譯爲中文發表的他的文學，是想要回復失去的高山族的故事之工作吧。」另一件是在㉒所舉的書上第四一六頁裡下村氏說：「拓拔斯以布農語思考著，而用在學校教育裡學會的第二語言——中文創作。」

㉖ 關於「翻譯的苦楚」，詳細可參閱拙作〈二二八事件和文學〉，《季刊中國研究》第二十四號（中國研究所，一九九二年七月十日）一〇一～一〇四頁。

㉗ 這篇作品收在㉑所舉的拓拔斯第二本短篇小說集裡。其中有「拓拔斯・塔瑪匹瑪」、「田中武男」、「田文統」等，其祖父拓拔斯以眞名登場。

㉘ 一九三八年生，湖南人。作品流行於台灣和香港，自八十年代以中國大陸的年輕女性爲中心走紅的流行作家。有近藤直子譯的《寒玉樓》、《我的故事（わたしの物語）》，兩本皆由文藝春秋於一九九三年十月二十五日出版。

㉙ 關於台灣原住民民族運動的發生、原權會成立的經緯，詳細見於伊凡・尤幹著、若林正丈翻譯、整理的〈作

爲台灣的主人——少數民族青年控訴〉，《世界》第五二五號（岩波書店，一九八九年三月）三〇二～三一〇頁。

㉚ 關於〈最後的巫婆〉，拓拔斯雖然沒有說，可是㉔所舉的吳錦發寫的序文第九頁上，有如下的一段文章：「有時候他過度讓想像力奔馳，而有草原放馬，離開故事主線的危機（如：〈安魂之夜〉、〈最後的巫婆〉）等，作爲拓拔斯的缺點，提出了幾點。」

㉛ 舉於㉑的拓拔斯第二本短篇集裡，收錄著以蘭嶼爲舞台的兩篇小說。諷刺地描寫要拍攝蘭嶼島民的生活情況來製作節目的，來自台北的厚顏無恥，而不想看一下眞正的雅美族之生活的電視台工作人員的〈救世主來了〉，以及描寫圍繞著交通事故死去的一個雅美族人，爲檢查屍體來的檢察官和由於雅美族的風俗要埋葬死者的對立，以及站在兩者之間，處於微妙立場的作爲醫生的拓拔斯的「卑賤與憤怒」，其他也有散文〈蘭嶼行醫記〉。

㉜ 報導雖然各種各樣，但這裡要介紹同爲台灣文壇作家的陳映眞編輯、發行的報導雜誌《人間》（自一九八五年發行了四年，從正面提出社會問題報導著，在當時可謂劃時期的月刊）刊載的。〈被現代醫療福利遺棄的蘭嶼——蘭嶼的醫生田雅各〉（《人間》第三十號，人間雜誌社，一九八八年四月五日）爲題，共有二十二頁，揷著十七張照片，報導著拓拔斯在蘭嶼的奮鬥情形。

〔附記〕拓拔斯在花蓮住了三年之後，自一九九四年四月調到布農族村落，高雄縣三民衛生所。一九九三年七月結婚，現在為一個男孩的父親。

# 拓拔斯著作目錄（只列出單行本）

## 一、短篇小說集

1.《最後的獵人》，晨星出版社，一九八七年九月。

2.《情人與妓女》，晨星出版社，一九九二年二月。

〔資料〕

# 田雅各的詩二首

下面兩首詩是拓拔斯於高雄醫學院在學中參加的詩社刊物《阿米巴詩刊》上，以漢名田雅各發表的（《阿米巴詩選》前衛出版社，一九八五年四月）。兩首都暗示著原住民的命運，已可窺見其才華的麟爪。

## 搖籃曲

孩子
你們要茁壯
即使是荊棘套著

即使是大石壓著
你們要發芽
像野草那樣

只要
有一天
草葉綠綠
結果大石也要風化

只要
有一天
草根深深
結果荊棘也要衰老
你們要長大

雖然沒人會欣賞
雖然曠野多淒涼
你們要成熟

只要有一天
花蕚花冠齊放
春天不會撇棄
只要有一天
種子撒滿野地
夏雨不會缺乏

孩子
你們要盼望
像野草那樣

一九八一年十二月

## 孤魂曲

撒兒布伊斯昂：*
原來山中也有哭調，
也許是全音休止符，
撒兒布伊斯昂之後
哀怨。

撒兒布伊斯昂：
好像不在求偶，
萬物沒有悲傷勃起，
更不是統治這森林
還有獵人。

撒兒布伊斯昂：

不曾飛越冬谷，
出沒月亮升起時。
祇有一群獵人敢說：
白色羽毛紅眼珠，
一聲流下淚一滴，
卻始終拿不出證據。

撒兒布伊斯昂：
布農耳裡的故事，
太陽老神羡忌，
一對愛戀的男女，
賜下隔離的命運，
哭乾了身體整夜
仍不知道，
你的鳥是鬼？

撒兒布伊斯昂：
不要再吵了，
聽聽谷中聲音，
看看山頂石牆，
沒有子孫環抱的鬼魂，
比你更淒慘
啊。

一九八二年三月

*「撒兒布伊斯昂」是布農語，譯爲「我心悲傷」。

# 後記

／葉笛譯

不是從正統而從異端的立場概觀了戰後五十年的台灣文學。剛結束戰爭後，台灣的人們從屬於日本殖民地的苦惱被解放出來，燃燒著要建設新台灣的意志。文學亦復如此。然而這五十年，不啻政治和思想，文學也不得不走上苦難之路。我想，那是從這本書也可以看出來的。

今年(一九九五年)是適值戰後五十年可紀念的年份，在日本各種計畫都一個接一個排得滿滿的。不過，就是這樣，日本不知道反省，即使被人這樣說也是沒有辦法的，但都忘掉重要的事情啦。今年是戰後五十年，同時也是締結馬關條約剛好一百年。中日甲午戰爭後，由於締結馬關條約，台灣割讓給日本，變成日本的殖民地，對台灣人民來說，今年是自恥辱的歷史開始剛好一百年。

紀念那一百年的活動於條約締結日的四月十七日，在下關的春帆樓舉行。台灣女性運動的第一人，也是立法委員呂秀蓮女士創立的「台灣國際聯盟」舉辦的，就是把來自台灣各界百名代表組織起來的「日清和約百年紀念大會」。大會上，呂秀蓮女士發表「下關宣言」，一、日本必須徹底反省殖民地統治，二、中國必須承認百年前放棄了台灣的事實，三、世界各國必須歡迎台灣復歸國際社會等，她呼籲了這三點。筆者也受邀請出席參加。春帆樓用地內有「日清講和紀念館」，顯現著以伊藤博文和李鴻章二人爲中心舉行的會議情況。對於百年前的今天，在台灣的人們毫無知悉的地方，台灣的命運被決定這一件事實，我戚戚有感於心。同時也倍覺慚愧之情，這樣的活動理該由日本來準備的。

總之，日本改變了台灣和台灣人民的命運，其結果誕生了像邱永漢的作家。假如台灣不變成日本的殖民地，邱永漢也就不會寫〈濁水溪〉和〈香港〉了。歷史也好，人生也好，「如果那時沒做……就好了」，這種現象是不會存在的。該變成那樣才變成那樣的，只好說是不可思議了。

且說，筆者並非以「異端」爲主要的研究主題的。我重新看一下這十年懷著關心追究的東西，在中國文學的異端的台灣文學裡，還有被視爲異端，或被漠視的作家和作品，那些東西自然而然地湊集在一起而已。而我不能不提一下，在台灣文學之中，筆者自身未發覺的，或者雖然發覺了，卻在潛意識裡認爲不如敬而遠之的「異端」，也是另有存在的，那就是「詩」。

始自清朝時代的文言的古典詩，日本統治下的漢文、日文的詩，戰後中文的現代詩，這種詩傳統連綿不斷地被繼往開來。現在約有八十名同仁，以詩社來說是台灣最大的組織的「笠」詩社，其成立為一九六四年，與吳濁流的《台灣文藝》成立是同時間的。代表台灣的詩人陳千武（一九二二年—，南投名間弓鞋人，本名陳武雄）亦有關創始「笠」的同仁之一，而他說：「在台灣文壇上，詩扮演了重要的角色，儘管如此，但其文學上的價值，比之小說，詩常被看得低，被視為異端。」雖然有為時已晚，但我深深感覺有必要把台灣的詩從最基本開始來用功學習。

下面，我註明本書各章初次刊出的日期及刊物。

序　章　新寫（一九九五年二月完稿）。

第一章　〈二・二八事件和文學〉（《季刊中國研究》第二十四號，一九九二年七月）。

第二章　一～五　〈台灣文學的遺忘物——邱永漢〉（《吉備國際大學研究紀要》第四號，一九九四年三月）。

六及作品題解是新寫的（一九九五年二月完稿）。

第三章　一～四　〈現實的台灣文學——陳映真〉（《橫濱商大論集》第十九卷第一號，一九八五年九月）。

五　〈台灣鄉土文學的芳香——李喬〉（自《津田塾大學紀要》NO.19，一九八七年三月）摘錄一部分。

第四章 〈劉大任及其時代〉(《梯枯燃燒起來啦——台灣現代小說選別卷》的解說，研文出版，一九九一年一月)。

第五章 一、二及童話題解 〈予台灣文學以童話的新風——鄭清文的世界〉(《阿里山的神木——台灣的創作童話》解說，研文出版，一九九三年五月)。

三 〈從台灣創作童話裡可以看出來的東西〉(《研文》15，一九九三年十二月)。

第六章 一～三 〈非漢族的台灣文學——拓拔斯〉(《吉備國際大學研究紀要》第二號，一九九二年三月)。

四、五 新寫的(一九九四年三月完稿)。

本書得以出版，曾得到多位人士的指教和照顧。本該於此舉其大名的，卻因篇幅有限，不克如願，敬請海涵。不過，對於在這十年有餘之間，好意答應筆者採訪的為數五、六十名之多的台灣作家和文學評論家諸位，我要衷心表示感激和謝忱。

此外，我也要對從經濟和精神雙方面支援筆者為時五年半的台灣留學生活的我父母親，也要感謝我的丈夫，他不斷地鼓勵了在台灣文學裡要評價邱永漢感到裹足不前的我。如今不論在日本和台灣，其他的研究者也都像理所當然的在台灣文學的範疇內評論著邱永漢了。設若沒有我丈夫的建議，當時我是沒有勇氣把邱永漢提出來評論的。

最後，我要對爲我出版這本書的前衛出版社的林文欽先生表示由衷的謝意。

乙亥五月　於琴山

# 台灣文學的光與暗

## ——岡崎郁子著《台灣文學——異端的系譜》讀後感——

／陳千武

任何文學的世界、任何社會的圈圈，必有光與暗的一面，也有不偏向光或暗的中間者。但是被一般認爲最光亮的一面，不一定就是完美的；或許由於時間推移、局勢變遷、會頓時變成最黑暗的一面，露出事象的本質。反而原先被壓在最黑暗一面遭遇不佳者，會逆轉佔據最光亮一面的地位也說不定。這些其實都是據於人爲的嘲弄才會發生的事情。尤其政治思想極端動彈不穩的台灣社會，這種輕佻評價事情使其變化，可以看得很多。不過我們想要瞭解的是，這種人爲的嘲弄，畢竟是誰？或甚麼機構團體在左右？的問題。

當然台灣文學也有其光與暗、或處於半光明半黑暗，或說不光明也不黑暗的中間者，形成不同彩色的多角面存在。過去一些因出版商利益或政治因素，利用媒體特意宣傳過度的流行作家不談，應該站在同一立場，主張努力建立台灣文學獨自存在的詩人作家學者之間，不無據於個人嗜好、意識觀念極端偏激，而造成文學作家作品評價標準紊亂，光與暗、寵愛與歧視、正統與異端都分不清了，影響台灣文學獨立性的發展嚴重。一般以爲這是自古以來，「文人相輕」的傳統觀念使然；但是在現代，這種過於個人利己的想法，毫無互相尊重合作團結的情況令人唾棄。

正要進入眞正民主政治的台灣，政府號召重視台灣本土化或稱鄉土化，促使各縣市文化中心積極推動，提倡人親土親文化親的社區社教目標，主旨甚佳，又推動得有聲有色相當具體切實。可是有一點忽略了重要的根本問題，那是缺乏文學本質上的指導與實踐。政府推動文化活動，對美術音樂附帶民俗技藝的視覺性聽覺性藝術十分重視，卻對文學心靈思考的意象性藝術忽略了輔導推行。這樣下去不無令人憂慮台灣文化會墮入畸形的發展。

這種憂慮不僅是國內有心的文學作家學者而已。也讓關心台灣文學，有意研究台灣文學的外國文學家學者，對台灣文學的成長發展，寄予憐憫與同情。我們知道在日本有研究台灣文學的幾位學者與集團。還有在中國各地科學院，也有專門研究台灣文學的學者研究員，並發行雜誌主要介紹台灣文學作品。而台灣民間文學作家團體，一方面努力創作，一方面與外國的文學交流，已經有了基礎與成果。在台灣周圍的海外文學家學者，對台灣文學的關心，自動從事台灣某些作家作品的研究，更採取田野調查方式，探尋史實辛辛苦苦撰寫論評，出版了不少台灣文學作品翻譯本與評論集。他們的努力幫助提高台灣文學的水準與地位功勞很大。岡崎郁子女士就是其中積極參與翻譯介紹台灣作家作品，並加以研究報導的學者之一。

一九四九年生於日本高知市，在台灣留學五年四個月，畢業國立台灣大學碩士課程的岡崎郁子女士，著眼從「異端」的角度，有意概觀台灣半世紀的文學史，其研究態度的認眞積極，犧牲精神勞力時間的覺悟，深入的觀感，値得敬佩尊重。她所認定的異端，首先列記撰寫屬於政治禁忌的二二八事件的文學作品。其次詳述作家邱永漢的政治逃亡與文學活動成果，評介其純文學作品內容槪況的異端存在。再論陳映眞、劉大任等屬於統一國家思想的異端性。還有繼續寫作三十多年的鄭淸文，一直固執於純文學創作的異端。最後提起背負坎坷命運的先住民作家拓拔斯，由於民族歷史環境不同，所持思想與個性有不同的表現，雖屬優異的作品、傑出的作家，卻被置於台灣文學之外的另一種「原住民文學」，顯然就是被視爲異端的事實。

台灣的文壇極需要像岡崎郁子女士這樣的研究家，拿著自己特製的照明燈，照射台灣文學的黑暗——陽光照不到的，或形成爲死角的一面，讓努力創作的文學作家及其作品，能面對照明燈現出其眞面目。

——一九九六、七、二〇、寫於台中——

國家圖書館出版品預行編目資料

台灣文學—異端的系譜／岡崎郁子著；葉笛，鄭清文，涂翠花譯. -- 初版. -- 台北市：前衛，1996［民85］
368面；15×21公分.

ISBN 957-801-098-2(平裝)

1. 台灣文學 -- 歷史與批評

820.908　　85007456

# 《台灣文學—異端的系譜》

著　　者／岡崎郁子
譯　　者／葉笛・鄭清文・涂翠花
執行編輯／陳慧淑

前衛出版社
地址：106台北市信義路二段34號6樓
電話：02-23560301 傳眞：02-23964553
郵撥：05625551 前衛出版社
E-mail：a4791@ms15.hinet.net
Internet：http://www.avanguard.com.tw

社　　長／林文欽
法律顧問／南國春秋法律事務所・林峰正律師

紅螞蟻圖書有限公司
地址：台北市內湖舊宗路2段121巷28.32號4樓
電話：02-27953656　傳眞：02-27954100
樓
電話：02-22451480 傳眞：02-22451479

出版日期／1997年1月初版第一刷
　　　　　2003年4月初版第二刷


ISBN 957-801-098-2

定價／300元